missão CUPIDO

KIERAN SCOTT

missão CUPIDO

Tradução
Natalie Gerhardt

1ª edição

— **Galera** —
RIO DE JANEIRO
2017

CIP-BRASIL. CATALOGAÇÃO NA PUBLICAÇÃO
SINDICATO NACIONAL DOS EDITORES DE LIVROS, RJ

S439m Scott, Kieran
Missão cupido / Kieran Scott; tradução Natalie Gerhardt.
– 1. ed. – Rio de Janeiro: Galera Record, 2017.

Tradução de: Only everything
ISBN 978-85-01-07785-1

1. Ficção juvenil americana. I. Gerhardt, Natalie.
II. Título.

16-33510
CDD: 028.5
CDU: 087.5

Título original:
Only Everything

Copyright © 2014 by Kieran Viola

Texto revisado segundo o novo Acordo Ortográfico da Língua Portuguesa.

Todos os direitos reservados. Proibida a reprodução, no todo ou em parte, através de quaisquer meios. Os direitos morais do autor foram assegurados.

Composição de miolo: Abreu's System

Direitos exclusivos de edição reservados pela
EDITORA RECORD LTDA.
Rua Argentina, 171 – Rio de Janeiro, RJ – 20921-380 – Tel.: (21) 2585-2000.

Impresso no Brasil

ISBN: 978-85-01-07785-1

Seja um leitor preferencial Record.
Cadastre-se e receba informações sobre nossos
lançamentos e nossas promoções.

Atendimento e venda direta ao leitor:
mdireto@record.com.br ou (21) 2585-2002.

A todos que já sentiram que precisavam de uma forcinha para encontrar o amor

AGRADECIMENTOS

True não existiria sem o sábio conselho de minha dupla dinâmica — a agente Sarah Burnes e a editora Zareen Jaffery — que me estimulou a encontrar "o gancho". Esse gancho acabou se tornando a personagem mais legal e inesperada que já criei, então tenho muito a agradecer a inspiração. Muito obrigada a Justin Chanda, por continuar acreditando em mim e nas minhas ideias, e a Paul Crichton, por marcar os eventos que me permitem conversar sobre o quanto eu amo o que faço com qualquer um que queira ouvir. Agradeço também a meu campeão imortal, Logan Garrison, que tem mais paciência que qualquer pessoa que conheço, e Julia Maguire, que não deixa nada passar — de um modo bom. Obrigada também a Valerie Shea pela extraordinária atenção aos detalhes.

Agradeço aos maravilhosos bibliotecários, donos de livrarias, blogueiros e fãs que conheci no decorrer do ano. Vocês me fizeram rir, chorar e me sentir bem com meu trabalho de uma maneira que eu realmente precisava. Não fazem ideia do que isso significou para mim.

De forma mais pessoal, tenho de agradecer a meu marido, Matt, e a nossos dois filhos doidinhos, por tornarem os dias mais radiantes, assim como a minha mãe, que ainda me inspira todos os dias, mesmo que — tecnicamente — não esteja mais entre nós.

Por fim, gostaria de agradecer a alguns autores que me ajudaram muito, mesmo sem saber. Ler o livro deles (alguns pela segunda ou terceira vez) me ajudou a vencer uma recente crise criativa, lembrando-me de que a escrita pode ser simples, forte, engraçada, significativa e imaginativa, mas, ainda assim, verdadeira. Obrigada, obrigada, obrigada a Sarah Dessen, Megan McCafferty, Jennifer Weiner, Sophie Kinsella e a grande Maeve Binchy.

PRÓLOGO

— Você acha que a Terra vai existir para sempre?

Oríon pegou uma pequena flor do campo branca e arrancou uma de suas delicadas pétalas. Observou-a antes de entregá-la ao sabor da brisa quente do final do verão.

— Duvido muito — respondi. — O universo é aleatório demais. Mais cedo ou mais tarde, algum asteroide ou cometa vai surgir do nada e bum! — Bati as mãos com força demais, e as árvores atrás de nós estremeceram, fazendo com que dezenas de pássaros levantassem voo, grasnando. — E aí, tchau-tchau Terra.

Oríon olhou em volta enquanto dois coelhos assustados passavam.

— Poético — disse ele, com um sorriso debochado. — Na minha época, Eros primava pela sutileza.

Arranquei as pétalas de outra flor e as soprei em direção ao Sol, fazendo-as girarem como um tornado antes de se dispersarem por todos os cantos do globo.

— Muitas coisas podem mudar em três mil anos.

Oríon virou de lado, e eu observei os músculos de seu braço e torso se contraírem sob a camiseta branca. O joelho bronzeado saltou de um rasgo do jeans gasto quando ele dobrou uma perna. Dei um sorriso cheio de desejo. Por mais que ficasse bem com o colete de couro e a tanga de antigamente, esse cara tinha nascido para vestir uma Levi's. Ele levou umas duas semanas para se habituar ao atrito do jeans, mas, podem acreditar, valeu a pena.

— O que acontecerá conosco então? — perguntou ele, enquanto deslizava a ponta do dedo pela parte interna de meu braço. — Quando o mundo acabar?

Respirei profundamente, estremecendo de prazer com o gesto.

— Eu não me preocuparia com isso, pois provavelmente não vai viver o bastante para ver isso acontecer. Afinal, você é um mortal.

Tentei falar em um tom de honestidade despreocupada, mas os profundos olhos azuis escureceram, e ele virou de costas novamente, soltando um suspiro.

— Não me lembre disso.

Senti uma pontada familiar e levantei a cabeça. Meu longo cabelo negro e rebelde emaranhou-se, prendendo no gramado descuidado. Realmente as coisas mudam. Nos tempos antes de Cristo, Oríon zombaria da afirmação e alegaria que viveria para sempre. Mas, após milhares de anos preso no céu, agora tinha sentimentos novos e complexos em relação à mortalidade. Sentimentos que ele mesmo ainda tentava compreender.

— Desculpe — pedi, não pela primeira vez. — Sempre poderei levá-lo de volta às estrelas se quiser. É só falar, e pode ficar por lá eternamente.

Prendi a respiração enquanto aguardava a resposta. E se quisesse mesmo voltar? E se ficar aqui fosse demais para ele e o amor por mim não fosse motivo suficiente para ficar? De qualquer forma, eu não estava bem certa de que *realmente* poderia colocá-lo de volta entre as estrelas. Já tinham se passado seis meses desde aquela fatídica noite de 14 de fevereiro, Dia dos Namorados, em que o arranquei do céu, e ainda não sabia bem como fizera aquilo. Um fato irritante e meio assustador; era um dos pouquíssimos segredos que eu escondia dele, mesmo tendo jurado que sempre contaria tudo. Se há uma constante no amor, são os segredinhos inofensivos do dia a dia. E eu sei muito bem disso. Isso é meio que meu trabalho.

— Não, é claro que não. Nem pensar. — Ele me abraçou pela cintura, e eu suspirei, aliviada. — Prefiro ficar o pouco tempo que tenho aqui com você que de bobeira nas estrelas, vendo a vida passar sem mim. Vendo você viver sem mim.

Trocamos um olhar longo e cheio de emoção, então caímos na gargalhada.

Oríon se sentou, passando os dedos na testa.

— É, acho que exagerei um pouco, né? — comentou ele, com uma risada irônica. — Mas é uma pressão enorme tentar ser o namorado da deusa do amor — continuou ele, fazendo um gesto de dúvida com a mão. Oríon jogou a cabeça para trás e riu de novo, sentindo o sol sobre o rosto. — No que fui me meter, hein?

Eu adorava vê-lo rir. Ele tinha passado as primeiras semanas de sua nova vida tão pensativo, que doía só de ver. No decorrer dos últimos meses, aos poucos começara a se estabilizar e a relaxar, mas, ainda assim, era bom vê-lo feliz.

— Tecnicamente, minha mãe é a deusa do amor — corrigi. — Eu só coloco a mão na massa.

Era eu que passava incontáveis horas trespassando os corações dos mortais com minhas flechas áureas. Era eu que decifrava as almas e descobria os parceiros ideais que as completariam e as tornariam plenas, seguras e eternamente amadas. E como os mortais me retribuíam? Chamando-me por aquele nome grotesco que os romanos me deram — Cupido — e me representando como um bebê seminu e obeso.

Eu tentava levar na esportiva, mas aquilo era um pouco demais para uma deusa. Eu era Eros, a incrível criadora do amor na Terra, e merecia o mínimo de respeito.

— Tá bem, tá bem. Se quer acreditar nisso — implicou ele.

— Fala sério. Ser meu namorado não é *tão* ruim assim — falei, cutucando-o com o joelho. — Nós nos divertimos, né?

Assim que as palavras deixaram minha boca, quis eliminá-las, pois esperava em parte que ele fosse discordar. Ultimamente Oríon dava sinais de que gostaria de visitar a vila de pescadores nos arredores para passar um tempo entre outros mortais e testar o vocabulário do século XXI que eu vinha lhe ensinando. No entanto, mesmo sabendo que a reintegração dele à sociedade era inevitável, eu não queria que acontecesse de imediato. Não estava pronta para soltá-lo no mundo.

— Suponho que sim — brincou ele, olhando para mim por sobre os ombros.

— Você *acha* que sim — reprovei. — Ninguém mais fala "suponho". Pelo menos ninguém com menos de 50 anos.

— É, mas tenho, tipo, dois *mil setecentos* e cinquenta anos — declarou ele, revirando os olhos enquanto calculava.

— Ótimo uso da interjeição sem propósito "tipo"! — parabenizei. — Você é meu melhor aluno!

— Seu único aluno — corrigiu ele. Com a destreza de uma pantera, Oríon atirou-se em cima de mim, apoiando cada mão de um lado para se erguer, mas sem que nenhuma parte do nosso corpo se tocasse. A gola da camiseta dele afrouxou de forma que consegui ver cada linha do peitoral perfeito, e o cordão prateado que eu trouxera para ele, com uma flecha perfeita como pingente, fez cócegas em meu pescoço. Por um segundo, pensei que fosse me beijar. Em vez disso, porém, assumiu uma expressão tímida. — Sou seu único aluno, não sou?

Ergui a mão e toquei seu rosto, a barba macia e curta arranhou minha pele.

— Nunca questione isso. Sabe que é o único.

Ele assentiu, desviando o olhar, e eu me perguntei no que estaria pensando. Será que realmente não confiava em mim? Ou seria alguma lembrança antiga que entristecia seu coração? Será que pensava no primeiro amor, Mérope, que terminara o noivado faltando poucos dias para o casamento? Esperava que ele não me achasse tão volúvel quanto ela.

— Ei! — chamei, cutucando de leve a perna dele com a minha. — Que tal um pouco daquela diversão agora?

— Claro — respondeu ele com um sorriso.

— Então venha me pegar.

E decolei quase na velocidade da luz.

Oríon sorriu e suspirou, praguejando, enquanto se levantava para partir em meu encalço. Eu, é claro, diminuí o ritmo para a brincadeira ser justa. Essa era uma de nossas diversões favoritas: perseguir um ao outro sobre as encostas e campinas desertas de nossa fantástica ilha norte-americana. Mergulhei pelas florestas, evitando habilmente arbustos, árvores caídas e buracos, e peguei o arco e a aljava — carregada com flechas de caça com pontas de prata em vez das flechas áureas mágicas — na clareira onde os deixara mais cedo, após uma caça animada. Oríon também deve ter apanhado suas coisas, porque segundos depois uma flecha passou raspando por minha orelha, tão perto que consegui ouvir o zunido da pena. A flecha partiu ao meio a casca de um tronco adiante, e eu o contornei, mesmo sabendo que ele errara de propósito. Oríon era o único ser na existência, mortal ou imortal, que atirava melhor que eu. Não que eu jamais fosse admitir isso.

— Está tentando perfurar minha orelha? — reclamei, empurrando-o pelo peito assim que chegou, ofegante, à minha frente.

Oríon deixou cair a arma e me puxou para perto dele, fazendo um gracejo. Inclinando minha cabeça para o lado, afastou o cabelo da orelha para acariciar o lóbulo.

— E machucar esse perfeito exemplar? Nunca.

Então ele beijou meu pescoço e me envolveu com seus braços fortes, enlaçando minha silhueta delgada com o corpo. Simplesmente suspirei de alegria, sentindo aquela paz familiar tomar meu coração. De todos os romances que já vivi, de todas as pessoas, deuses e semideuses que conheci, de todos os reinos que já visitei na Terra e nos céus, o único lugar que realmente fazia com que me sentisse em casa era bem ali. Bem ali, nos braços de Oríon. Eu não compreendia bem, nunca teria acreditado nisso meses, anos ou milênios atrás, mas era a verdade. Ele era minha alma gêmea. Oríon, que transara com Eos e namorara com Ártemis, sendo morto por ela e seu terrível irmão, Apolo. Oríon, o notório egomaníaco, o mais impulsivo caçador de emoção que já viveu, o mortal que eu ainda começava a conhecer. Ele era, de muitas maneiras, meu oposto, mas meu único lar.

— Nunca me deixe — pedi, com a boca contra a camisa dele. — Prefiro morrer a viver sem você.

— O quê?

Arregalei os olhos. Droga! Será que eu tinha mesmo dito aquilo em voz alta? Meu coração disparou enquanto eu buscava uma explicação. Procurava palavras parecidas que poderiam ser confundidas com as que eu realmente dissera. Os dedos dele enrolaram-se em meus cabelos e puxaram minha cabeça para trás gentilmente, mas com firmeza, me forçando a encará-lo. Seus olhos estavam iluminados de felicidade.

— O que você acabou de dizer? — perguntou ele sorridente e meio intrigado.

— Eu... Eu não... Tipo assim, disse...

Um estrondo ensurdecedor de trovão fez o chão tremer, nos levando a cambalear até o tronco mais próximo. O vento açoitou meu rosto, e gotas de chuva atingiram minha pele. O céu enegreceu tão depressa que só podia haver uma explicação. O terror dominou minhas entranhas, e fiquei sem ar. Meus dedos se fecharam no antebraço de Oríon, como um gancho, agarrando-o como se minha vida dependesse daquilo.

Ele estava vindo. Não. Já havia chegado.

— Corra! — gritei para Oríon. — Corra!

Tomando minha mão, Oríon virou-se e fugiu em direção ao centro da floresta, a mata mais densa, o lugar que serviria de abrigo contra qualquer tempestade natural. Mas eu sabia que aquele temporal não era natural e, após vinte passos, meus temores se confirmaram. Ares, o deus da guerra, surgiu bem à nossa frente em toda a glória impetuosa; o rosto riscado com lama do campo de batalha, um grotesco corte em um dos braços gotejava sangue e o semblante contorcido em uma mistura de fúria e ódio que eu jamais vira antes. Oríon colocou-se diante de mim, como um escudo humano, mas era inútil. O deus precisou apenas estender a mão para arrancá-lo do chão e arremessá-lo para a frente, como um boneco de retalhos. Tentei agarrar Oríon, mas só consegui segurar a corrente de prata, que arrebentou quando ele foi lançado. O corpo bateu contra o peito de Ares, e a cabeça foi jogada para trás com um estalo. O deus girou Oríon com violência e o deixou virado para mim, dobrando o braço em volta do pescoço de meu amado e o segurando com força contra a pele ensopada de suor.

— Papai, não! — gritei, apertando o pequeno pingente de prata em forma de flecha dentro do punho fechado.

Ele me ignorou. Sempre me ignorava.

— Como se atreve a corromper minha filha? — rosnou meu pai no ouvido de Oríon. — Eu deveria arrancar a cabeça de seu corpo franzino e mortal aqui mesmo.

— Não! — berrei.

Meus joelhos cederam, e caí no chão. Oríon se debatia, mas era inútil. Totalmente inútil. Não havia no Monte Olimpo ou no Etna deus mais forte que meu pai. Que hipocrisia ele se meter em meu relacionamento com um humano quando ele mesmo e os outros deuses e deusas saíam transando com quem bem entendessem, fosse deus, mortal ou animal, como se tivessem o direito.

— Papai, por favor! Por favor! Ele não fez nada de errado. A culpa é toda minha. Eu o trouxe pra cá. Eu o escondi de você. Sou eu que devo ser punida.

Ares me olhou de relance, e vi seus olhos se arregalarem. Por um momento, pensei ter vislumbrado medo e confusão, mas logo desapareceram, e eu sabia que havia imaginado. Medo era uma palavra que não constava no dicionário de Ares. Ele provocava o medo, mas nunca o sentia. Jamais saberia como senti-lo, mesmo que quisesse.

— Creio que o rei Zeus discordará. Ele não aprecia humanos que tentam se misturar com nossa raça — retorquiu ele, segurando Oríon com mais força ainda, fazendo seus olhos se esbugalharem. — Que tal irmos até ele para pedir sua opinião?

Tentei gritar em protesto, mas engasguei de desespero. Sujeitar Oríon à misericórdia de Zeus seria o mesmo que o jogar a uma alcateia de lobos furiosos e famintos. Se eu permitisse que meu pai o levasse, seria o mesmo que assinar sua sentença de morte. Sem pensar, peguei o arco, mantendo o cordão preso entre os dedos. No momento em que mirei, a calma tomou meu coração. Empunhando o arco, jamais falhei. Empunhando o arco, eu era a versão mais pura de mim mesma. Puxei a corda e a liberei. A flecha de caça voou pelos ares, diretamente em direção ao alvo. Em direção ao coração de meu pai.

No último instante, ele levantou o braço livre e desviou o projétil com o punho amassado da armadura. Minha flecha confiável, a última esperança, ricocheteou no chão com um inútil *plim*.

Ares me fuzilou com um olhar que prometia que eu seria punida pelo ato de insubordinação. Como se eu me importasse. Como se desse a mínima para aquilo no momento. Daria tudo, meus poderes, minha imortalidade, minha vida para salvar Oríon. Mas, antes mesmo de verbalizar aqueles pensamentos, o deus da guerra desapareceu em um incrível vórtice de poeira e pedras, levando também o amor de minha vida.

— Mãe! — berrei, girando e me materializando no meio do quarto dela. Era um aposento enorme, confortável e romântico devido a vários colchões de pena de ganso ao redor; centenas de travesseiros em tons de vermelho, rosa e violeta; e uma fileira de luxuosos tecidos de seda e peles franzidas espalhados estrategicamente pelas paredes e janelas. — Afrodite! Preciso de você!

— Eros? O que foi? — Minha irmã, Harmônia, apareceu a meu lado, o cabelo ruivo, que era tão comprido quanto o meu, chegando quase até o quadril, ainda voava levemente próximo à face por causa da lufada de vento provocada por minha chegada.

— É Ares. Ele levou Oríon para Zeus. Vão matá-lo — afirmei, agarrando-a pelo braço e tentando manter a voz firme.

— O quê?

Minha mãe, Afrodite, a verdadeira deusa do amor, entrou no quarto pela porta da sacada. Vestia uma toga branca decotada, com uma fenda na saia que expunha a perna longa e bronzeada. O cabelo louro e cheio estava preso no alto da cabeça em um perfeito coque casual, com cachos caindo e emoldurando o belo rosto em forma de coração. Os olhos azuis costumavam ser descritos como "surpreendentes" por causa da tonalidade clara e extraordinária que possuíam, mas, para mim, eram simplesmente o reflexo de meus olhos e os de Harmônia, praticamente o único traço que nos unia como família. Meus irmãos, Deimos e Fobos, tinham os olhos de meu pai — negros como o mais profundo buraco do mundo subterrâneo.

— Ele nos descobriu. Não sei como, mas descobriu — disse eu, precipitadamente, para minha mãe, agarrando seus braços. — Você precisa me levar ao palácio de Zeus, mãe. Agora.

A testa perfeita de Afrodite enrugou-se.

— Mas eu...

— Vão matá-lo! — choraminguei, desesperada. Zeus nunca fora conhecido por sua paciência ou justiça, e, quando se enfurecia, meu pai tinha o costume de arrancar os membros das pessoas um a um, tornando a morte a mais longa e dolorosa possível. Oríon poderia estar sofrendo aquele destino naquele exato momento. Poderia já estar morto. — Por favor, mãe. Não posso ir até lá sem você. Sabe disso. Por favor.

Ela analisou meu olhar, então contraiu os lábios, formando uma linha severa.

— Tudo bem. Nós vamos. Mas lembre-se de que Hera tem horror a visitas inesperadas. Especialmente quando essa que vos fala está envolvida.

— Vou encontrar um jeito de recompensá-la — prometi.

— Ah, vai — respondeu ela, com naturalidade. — Vai mesmo.

Ela pegou minha mão, e o chão girou sob mim. No último momento, estiquei o braço e agarrei o de Harmônia, levando-a conosco.

Senti nas entranhas a intrigante sensação de ser engolida, minha mente ficou verde, então cinza, e, meio segundo depois, chegamos ao chão de mármore do vestíbulo do palácio de Zeus. Seu trono no topo da sala estava vazio, as insígnias coloridas fixadas nas janelas agitavam-se com a brisa. Tudo parecia incoerentemente pacífico, até escutarmos o grito de Oríon.

Nós nos viramos, e lá estava ele, acorrentado ao chão de mármore, o peito exposto, enquanto meu pai parecia prestes a lhe atravessar o coração com uma lança cuja ponta reluzia ao sol.

— Nãããããão! — gritei, aos prantos.

Ares, sagaz como sempre, parou com a ponta afiada raspando a pele de Oríon. Ele e Zeus ergueram o olhar. Meu pai estava ofegante, como se Oríon tivesse tentado resistir, mas Zeus parecia calmo. A barba dourada encaracolava-se sobre o colarinho do peitoral da armadura, e o cabelo louro estava penteado para trás. A pele do rosto estava corada e marcada como sempre, mas os olhos verdes eram límpidos. Ele não pareceu se alarmar com nossa presença, e sim se divertir. Ao estalar os dedos, o aposento foi tomado por guardas usando a tradicional vestimenta do Império Romano, a qual Zeus adotara após a queda dos gregos e ainda mantinha mesmo depois de tantos anos. Ele levantou a mão para que não avançassem mais em direção a mim, minha mãe e irmã. Por enquanto.

— Afrodite — falou ele, com a voz retumbante como um trovão. — Você participou disso?

Ela soltou minha mão e entrelaçou os dedos.

— Minha alçada é o amor, Vossa Majestade. Eros está apaixonada por este garoto; logo, é de meu interesse trazê-la aqui.

Fitei Oríon nos olhos. O suor brotava na testa enquanto ele lutava para respirar. Os punhos estavam cerrados, tensionando as algemas que lhe prendiam os pulsos. Estava aterrorizado, mas lutava bravamente para não demonstrar. Eu o amei mais que nunca naquele momento.

— Eu não teria tanta certeza assim — proferiu Zeus, com desprezo. Ele olhou para meu pai. — Termine logo com isso.

Meu pai tornou a levantar a lança. Oríon virou a cabeça e preparou-se para o golpe. Sem pensar, joguei-me sobre o peito dele, caindo de lado, de forma que nossos corpos formassem um X, e aguardei que a lança me atravessasse.

Nada aconteceu.

— Eros! Não tem ideia do que está fazendo — rugiu Ares.

— Sei exatamente o que estou fazendo — refutei, virando-me de costas de forma desajeitada, mas sem me atrever a sair do lugar. — Estou salvando a vida dele.

— Sabe muito bem que posso tirá-la daí com um estalar de dedos — anunciou Zeus, suspenso no ar sobre nós.

— Sei disso, Vossa Majestade — respondi em tom conciliador. — Mas faço qualquer coisa. O que desejar. Só imploro, pelo amor de Hera, não o mate.

— Peço perdão por essa insubordinação, Majestade — sussurrou meu pai. — Prometo que vou...

Zeus ergueu uma das mãos pesadas, interrompendo friamente Ares, e baixou o olhar em minha direção, levantando uma sobrancelha.

— Qualquer coisa?

Afastei-me do peito de Oríon e sentei no chão ao lado dele. Peguei sua mão, quente e escorregadia, e a segurei enquanto ainda mantinha firme o cordão na outra mão. Pelas costas, podia sentir o coração de Oríon batendo forte. Ainda vivo. Tinha de mantê-lo assim.

— Qualquer coisa.

Zeus nos analisou, a mim e a Oríon.

— Seu pai diz que você alega ter resgatado Oríon das estrelas sozinha.

Pelo canto dos olhos, consegui ver minha mãe e irmã trocarem um olhar rápido.

— Sim — declarei, limpando a garganta.

Zeus estreitou os olhos. Era como se eu estivesse falando um idioma que ele não compreendia, o que era, é claro, impossível. Não havia qualquer idioma falado pelo homem que nós, deuses, não domínassemos. Em seguida ele se afastou de nós. Enquanto estava de costas, meu olhar percorreu a sala de forma lenta e cuidadosa. Havia mais de vinte janelas, porém o dobro de guardas e meu pai. Mesmo que eu conseguisse, de algum modo, libertar Oríon das algemas e passar por todos, o que não seria só difícil, mas impossível, Zeus seria capaz de nos localizar em qualquer lugar. Ele era o rei dos deuses, mais poderoso que qualquer ser existente em qualquer parte do universo. Fui uma idiota em pensar que poderia enganá-lo.

Mas não. Eu o *tinha* enganado, com a ajuda de minha mãe. Mantive Oríon seguro por meses, indo e voltando do Olimpo para a Terra à vontade, enquanto minha mãe ocultava nossa posição dos olhos de Zeus. Se ele soubesse o que eu tinha feito em fevereiro, teria nos arrastado para o Olimpo naquele mesmo instante. Mas era final do verão, e ali estávamos nós. Agora. Por que agora? Por que não ficara sabendo antes? E como tinha descoberto?

Olhei de relance para minha mãe e Harmônia, as duas únicas deusas a quem eu havia confiado meu segredo, enquanto Zeus continuava caminhando pensativo pela sala. Estava certa de que nenhuma delas me traíra. Harmônia era minha irmã, minha melhor amiga e o único ser que jamais viraria as costas para mim, não importava o que acontecesse. Era sabido que no passado minha mãe colocara os próprios interesses na frente dos de seus filhos, mas não daquela vez. Ela desejava que meu amor com Oríon fosse bem-sucedido. Caso contrário, teria encontrado um jeito de nos separar logo no começo em vez de me ajudar a visitá-lo e a cuidar de sua saúde. Não contei nem para minhas amigas, Nice e Selene, sobre as idas à Terra, pois às vezes Nice colocava sua eterna busca pela aprovação de meu pai acima de qualquer coisa; e Selene tinha a mania de falar fora de hora. Então como? Como Ares e Zeus descobriram?

— Nesse caso, Eros, farei um acordo com você — anunciou Zeus, por fim, despertando murmúrios de interesse pelo enorme salão.

— Um acordo? — perguntei cautelosamente, empertigando-me.

— Sim. Ando desapontado com seus resultados ultimamente. A chama do amor verdadeiro vem diminuindo, e me enoja ver que trabalhamos com a margem de tolerância, para dizer o mínimo. Você não tem sido produtiva, minha querida — afirmou ele, caminhando em minha direção e levantando meu queixo com um dedo. Seu olhar pousou em Oríon com desprezo e repugnância.

— Agora sei o motivo.

Ele afastou-se e chutou Oríon nas costelas com tanta força que consegui escutar o estalo. Soltei um gemido quando Oríon tossiu e cuspiu, contorcendo-se para se manter o mais distante possível de nós com os membros amarrados. Harmônia escondeu o rosto no ombro de nossa mãe, que, por sua vez, manteve a expressão impassível. Eu queria cuspir na cara de Zeus, mas me contive.

— Eis minha oferta — continuou Zeus. — Você será banida para a Terra sem seus poderes. Será, basicamente, uma mortal.

Minha mãe e minha irmã arquejaram. Até meu pai mudou o peso do corpo para a outra perna.

— Então terá de me provar seu valor, formando três casais com amor verdadeiro, sem truques de deuses nas mangas — prosseguiu Zeus. — Só assim permitirei que retorne ao Monte Olimpo.

— E quanto a Oríon? — perguntei, a voz falhando.

— Se você for bem-sucedida na tarefa, pouparei a vida dele — respondeu Zeus, fazendo um gesto indiferente com as mãos. — Até lá, ele será meu escravo.

O rei olhou para meu pai, que segurava a lança firmemente com ambas as mãos.

— O que tem a dizer sobre isso, Ares? A proposta parece justa?

Todos os presentes sabiam que não importava nem um pouco o que o deus da guerra achava justo ou não. Zeus apenas testava sua lealdade, assegurando-se de que meu pai se importava mais com ele que com a própria filha.

— Justo, sábio e generoso, Vossa Majestade — respondeu Ares, olhando diretamente para mim.

— Muito bem — disse Zeus assentindo. — Ah, e Afrodite... — Ele se virou para minha mãe, que ergueu o rosto.

— Sim, Vossa Majestade — atendeu ela, com uma leve reverência e curvando a cabeça.

— Como está absolutamente clara sua cumplicidade nisso tudo, também será banida.

— O quê? — gritou a deusa. — Zeus, não! Por favor! Não pode me enviar àquele lugar horroroso.

Harmônia e eu trocamos olhares, alarmadas. Minha mãe tinha certa tendência ao drama, mas também era a deusa mais forte que conhecíamos. Nunca havíamos escutado sua voz alcançar aquele tom tão desesperado.

— Não só posso, como vou — rebateu Zeus, impassível.

— Eu lhe imploro! — choramingou ela. — Faço qualquer coisa que pedir! Qualquer coisa!

— Já podem ir — ordenou Zeus.

Enquanto ele girava os punhos, me virei e agarrei a mão de Oríon com as minhas, pressionando o pingente de flecha contra ela. Minha mãe soluçava, caindo de joelhos no chão, enquanto Harmônia a segurava. Minhas células já estavam vibrando, e minha mente ficava leve. Eu tinha poucos minutos. Não, segundos. Desesperada, fixei o olhar no de Oríon.

— Voltarei pra você — prometi, segurando seus dedos e não querendo soltar. — Pode ter certeza, Oríon. Não vai se decepcionar!

— Eu amo você — declarou ele, por entre os dentes, enquanto meus dedos começavam a escorregar. — Acredito em você.

Tentei dizer que o amava também, mas antes que fosse possível, fui sugada, e o único som que consegui emitir foi um grito.

CAPÍTULO 1

True

Pressão. Dor. Minha cabeça parecia estar sendo esmagada. Latejava, latejava, latejava. Abri os olhos devagar e me encolhi quando a luz do sol atingiu as retinas. Minha pele estava tensa, seca e gelada. O couro cabeludo formigava. Os dedos dos pés estavam dormentes. Quando o quarto que eu ocupava gradualmente entrou em foco, compreendi o motivo daquilo. Eu estava completamente nua, e fazia muito frio. Tremendo até a alma, agarrei o cobertor grosso e bordado embaixo de mim e me enrolei. Alguma coisa caiu no chão com um tinido.

Uma pequena flecha prateada cintilou à luz do sol sobre o chão de madeira. O cordão de Oríon. Eu o tentara devolver a ele. Pensei que aquilo poderia ajudá-lo a aguentar. Mas eu tinha falhado. Falhara com ele de tantas maneiras que agora Oríon estava lá, preso no palácio de Zeus, sozinho e com medo, e eu era a única que poderia salvá-lo.

Inclinei-me para pegar o pingente, então dei duas voltas e prendi a corrente quebrada no pescoço. O pingente estava quente sobre a pele gelada, e o toquei com os dedos, fechando os olhos e tentando enviar uma mensagem a Oríon.

Vou salvá-lo. Vou voltar para você.

Ao me levantar do chão, senti uma ponta de dor nas têmporas e me desequilibrei, cambaleando para o lado, até um aquecedor de ferro muito gelado preso à parede. A dor passou para a testa, pulsando a cada batida do coração. Fechei os olhos, respirei e pressionei a mão contra a cabeça, esperando que a dor diminuísse.

Na verdade, a pulsação ficou ainda mais forte. Afastei os dedos trêmulos e olhei para eles. Não estavam quentes nem brilhavam.

Tomada pelo pânico, virei-me para a janela, apoiando a cabeça contra o vidro enquanto a dor me atingia novamente. Do lado de fora, o mundo estava claro e bem movimentado. Carros passavam pela rua. Um casal com as roupas combinando e segurando halteres corria na calçada. Na esquina, uma mulher de uniforme segurava uma placa de "Pare" e fazia sinal para um grupo de crianças saltitantes atravessar diante do trânsito parado. Árvores frondosas alinhavam-se pela calçada de tijolos, dois cães pequeninos latiam enquanto o dono limpava o excremento, um carteiro tirou o chapéu para cumprimentar o motorista do caminhão de padaria parado próximo ao meio-fio. Bandeiras americanas enfeitavam as entradas das casas, e nas placas lia-se Nova Jersey. Pelo menos agora eu sabia onde estava.

Tudo era tão pitoresco e adorável que senti uma vontade quase incontrolável de gritar.

— Sua Majestade me mandou para o lugar mais feliz da Terra, não foi mesmo, Zeus? — falei baixinho, olhando para o céu. O rei dos deuses tinha um senso de humor irônico. Mas poderia ser pior. Pelo menos, em um lugar como aquele, as pessoas estariam mais abertas ao amor. Ele poderia ter me mandado para uma caverna úmida em algum país opressivo, devastado pela guerra e totalmente desprovido de esperança. O fato de não ter feito isso significava alguma coisa. Significava que, de alguma forma, Zeus queria que eu fosse bem-sucedida, o que era muito bom.

Respirando fundo, apoiei as mãos na escrivaninha, deixando o cobertor cair no chão. Concentrei-me no carteiro e foquei toda a energia em seu coração. Se eu tivesse meus poderes, seus desejos interiores se revelariam. Eu me concentrei, prendi a respiração, pedi aos deuses, mas nada aconteceu. Ele simplesmente ficou lá, assoviando ao fazer seu trabalho. Não tive o menor indício de seu eu interior, nenhuma onda de emoção; não consegui nem descobrir nome, idade ou estado civil. Meu coração ficou tão apertado que parecia ter sido esmagado. Aquele poder era inato. Não o possuir mais... Era como não ter mais a habilidade de piscar ou de respirar.

Toda onda de adrenalina desafiadora que tinha sentido no Olimpo murchou e morreu dentro do peito. Eu não sabia como fazer aquilo sem poderes. Como começaria? Eu nunca passara mais que um ou dois dias na Terra, fora as semanas a sós com Oríon. E, além dele, eu jamais havia interagido com um ser humano em toda minha existência, não mais que por poucos minutos.

Alguma coisa caiu e quebrou dentro de casa. Virei-me, e o carteiro ficou paralisado em frente à janela, boquiaberto. Ah, sim. Nua. Dei de ombros para ele e fechei as cortinas.

— Mãe! — gritei, indo em direção ao closet do lado oposto da cama. Havia uma coleção esparsa de roupas lá dentro. Peguei uma blusa de moletom larga e a vesti. Em um dia normal, apenas fechava os olhos e imaginava um vestido ou um traje de caça, e ele se materializava em meu corpo, ajustando-se com perfeição. Outro poder que certamente faria falta. — Mãe! Cadê você?

Escutei um gemido. O piso de madeira do corredor rangia sob os pés à medida que eu cambaleava em direção ao som. Passei por outro cômodo, por um banheiro e pelas escadas até chegar no maior quarto até então. Ficava nos fundos da casa, com janelas voltadas para norte, sul e oeste, mas todas as cortinas estavam fechadas, as dobras chegando até o chão, de modo a dificultar a entrada de qualquer raio de sol. No meio da cama de dossel havia um monte de cobertores embolados.

— Mãe?

A mão delicada e branca surgiu das cobertas.

— Aqui.

Aproximei-me da cama. Ela se sentou, segurando uma garrafa de vinho; o cabelo louro estava grudado na testa suada. Ela arremessou a garrafa já vazia no chão — onde tiniu e rolou em direção à cômoda — e tirou outra debaixo das cobertas, abrindo-a.

— Onde arrumou isso? — perguntei.

Minha mãe tomou metade da garrafa em um só gole e limpou a boca com as costas da mão antes de responder:

— Na adega. Está bem abastecida. Zeus demonstrou um pouco de compaixão.

— Mãe, precisa se levantar. Temos de descobrir o que vamos fazer — implorei, enquanto ela voltava a se recostar nos travesseiros grandes e macios.

— É aí que você se engana, Eros — disse ela, tomando um gole e contraindo os lábios. — Você tem de pensar em um plano. É você que tem uma missão a cumprir. — Afrodite gesticulou para mim com a garrafa. — Fui mandada para cá por raiva, então eu bebo. — Ela levantou a garrafa, brindando com ninguém, e a levou de volta à boca.

— Mas, mãe, estou sem poderes! — gritei, virando as mãos. — Nunca fiz isso sem eles. Como vou unir pessoas se não faço a menor ideia do que precisam? Se não posso ler pensamentos? Se não...

— Chega de choramingar sem parar! — esbravejou minha mãe, jogando a garrafa, agora vazia, contra a parede com tanta força que se estilhaçou, lançando cacos de vidro em cima do guarda-roupa antigo, assim como do tapete velho e desgastado. Meu coração parou, mas ela não se interrompeu. — Vamos deixar uma coisa bem clara, Eros — começou ela, fervendo de raiva ao se levantar da cama, usando nada além de uma camiseta preta comprida. — Fomos exiladas graças a um descuido seu. Nunca fui banida para a Terra antes. Nunca! Sabe quantos deuses podem declarar isso? Eu era uma lenda, agora não sou nada. — Afrodite olhou para si mesma, para os dedos das mãos, dos pés, então agarrou a camisa como se quisesse arrancá-la do corpo. — Apenas uma *mortal*. E tudo por culpa sua.

Ela cambaleou de leve, virou-se e rastejou de volta para a cama.

— Jamais a deveria ter ajudado a encontrá-lo naquele dia. Não deveria ter permitido que ficasse. Eu deveria saber que isso ia acontecer. Deveria ter visto nas estrelas. Mas eu vi? Não. Por quê? Porque você estava tão feliz que eu, por algum motivo desconhecido, senti a necessidade de ajudá-la nesse seu devaneio totalmente fora da realidade.

Essas palavras me magoaram. Eu sentia um certo orgulho por minha mãe ter ajudado e sido cúmplice de meu relacionamento com Oríon, por ter feito aquilo de boa vontade e até mesmo com alegria. Pela primeira vez em muito tempo, parecia que eu realmente significava algo para ela.

— Será que não foi seu amor maternal? — perguntei esperançosa.

Minha mãe zombou e cobriu a cabeça com os cobertores.

— Sentimentalismo é para os fracos, Eros. Agora ao trabalho.

Senti a garganta seca; um nó de decepção e medo se formou em meu estômago. Mas sabia quando não adiantava discutir com minha mãe. Ela estava se lamentando, e, quando ficava assim, não dava para argumentar. Eu estava sozinha ali. Na Terra. Mortal, sem amigos e sozinha.

Virei-me em direção à porta, mas parei com a mão no batente.

— Só tenho uma pergunta — disse eu. — Como? Como Ares descobriu sobre nós?

— Não sei — respondeu ela, sem levantar a cabeça. — Não contei pra ninguém, e meu manto não foi violado.

— Por que ele não me procurou? — questionei. — Por que não veio falar comigo sobre Oríon em vez de arrastá-lo para Zeus?

— Você fez três perguntas — ressaltou minha mãe, sem paciência. — Agora vá!

O chão estalou sob meus pés, e ela se sentou, suspirando.

— Seu pai fez o que fez porque se preocupa apenas com duas coisas: com ele mesmo e com a graça de Zeus. Ele sabia que, se Zeus descobrisse tudo e percebesse que ele não havia lhe contado, ou pior, que Ares sequer *sabia* o que a filha andava fazendo, isso o rebaixaria perante os olhos do rei. Seu pai é um megalomaníaco narcisista, Eros. Sempre foi e sempre será. Por mais que eu tenha tentado me convencer do contrário, ele não ama ninguém além de si mesmo.

Deixando-se cair novamente na cama, prosseguiu:

— Agora, por favor — pediu exausta —, faça seu trabalho.

De forma silenciosa, dei meia-volta e saí do quarto, fechando a porta. Ao ouvir o clique da fechadura, senti de repente falta de minha irmã. Ela sempre sabia o que falar e o que fazer. Mas, mesmo desejando sua sabedoria, entendia que era melhor para nós duas que ela continuasse no Monte Olimpo. Ficaria de olho em Oríon. Faria tudo a seu alcance para garantir que Zeus não perdesse o controle, que não voltasse atrás em nosso acordo. Eu precisava dela exatamente onde estava.

Respirando fundo, fechei os olhos e tentei escutar a voz de Harmônia. Em minha cabeça, sabia o que ela diria. Eu era uma deusa. Era poderosa. Tinha trazido Oríon das estrelas para cá. Viajara do Monte Olimpo para a Terra diversas vezes, sem que ninguém suspeitasse de nada. Tinha cuidado dele para que se curasse. Eu era estudiosa, caçadora, sonhadora e boa leitora de almas. Ia conseguir cumprir a missão. Tinha de conseguir. Tinha de salvar Oríon.

A questão era: por onde começar?

Sem pressa, voltei para o quarto, a cabeça ainda latejava muito. Havia bilhões de pessoas no mundo. Como eu poderia saber quem era solteiro e quem não era, quem já tinha encontrado a alma gêmea e quem não tinha, sem poder ler os corações? Nem todos na Terra estavam desesperados por um relacionamento, nem todos estavam abertos a isso. Onde eu encontraria centenas de almas dispostas a encontrar um par? Prontas e abertas para o amor verdadeiro?

Do quarto, escutei uma buzina soando. Uma coisa grande, amarela e barulhenta parou perto da janela e ficou ali, roncando. Um ônibus escolar. Dei um passo à frente e prendi a respiração ao ver dois adolescentes desajeitados subirem as escadas. Ambos pararam e ficaram olhando, feito bobos, para um grupo de garotas que passava, dando risinhos, cochichando e lançando olhares por cima do ombro. Então a porta fechou com um barulho, soltaram o freio e o monstro amarelo partiu.

Senti a pele formigar. O ensino médio. É claro. Quem ansiava mais pelo amor que um bando de adolescentes dramáticos, com os hormônios em ebulição e sedentos por atenção? Eu precisava ir à escola.

Pela primeira vez, notei uma pasta de documentos bem no meio da mesa. Ao lado, havia uma ampulheta, presa a um suporte entalhado de madeira, cheia de uma areia vermelha escura que já escorria — a gravidade atraindo-a do topo do relógio para o minúsculo orifício no centro e lançando pequenos grãos de areia ao fundo do vidro. Meu coração disparou.

Sem dúvida, um presente de Zeus. Mas será que eu teria aquele tempo para formar o primeiro casal ou todos os três? A princípio, achei melhor não me deter naquela terrível pergunta.

Abri a pasta e encontrei uma fotografia sorridente de meu rosto. Estava anexada a um histórico escolar de uma escola no Maine, chamada James Monroe. O histórico ostentava várias notas dez, menos em psicologia, que estava com sete. Uma escola no Maine, onde Oríon e eu tínhamos nos escondido. Nota baixa apenas em psicologia, o estudo da alma. Muito engraçado, Zeus. Mas pelo menos ele achara importante fornecer aquilo. O significado do gesto não passou despercebido. Era importante para ele e para cada um dos outros deuses que o amor continuasse prosperando na Terra. Sem ele, o equilíbrio entre o bem e o mal, entre o certo e o errado seria alterado para sempre. Sem amor, tudo estaria perdido.

É claro que isso não significava que ele não ia adorar torturar Oríon enquanto eu estivesse presa aqui, cuidando de sua pequena missão. Zeus era um deus complexo.

Bem no alto daquela página havia um espaço para meu nome e para a data de nascimento, que fora deixado em branco. Ao menos isso o rei tinha deixado para mim: a liberdade para escolher o próprio nome.

Olhei pela janela e pensei, então peguei a caneta e escrevi. True Olympia. Seria um lembrete diário de minha missão — salvar meu verdadeiro amor e levar a mim e minha mãe de volta ao Olimpo. A data de nascimento seria, é claro, 14 de fevereiro, dia de São Valentim e dos Namorados em vários países, e calculei rapidamente o ano para que eu tivesse 16 anos.

Outra buzina soou lá fora, e senti a cabeça explodir. Fechei os olhos e levei os dedos à testa novamente. Nada ainda. Já era ruim o bastante estar presa no plano mortal sem meus poderes e com uma missão aparentemente impossível, mas será que teria de passar por tudo aquilo com uma baita dor também? Isso que chamo de enfiar o dedo na ferida. Mas aquilo não era nada comparado ao que Oríon sofria. Era hora dessa deusa aqui aceitar a situação.

Respirei fundo, voltei ao closet e me preparei para o primeiro dia como mortal.

CAPÍTULO 2

Katrina

Vai ficar tudo bem. Vai ficar tudo ótimo. Mas realmente precisa descer do carro.

— O que você disse? — perguntou Ty, enquanto estacionava seu clássico Firebird em frente à escola Lake Carmody High.

Enrubesci. Tinha enrolado um fio da franja de minha echarpe transparente no dedo com tanta força que a ponta ficou branca. Eu o desenrolei depressa.

— Foi mal. Não me toquei que tinha dito alguma coisa...

— Ah. Esqueceu o açúcar?

Fiquei quieta na mesma hora. Ty Donahue, meu namorado, moreno, alto e lindo — sem mencionar mais velho, com emprego e carteira de motorista —, estava com a mão enfiada na sacola de papel da 7-Eleven, como um urso atacando uma cesta de piquenique. O copo grande de café que comprei para ele em nossa parada matinal estava entre suas pernas no assento do motorista, pois seu amado carro fora construído antes de inventarem o porta-copo.

— Não esqueci, não. Está aí em algum lugar — respondi.

— Não, Katrina, não está.

Engoli em seco. Não havia nada que eu odiasse mais do que ser chamada daquele jeito por Ty. Como se eu fosse uma criança idiota, quando ele era apenas três anos mais velho que eu. E se tinha me esquecido de pegar o açúcar na saída da loja de conveniência, era só porque eu estava uma pilha de nervos naquela manhã, e não porque queria propositalmente o privar de adoçante nem nada assim. Abri o porta-luvas, procurei até encontrar quatro pacotinhos de açúcar amassados, mas inteiros, do Dunkin' Donuts e os joguei na mão dele.

— Valeu — resmungou ele, sacudindo o pacote antes de rasgá-lo.

— Por que está tão mal-humorado? — perguntei de forma serena, deixando as ondas escuras do cabelo escorregarem pelo rosto enquanto limpava uma mancha seca na minha mochila de vinil. — Hoje é meu primeiro dia de aula.

— E daí? É a escola. — Ele despejou o açúcar no café fumegante. — Fique com seus amigos, atormente alguns professores, e vou estar aqui pra buscar você antes que perceba. Vai pra sua casa hoje, ou vamos pra minha?

— Vamos pra sua. Minha mãe trabalhou no turno da noite, então vai estar dormindo.

Minha mãe *tinha* deixado um bilhete na sexta-feira me pedindo — não, mandando — que fosse ao mercado comprar o essencial, mas eu ainda não tinha ido, pois passara o final de semana inteiro na casa de Ty. Mas não importava, considerando que ela estaria dormindo e eu não estaria em casa.

Olhei para a Lake Carmody High, as paredes de tijolos vermelhos e as janelas envidraçadas me encaravam como se me julgassem. O segundo ano tinha sido pura e simplesmente uma droga. Após ficar todo o primeiro ano com a cara afundada em livros e receber um boletim lotado de notas dez, me passaram de três para cinco aulas avançadas no ano seguinte, e eu era a única pessoa que eu conhecia que tinha sofrido o verão inteiro porque queria que as aulas recomeçassem logo. Não que eu conhecesse tanta gente assim. Minha melhor amiga, Raine Santos, era praticamente minha única amiga desde o jardim de infância, quando nos aproximamos por causa do sobrenome parecido e do fato de nós duas sermos obcecadas pela Minnie Mouse. No entanto, ao contrário dela, eu gostava de aprender. Gostava de descobrir coisas. E vivia para provocar um amplo sorriso no rosto de meu pai quando chegava em casa com uma nota dez.

Mas então, em um dia congelante de janeiro, meu pai foi trabalhar, acenando e sorrindo como de costume, para nunca mais voltar. Bastou uma derrapagem do pneu e ele partiu. Para sempre. O resto do ano passou como um borrão. E minhas notas? Digamos apenas que, se meu pai as tivesse visto, jamais acreditaria que fossem minhas. Depois desse fracasso épico, eu tinha sido rebaixada para as aulas de preparação universitária normais naquele ano. Isso foi estranho para mim, porque fez com que eu me sentisse como uma idiota e como se estivesse decepcionando meu pai. Não que eu saísse falando isso por aí.

Pelo menos tinha algumas aulas com Raine agora. Eu estava me esforçando ao máximo para ver o lado positivo.

— Sei lá — disse eu, em voz baixa, enquanto os meus olhos procuravam a janela da sala do psicólogo, aquela que eu mais odiava na escola. Foi para lá que me levaram no dia do acidente a fim de me dar com cuidado a notícia. Foi lá que vi minha mãe desmoronar, chorando convulsivamente no chão. Minha mãe, uma mulher forte e impassível. Acabada. E estava destruída desde então.

Antes da morte de meu pai, minha mãe sempre fora rígida. Sempre exigira de mim os mais altos padrões. Mas também demonstrara seu amor de milhões de formas diferentes, por exemplo, escondendo bilhetes encorajadores na lancheira, assistindo aos meus encontros de decathlon acadêmico no ensino fundamental — mesmo tendo que arrumar alguém para trocar de turno no hospital — ou me levando para tomarmos um café da manhã especial uma vez por mês, só das garotas. Depois da morte de meu pai? Nada. Era como se nem conseguisse mais me olhar nos olhos, e nunca mais vi um sorriso em seus lábios. Nenhum. É claro que a decepcionei com minhas notas no ano anterior. É claro que me tornei uma grande decepção. Enquanto ela sofria com a maior perda que jamais havia enfrentado. A maior perda que nós duas jamais enfrentamos.

— Eu meio que espero que as coisas sejam diferentes esse ano.
— Grande eufemismo.

Ty inclinou a cabeça. Estendendo o braço, segurou a parte de trás de meu pescoço, fazendo uma carícia leve e reconfortante.

— Você vai ficar bem — afirmou ele. — Se alguém mexer com você, é só me falar.

Sorri. Ele realmente não tinha entendido nada, mas pelo menos estava tentando. Peguei a sacola de donuts no chão, e Ty estendeu a mão para pegar um. Ele levava a rosquinha até a boca quando percebi que aquela era a única de geleia coberta com açúcar.

— Não coma essa! Essa é para...

Tarde demais. Já havia enfiado metade na boca.

— Comprei essa para Raine! — reclamei ao abrir a porta.
— Que azar o dela — brincou ele, com uma gargalhada.

Ótimo. Mais cedo, Raine tinha me falado que a única coisa que a faria sobreviver ao primeiro dia de aula seria um donut de geleia. Agora ia achar que eu tinha esquecido, mesmo não tendo. Enquanto eu saía do carro, Ty pisou no acelerador, produzindo um ronco do motor que fez com que algumas meninas de jaqueta e saia curta se virassem para olhar. Uma delas, Cara Tritthart, costumava ser uma quase amiga — pelo menos uma colega da escola — na época do ensino fundamental e no primeiro ano, quando fazíamos aulas avançadas juntas. Ela inclusive fora ao funeral de meu pai e se ofereceu para estudar comigo quando comecei a tirar notas baixas. Mas não aceitei. Naquela época, estudar parecera algo absolutamente sem propósito, então, depois de um tempo, havíamos parado de conversar no intervalo das aulas como costumávamos fazer. Agora eu a via piscando os olhos de forma recriminadora para mim, o carro e Ty. Bati a porta, contornei o automóvel e me abaixei para um beijo de despedida, com o rosto tão quente que poderia derreter borracha.

— Divirta-se, gata — despediu-se Ty, lambendo um pouco de geleia que havia ficado no dedo.

— Valeu pela carona — respondi.

Quando nos beijamos, foi como se os últimos minutos nunca tivessem acontecido. Ele estava com gosto de açúcar, e nossa proximidade me lembrou de como eu tinha sorte por tê-lo, por ter alguém que me amasse. Ao me levantar, estava sorrindo, esquecendo-me de Cara e das outras meninas.

— Você tá bem gostosa — elogiou Ty, com os olhos passeando de forma possessiva pelo jeans apertado e a bota preta de salto alto.
— Acho bom esses pirralhos se comportarem.

Levantei a mão e alisei seu cabelo escuro, cortado em estilo militar.

— Vejo você mais tarde.

Ele fez o motor roncar bem alto mais uma vez e arrancou, assegurando-se de que todos no raio de 10 quilômetros estivessem olhando. Esse era Ty. Adorava ser o centro das atenções; algo que eu nunca conseguiria compreender. Baixei a cabeça e subi a escadaria de concreto em direção à escola, tentando ignorar as amigas de

Cara, que obviamente fofocavam sobre mim, e de repente me senti enojada e queimando por dentro. Por quê? Eu não me importava com o que pensavam de mim ou de Ty, pois estavam erradas. Eu não era apenas uma pobre garota latina órfã de pai, e ele não era apenas um mecânico que largara os estudos. Elas não sabiam nada sobre nós que não fosse algo superficial. Então por que eu *sentia* como se me importasse?

Quando estava prestes a passar pela porta de entrada, percebi um garoto me observando. Seus olhos azul-claros espiavam por baixo do cabelo louro e despenteado que caía sobre a testa. Fones de ouvido brancos pendiam na orelha, conectados a um iPod no bolso da frente. A postura era levemente arqueada, e um par de baquetas gastas saía de sua mochila vermelha. Usava uma camisa polo listrada em azul e branco que destoava de tudo, me dando a impressão de que a mãe a escolhera e separara para ele de manhã.

Nerd, escutei Ty dizendo em minha mente.

Ainda assim. Havia algo no jeito que ele me olhava que fez minhas mãos suarem no saco de donuts. Baixei a cabeça ao entrar, e parei para recuperar o fôlego no corredor que cheirava a desinfetante, tentando não olhar para trás através das portas de vidro. Notei o quadro de avisos todo colorido, os papéis de inscrição para os diferentes clubes e o grande cartaz de "Bem-vindos!". Conseguia sentir o cheiro de café fresco sendo preparado na cantina — na área exclusiva dos veteranos —, e isso me acalmou.

Era um novo ano. E eu seria uma nova pessoa.

Prometo, pai, este ano vai ser diferente.

Minha garganta apertou como irritantemente acontecia quando eu pensava na palavra "pai", então acabei olhando para trás, mas o cara não estava mais lá. Baixei a cabeça para o piso brilhante, me virei e caminhei pelo corredor deserto, direto para a ala de artes, que ficava nos fundos da escola. Ainda faltavam uns vinte passos para chegar ao banheiro das meninas, quando escutei a gargalhada exagerada de Lana Auriello. Abri a porta, e uma fumaça amarga atingiu meu rosto.

— Ramos! — entoaram em coro minhas amigas. As três estavam sentadas no chão, batendo as cinzas em um copo de plástico. Lana segurava um estojo de maquiagem aberto, e com a outra mão passava rímel, seu cabelo escuro e brilhante caído sobre um ombro. Raine e Gen Moore fizeram gestos para eu passar a sacola de donuts.

— Oi, gente — cumprimentei, seguindo até a janela para abri-la. Tentei respirar um pouco de ar puro, mas, ainda assim, só consegui inspirar mais fumaça. — Já estão aqui há quanto tempo?

— Há 15 minutos, no máximo — respondeu Raine, vasculhando a sacola enquanto mantinha o cigarro preso no canto da boca. — Cadê meu donut de geleia?

Pressionei os lábios.

— Desculpe.

— E você se diz minha "melhor amiga" — brincou Raine, terminando o cigarro antes de dar uma mordida em um donut de canela. Durante o verão, ela fizera luzes no cabelo ondulado, que pareceu queimado de sol por uns dias, depois adquiriu um tom alaranjado. Na semana anterior, Gen a chamara de Garfield, e a briga de tapas que se seguiu teria rendido milhões de acessos no YouTube se Lana ou eu tivéssemos sido rápidas o bastante para gravar a cena. Ninguém mais falou sobre o cabelo de Raine desde então.

— Tem um delineador para me emprestar? — pediu Lana, levantando-se. A mãe dela não permitia que ela usasse maquiagem nos olhos, assim o restante do grupo havia se tornado sua loja de maquiagem pessoal.

— Acho que tenho. — Tirei uma das alças da mochila do ombro e abri o zíper.

Era difícil de acreditar que, nessa mesma época do ano passado, eu mal dirigia duas palavras para Lana ou Gen. Naquele período, eu as via apenas como as "outras amigas" de Raine, as garotas com quem ela saía quando eu estava muito ocupada estudando ou saindo com meu pai. Mas depois do acidente, nós quatro começamos a passar quase todo o tempo juntas, matando aula, indo ao shopping e pegando emprestado o carro do irmão de Lana para dirigir até a praia quando o tempo estava bom.

— Cadê meu estojo de maquiagem? — resmunguei. Lana ficou na ponta dos pés para bisbilhotar minha mochila e arregalou os olhos. Na hora que percebi o que ela havia visto, já era tarde demais. Ela puxou o relatório impresso de dentro. Fechei o zíper antes que vissem também o caderno preto.

— *O que é isto?* — perguntou Lana, segurando as folhas entre os dedos com as unhas bem-feitas. Pintadas de cor-de-rosa, cada unha tinha duas listras brancas diagonais, e havia pedrinhas brilhantes de plástico nos polegares. Lana trabalhava no Burger King e gastava nas unhas todo dinheiro que ganhava fritando batatas. E em removedor de maquiagem para os olhos.

— Me dê isso aqui — pedi com raiva. Mas ela já se inclinava para mostrar para Raine e Gen.

— Você fez dever de casa das férias? — perguntou Raine boquiaberta. — Está querendo seu título de nerd de volta?

Arranquei as páginas das mãos de Lana e as enfiei de volta na mochila, parando ao ver que estavam amassando.

— Hã? Achei que fosse obrigatório.

As três trocaram olhares entre si, então caíram na gargalhada. Virei-me para a janela, alisando as páginas na superfície de um de meus cadernos novos. Pigarreei e fechei a mochila.

— Nenhuma de vocês quer ir pra faculdade? — perguntei. — Sair daqui de vez?

— Fala sério. Ninguém sai daqui de verdade — disse Gen, batendo a cinza no copo. — É uma mentira que contam pra poder aumentar as porcentagens da formatura e arrumar mais dinheiro do estado.

O pai de Gen se formou em nossa escola vinte anos antes e hoje era um dos zeladores. Sempre brincávamos sobre como ele tinha passado a amargura para a filha, que era tão linda, delicada e loura que poderia ter sido uma animadora de torcida se tivesse um pouco de espírito escolar. Mas eu precisava acreditar que, se me saísse bem o bastante nos estudos pelos próximos dois anos, ainda conseguiria entrar para uma boa faculdade. Tinha de acreditar naquilo, pois não conseguia imaginar outra maneira de sair de vez de casa, e com meu pai morto e minha mãe praticamente me odiando, sair de lá era a única opção.

— E quando você teve tempo de ler um livro? — perguntou Raine, levantando-se. — Sempre que eu ligava para você durante o verão, ou estava empurrando carrinhos de supermercado no Stop & Shop ou saindo com o Tiiiiiy. — Ela cantarolou o nome e levou as mãos ao rosto.

— Não sei — respondi, colocando a mochila no ombro. — Só, tipo... dei um jeito.

Na verdade, eu tinha sido demitida da Stop & Shop em julho quando Ty se esqueceu de que eu precisava de uma carona — de novo — e cheguei mais de meia hora atrasada pela terceira vez seguida. No dia seguinte, era o dia de folga de minha mãe, o que significava que eu tinha de estar em outro lugar, então andei mais de 3 quilômetros para chegar ao centro da cidade. Estava tão quente que entrei na biblioteca para me refrescar, e foi assim que tudo mudou. Eu passeava pelos corredores a esmo, sentindo como se todo mundo estivesse olhando para mim, quando a Sra. Pauley, uma das bibliotecárias — uma mulher de meia-idade magra e de sorriso gentil —, disse que eles tinham a lista de leitura de verão da escola caso estivesse interessada. Ela me ajudou a escolher um livro, *Uma ilha de paz*, e passei três horas em uma poltrona, imersa na leitura. Durante aquele tempo, não fiquei obcecada com o estresse de minha mãe, com o fato de que jamais veria meu pai de novo ou de como eu juntaria dinheiro para a faculdade sem um emprego. Fugi para aquele lugar completamente diferente. Quando a Sra. Pauley veio me avisar que estavam fechando, parecia me acordar de um sonho muito, muito bom.

Voltei nos três dias seguintes e li mais dois livros. No quarto dia, ela me ofereceu um emprego. Desde então, tinha passado quase todas as manhãs arrumando livros em prateleiras, e as tardes, lendo. Li a lista de leitura de verão inteirinha, na verdade. Não que fosse contar isso a minhas amigas.

O primeiro sinal tocou.

— Oba. Primeiro dia de aula — disse Lana, irônica.

— Aqui tem espaço suficiente para dar uma cambalhota? — brincou Raine.

— Vamos lá. Meu pai vai me matar se não limparmos essa bagunça. — Gen se levantou, ajeitou a minissaia jeans e jogou o copo cheio de cinzas na lixeira. Então nós quatro passamos alguns minutos inutilmente tentando abanar a fumaça do cigarro em direção à janela.

— Ei, Kat, você viu o cara novo? — perguntou Raine, enquanto nos dirigíamos à porta.

Senti o coração disparar, lembrando de como ele tinha me olhado.

— Quer dizer aquele com as baquetas? Vi sim. Por quê?

— Parece muito *loser* — declarou Raine.

Ela e Lana riam enquanto Gen abria a porta.

— Quando finalmente temos carne nova por aqui, tem de ser justamente um Justin Bieber?

— Você tem *tanta* sorte de ter Ty — disse Lana, conferindo os olhos uma última vez no espelho.

— *Tanta* sorte — repetiu Raine, passando o braço em volta de meu pescoço.

Aposto que ela não diria aquilo se soubesse o que tinha acontecido com o donut de geleia. Lembrei o modo como ele foi grosso por causa do açúcar; de como agiu como se o dia de hoje não tivesse a menor importância, mesmo sabendo o que significava para mim conseguir aumentar minhas notas. Mas não pretendia contar nada daquilo para elas. Minhas amigas não compreendiam o que eu tentava fazer, então com certeza ficariam do lado de Ty. Todos sempre ficavam do lado dele. Ele era esse tipo de cara.

Então mordi a língua e sorri à medida que o corredor se enchia de alunos, dizendo para mim mesma que não estava procurando uma camisa polo azul e branca.

— Tenho mesmo — concordei, aproximando-me mais de Raine. — Muita sorte.

CAPÍTULO 3

Charlie

Contei quinze olhares condenadores antes mesmo de chegar à secretaria, e um olhar de desprezo para minhas baquetas. Achei que as coisas seriam diferentes ao mudar para o Nordeste, mas não importava para onde eu fosse nas extensas fronteiras americanas, as pessoas eram imbecis. Elas não gostavam de mudanças. Não queriam conhecer ninguém novo. Não queriam ser amigáveis. Não de verdade. Eu me perguntava por que ainda não tinha me acostumado com isso.

Como aquela garota lá fora, por exemplo. Ela era tão maravilhosamente linda. Tão totalmente sem noção do quanto. Tão obviamente doce, tímida e vulnerável. Tipo, ela nem conseguiu manter contato visual sem praticamente ficar agitada. Então, claro que tinha namorado. Um babaca em um carro previsível, que talvez nem desse valor a ela e apenas se aproveitasse de suas fraquezas. Aquela menina poderia arrumar algo melhor. Bem melhor. Mas arrumaria? Não. Por quê? Porque este lugar não era nada diferente.

Encontrei a porta em que se lia "Secretaria" e segurei a maçaneta metálica e gelada. Tirei os fones dos ouvidos, desligando o iPod. Outro ano, outra escola. Hora de acabar logo com isso. Abri a porta, e a Sra. Leifer me recebeu com um sorriso. Pelo menos era o que dizia na placa da mesa: "SRA. TANYA LEIFER, ASSISTENTE ADMINISTRATIVA". Ela era uma mulher grande, com cachos grisalhos formando um capacete perfeito em sua cabeça.

— Bom dia! — cumprimentou ela com alegria. — É um de nossos alunos novos?

Próximo à parede, um trio de atletas grandes, usando as cores da escola — azul e branco, como a camisa que meu pai tinha me obrigado a usar naquela manhã —, pareceram interessados. Eles me lançaram um olhar vagaroso de cima a baixo, e me senti exposto. Eram exatamente o tipo de caras que adoravam me sacanear. Um deles era alto, bronzeado e usava o cabelo castanho espetado; outro tinha pele escura e cabelo meio raspado; o terceiro tinha cabelo ruivo curto enrolado e pele clara. Olhando para eles, lembrei de meus irmãos, que eram basicamente caras legais, mas obcecados por esportes, além de terem nascido com a habilidade irritante de serem completos idiotas quando desse vontade, o que geralmente acontecia do nada. Então, é claro, na mesma hora desejei que aqueles caras gostassem de mim... O que fez com que eu me odiasse. Nada como uma poderosa dose de autodepreciação no primeiro dia de aula.

— Sim, senhora — respondi, tentando ignorar os observadores. — Meu nome é Charlie Cox.

— Beleza! Você é meu!

Um dos alunos fortões se afastou da parede. O alto e bronzeado. Ele carregava a mochila em um dos ombros e me entregou um livro cujo título era *Guia da Lake Carmody High*.

— Seu? — perguntei, desconfiado.

— Charlie Cox — disse a Sra. Leifer, levantando-se da cadeira e me entregando uma tabela de horários. — Este é...

— Josh Moskowitz — apresentou-se ele. O queixo era quadrado, e ele parecia um palmo mais alto que eu. — Seu guia.

— Ah, tá. — Peguei o livro, folheando. Já estudara em uma escola com guias antes. A escola fundamental George W. Bush, perto de Dallas, quando eu estava no quinto ano. No final do primeiro dia, tinham me enfiado em uma lata de lixo no vestiário das meninas, uma casca de banana dentro das calças.

— E uma das estrelas do segundo ano — informou a Sra. Leifer, olhando para Josh como se fosse algum tipo de deus. — Todo ano recrutamos os melhores alunos para apresentar a escola aos novatos — acrescentou ela, acenando para os outros garotos.

— Então, seu pai é David Cox? O novo treinador da escola particular St. Joe's? — perguntou Josh. As letras LB estavam bordadas na manga da camisa. *Linebacker*, linha de defesa. Perfeito.

Olhei para o carneiro em posição de ataque na capa do guia. O jornal local cobrira a vinda de meu pai semanas antes, quando chegamos à cidade e ele começou os treinos de futebol americano na escola católica. Falaram dele como se fosse um enviado dos deuses para dar um jeito na equipe outrora excelente. Ainda fizeram um complemento à matéria sobre meus irmãos, Chris e Corey, os zagueiros e superastros gêmeos. Sério. Eram chamados assim. Em todas as cidades para as quais mudávamos, eles se matriculavam em escolas diferentes — uma particular, outra pública —, assim ambos podiam jogar como zagueiros do time de futebol americano. O recorte de jornal estava agora emoldurado sobre a lareira, mesmo que 75 por cento de nossa mudança ainda estivesse encaixotada.

— Ah, você ouviu falar dele? — perguntei, folheando o guia.

— Fala sério! Queria que tivéssemos ficado com ele! Seu pai faz milagres — declarou Josh.

Como se eu não soubesse. Por essa razão tive de trocar de escola a cada dois anos durante a vida inteira. Um time escolar merda contratava meu pai, que chegava, arrumava as coisas em uma temporada, ficava por lá por mais uma ou duas para ganhar o campeonato, então íamos embora. Para o próximo projeto. Tudo que importava era meu pai e o lugar seguinte onde bancaria o herói. Não importava se alguém da família quisesse ficar em uma cidade, fazer amigos, talvez arrumar uma namorada.

— Vamos jogar contra a St. Joe em nossa estreia. O que ele acha do zagueiro deles, Keegan Traylor? — perguntou Josh. — Acredita mesmo que ele é melhor que Peter Marrott?

Já tinha escutado meu pai falando sobre esse tal de Keegan uma vez ao telefone, mas não sabia que era zagueiro. Ele não costuma falar de trabalho comigo. Sabendo disso agora, usei meus incríveis poderes de dedução para descobrir que Peter Marrott era o zagueiro da Lake Carmody. Pensei um pouco antes de dar uma resposta.

— Podemos dizer o seguinte: meu pai não pega uma equipe a não ser que ache que pode vencer — disse eu. E era verdade mesmo.

Josh assentiu, estreitando o olhar, como se eu tivesse dito algo muito profundo.

— Você joga? — perguntou ele em tom duvidoso, obviamente notando meu corpo magrelo.

— Hã, não — respondi em tom de zombaria.

— E corrida? — perguntou Josh sem hesitar, inclinando a cabeça. — Tem físico para isso. O teste pro time de *cross-country* vai ser hoje à tarde. Você deveria aparecer. Não é, Bri?

— Com certeza — respondeu Brian, o cara negro e magro. Sua voz era profunda, como a de um barítono. — Precisamos de gente nova.

— Correr não é bem minha parada — respondi.

Na verdade, eu odiava correr. Desde que tinha 8 anos, meu pai me forçava a acompanhar meus irmãos e ele nas corridas matinais de fim de semana. Graças a Deus, paramos com aquele ritual quando Chris e Corey foram para a faculdade — em locais diferentes, mas próximos o suficiente para ir de carro, é claro. Agora éramos só meu pai, minha mãe e eu, então não fazia sentido.

Olhei para meu horário de aula. A banda era só no nono horário. Seria um longo dia.

— Que pena — lamentou Brian. — Se mudar de ideia, pode nos encontrar atrás do ginásio depois do último sinal.

Estreitei os olhos, tentando imaginar o plano deles. Será que queriam que eu aparecesse atrás do ginásio depois do último sinal para que pudessem me enfiar a porrada? Mas não. Pareciam... sinceros. Não havia nenhum sorrisinho desdenhoso. O que era estranho. Porque moleques assim normalmente não conseguiam conter o entusiasmo caso achassem que poderiam tirar onda com você. Já fui vítima de caras populares inúmeras vezes para saber disso.

— É, isso não vai acontecer — declarei.

— Até o final do dia vamos te convencer — respondeu Josh, confiante.

— Venha aqui para tirarmos a foto da carteirinha — chamou a Sra. Leifer, acenando em direção a um quadrado de cartolina azul preso à parede.

— E depois vamos dar uma olhada no café da manhã na cantina — disse Josh. — Sempre tem panqueca no primeiro dia de aula.

Fiquei diante do quadrado azul, confuso. Havia alguma coisa errada ali. Será que aqueles caras não tinham visto minhas baquetas saindo da mochila? Será que não perceberam a camisa da Old Navy e não da Hollister? Será que não viram que não tem nada de atlético em mim?

— Diga Lake Carmody! — pediu a Sra. Leifer em voz alta por trás da câmera.

Pisquei quando o flash disparou. Em seguida a porta se abriu, batendo contra a parede, e um certificado emoldurado estilhaçou no chão. A Sra. Leifer arfou.

— É aqui que faço a matrícula?

Todos nós olhamos. A garota era altíssima, com o cabelo mais comprido que eu já tinha visto na vida, emaranhado em milhões de nós. Os olhos eram de um azul impressionante, e o rosto, perfeito. Cem por cento perfeito. Vestia uma blusa de moletom dez números maior que ela e um short cor-de-rosa que mostrava cada centímetro da perna. Só que o mais louco era o novíssimo par de botas vermelhas e roxas de cowboy. Que eu achava que ela estava usando sem meias. Já usei esse tipo de botas antes. E essas coisas machucam. Mesmo *com* meias.

Totalmente estranha. Gostei dela na hora.

— E você é? — perguntou a Sra. Leifer, pegando o telefone. Houve um bipe, e ela falou no receptor. — Sr. Moore, compareça à secretaria, por favor! Temos um vidro quebrado! — A voz soou pelos alto-falantes do corredor.

— Hã... True — respondeu a menina. — True Olympia. — Ela colocou uma pasta no balcão com um estalo. — Sou aluna nova. — Ela se virou e olhou para mim, então para Josh, depois Brian e, por último, para o terceiro amigo atlético deles. Seus olhos correram por nós de forma avaliadora, como se fôssemos cavalos em um leilão.

— Algum de vocês é solteiro? — perguntou ela.

O queixo de Josh caiu. Brian riu. O cara ruivo foi até ela.

— Sou Trevor — apresentou-se ele, encostando-se no balcão e olhando descaradamente para os peitos dela.

— Oi, Trevor. — Ela o encarou. — Você tem namorada?

— Está se candidatando para o cargo? — perguntou ele, provocando uma gargalhada em Josh e Brian.

Ela riu, como se aquilo fosse a coisa mais engraçada que alguém já tinha dito. Na vida.

— Já tenho namorado — respondeu ela, tirando um colar do pescoço e mostrando. Como se aquilo fosse um anel de noivado ou algo assim. — Então, o que procura em uma garota, Trevor? Humor? Inteligência? Lealdade?

— Ele curte peitos — revelou Brian, provocando risos.

— Encantador — disse True, com uma careta.

— Olhe a boca, Sr. Lawrence! — repreendeu a Sra. Leifer, segurando um sorriso. Ela folheou uma pilha de papéis sobre a mesa. — Ah, aqui está. Sua tabela de horários, Srta. Olympia.

— Sério? — True parecia chocada. Arrancou o papel da mão da Sra. Leifer. — Olhe só isso.

— Verônica? — A Sra. Leifer olhou por sobre os ombros em direção aos fundos da secretaria. — Sua nova aluna está aqui.

Uma garota loura e curvilínea, com saia justa e suéter mais apertado ainda, saiu de um dos cubículos divisores. Quando sorriu, vi apenas dentes. Brancos e enormes. Era como um comercial ambulante da Victoria's Secret misturado com Colgate. Uma letra V pendia em volta do pescoço, repousando sobre o topo do decote.

— Oi, gatinha — disse Josh, com o rosto iluminado. Ela caminhou em direção aos seus braços, e eles se beijaram, trocando litros de saliva.

— Então vejo que *você* já tem namorada. — True parecia decepcionada.

Verônica não achou graça.

— Tem mesmo — afirmou ela, passando o braço em volta de Josh.

— Verônica Vine, esta é True Olympia — apresentou a Sra. Leifer. — Verônica é uma das alunas voluntárias aqui na secretaria e será sua guia.

— Que ótimo — disse Verônica, com sarcasmo.

— Não preciso de uma guia — declarou True. — Estou bem.

— Perfeito! — A menina pegou a mão de Josh e o puxou em direção à porta. — Vem, Joshy. Vamos embora.

— Calma aí — protestou a Sra. Leifer. — Todos os alunos novos precisam de um guia. É o principal programa para o diretor Peterson.

Cerrei os dentes para não rir do trava-línguas.

— Sério. Não preciso de ajuda — insistiu True. — Consigo andar sozinha por uma escolinha de menos de 10 mil metros quadrados. — Rindo, olhou para os horários de aula. — As aulas avançadas são as mais desafiadoras que vocês têm a oferecer? Eu me entedio facilmente.

Todos lançaram olhares pasmos para ela, que pareceu não perceber. Em vez disso, True olhou para mim.

— E você? Qual é seu nome? Tem namorada?

Naquele exato momento, a garota do Firebird passou pela porta. Abraçava alguns livros contra o peito, mantendo o olhar fixo no chão. Meu coração deu aquele salto horrível. Lá estava eu de novo, sempre desejando a menina errada.

— Charlie — respondi. — E não. Não tenho namorada.

True sorriu.

CAPÍTULO 4

True

Enquanto acompanhava Verônica e suas seguidoras até a cantina, meio que entendi por que minha mãe se recusara a levantar da cama de manhã. Aquele lugar era um pesadelo. Os espaços eram muito confinados, cada corredor mais apertado que o anterior, o teto incrivelmente baixo, as salas de aula pareciam jaulas. Às vezes parecia que eu tinha de lutar para respirar. Havia pessoas — por toda parte. Mascando chiclete, cantarolando as músicas que tocavam diretamente em seus ouvidos, fungando, espirrando, tossindo, gargalhando e respirando. Contudo, o pior de tudo era o barulho. Barulho demais. Será que todas as garotas da Terra precisavam se cumprimentar com um ritual de gritinhos, abraços e pulinhos? Além disso, os garotos pareciam ter a capacidade pulmonar de elefantes, berrando pelos corredores no que parecia ser o único idioma que eu não conseguia compreender.

— Coé, LESK! Que que tá rolando, BROTHER? Qual a boa, véio?

Sério, o que aquilo *significava*?

Para piorar ainda mais as coisas, os professores eram inflexíveis quanto ao silêncio durante as aulas, o que significava que eu não tinha conhecido ninguém além dos meninos, na secretaria de manhã, e de Verônica e sua horda. Era uma tortura receber ordens daquelas figuras de autoridade, todas mais jovens que o mais novo conjunto de flechas em casa. Eu sabia que era melhor não responder, ou seria expulsa da escola, mas meu orgulho estava ferido. Desse jeito, os adultos atrapalhavam minha missão — uma missão muito mais importante que eles e suas aulas pedantes. Se eu não pudesse conversar com esses jovens, não teria como formar casais.

No entanto, quando entramos na cantina, meu ânimo melhorou consideravelmente. A hora da refeição parecia não ter regras — alunos andando para lá e para cá à vontade, saltando de mesa em mesa, falando com quem quisessem. Havia cartazes de boas-vindas e pôsteres alegres pendurados, além de não ter nenhum professor à vista. Talvez eu pudesse começar a trabalhar ali.

Conforme caminhávamos pelas laterais da cantina, meus pés gritavam de dor a cada passo que dava e meu cabelo roçava no rosto. Eu o afastava, mas ele voltava a cair. Sinceramente. Como os seres humanos lidavam com essas constantes insubordinações de seus próprios corpos? Em casa, ou até mesmo no Maine com Oríon, meu cabelo estava sempre limpo e ficava perfeitamente no lugar, e todas as peças de roupa que eu conjurava serviam com perfeição. Mas esses sapatos eram instrumentos de tortura, e o meu cabelo parecia ter vida própria. Passamos por uma mochila aberta em cima de uma cadeira e vi um belo lenço xadrez pendendo para fora. Eu o peguei, amarrando o cabelo para trás. Pronto. Bem melhor.

Só faltava encontrar agora um par de sandálias por aí.

— Darla! — gritou Verônica de repente em um grito de estourar os tímpanos. — CARACA! Achei você!

Fiz uma careta enquanto as duas garotas berravam, cumprimentando-se, fechei os olhos e levei a mão à testa, desejando que a dor de cabeça passasse logo, implorando que as pontas de meus dedos se aquecessem e a fizessem desaparecer. Mas meus poderes se recusavam a voltar, e a pulsão na cabeça piorava à medida que o dia interminável se arrastava.

— Oi — cumprimentou Darla, lançando um olhar curioso na minha direção. Ela olhou para Verônica, e notei que vestiam roupas muito parecidas, exceto pela saia e pelo suéter de Darla, azuis, e pelo pingente com a letra "D" ser um pouco menor que o "V" de Verônica. — Aluna nova?

— Olá — respondi. — Sou...

— Aluna nova — confirmou Verônica, interrompendo. — Leifer disse que devo deixar que ela me siga, mas é só por hoje.

As quatro garotas me olharam com desdém. Eu podia não ser capaz de ler suas almas, mas depois de seguir Verônica a manhã inteira, estava certa de uma coisa: ela era uma piranha duas-caras. Falava mal de todo mundo, até das amigas, comentando sobre o bronzeado artificial de uma delas no exato *instante* que a menina se afastou. Ela bateu a porta do armário de uma pessoa do primeiro ano para chegar ao seu, disse para um rapaz adorável, sem qualquer compaixão, que a namorada o traía, e ainda esmagou uma joaninha com a sola da bota de bico fino — de propósito. Se eu *conseguisse* ler sua alma, tinha certeza de que seria preto-arroxeada e com aspecto sombrio, o que geralmente era reservado para torturadores e ditadores. Geralmente eu estaria empenhada em encontrar um bom par para uma garota como ela, sabendo que os efeitos curativos do amor a amansariam um pouco, a deixariam mais simpática e agradável. Mas Verônica já tinha um namorado bonito e, ainda assim, era uma vaca desvairada. Esse tipo não poderia ser salvo. Nem pelo amor verdadeiro.

Ai, como eu queria que Harmônia, Nice e Selene estivessem comigo. A beleza das quatro juntas intimidaria Verônica e a deixaria submissa em um piscar de olhos.

— Bem, me chamo Darla — disse ela por fim.

— Meu nome é True — respondi.

— Não *fale* com ela — mandou Verônica, revirando os olhos.

Revirara os olhos tantas vezes no decorrer do dia que eu estava surpresa de eles ainda não terem saltado para fora.

Ergui o rosto e passei por ela, tentando não mancar.

— Estou com fome.

Havia uma fila de pessoas esperando em frente a fumegantes recipientes prateados com comida, mas nada parecia ser muito gostoso, então fui direto para a seção de frutas e peguei uma maçã e uma banana. Havia uma bandeja em uma prateleira na qual coloquei minhas coisas enquanto procurava em volta por algo para beber.

— Ei, essa bandeja é minha! — reclamou um menino com o rosto coberto por espinhas.

Meu cérebro parecia bater contra as têmporas. Era a primeira vez que um mortal ousava protestar contra algo que eu havia feito, e, no meu atual estado de humor, eu poderia ter levantado um dedo para reduzi-lo a pó só por aquilo. Mais um poder do qual sentiria falta. Em vez disso, apontei para uma pilha de bandejas semelhantes próxima à porta.

— Tem um monte ali — disse eu, estendendo-me além de uma menina miúda de cachos louros para pegar uma caixinha de leite e um pãozinho.

— Você tá furando fila — reclamou ela.

— Supere — respondi, ríspida.

Entreguei à mulher o cartão de refeição que a Sra. Leifer tinha me dado mais cedo, e saí com a comida, estremecendo a cada passo. Outros alunos já tinham ocupado suas mesas e começavam a comer. Concentrei-me em uma garota de aparência tristonha que sentava sozinha, e tentei ler seus sentimentos. *Vamos. Fale seu nome. Seus desejos íntimos. Um amor verdadeiro é o que precisa para iluminar essa cara fechada.* Cerrei os dentes, prendi a respiração e me concentrei. O único som que escutei foi o sangue pulsando nas têmporas. E agora a dor descia, se espalhando pelo pescoço e chegando aos ombros. Perfeito.

— Ei, True. — Charlie Cox apareceu ao meu lado, segurando uma bandeja cheia de comida. — Almoço na escola nova. É uma droga, né? — perguntou ele de forma calma.

— É mesmo? — questionei, distraída com a dor.

— Sempre — respondeu ele, com um sorriso vacilante. — E aí... podemos sentar juntos?

Gentileza. Interessante. Isso era novo.

— Claro! — Aceitei.

Em seguida os três garotos atléticos de mais cedo — Trevor, Josh e Brian — se aproximaram dele.

— Aonde você vai? Vai se sentar com a gente — chamou Josh, colocando o braço em volta do pescoço de Charlie de um jeito amistoso.

— Ah... — Charlie parecia desorientado. Até mesmo alarmado, talvez. — Acho que vamos sentar com eles.

Seguimos até uma mesa embaixo de uma adorável árvore e sentamos nos bancos. Meus pés latejavam, assim aproveitei a oportunidade para tirar as botas. O ar fresco passou como bálsamo pelos dedos descalços. Duas garotas olharam para mim com cara de nojo, então as encarei até que fossem embora. Raios de sol atingiram meus olhos, e levantei uma das mãos para protegê-los.

Os três meninos viris pegaram o celular e começaram a digitar. Mordi a língua. O dia todo tinha sido exatamente a mesma coisa. Pessoas digitando com os amigos nas salas de aula, nos corredores, nos armários, estando *bem em frente uns dos outros*. Por que não falavam com as pessoas em volta? Por que não se olhavam nos olhos? Por que não se relacionavam de forma mais humana? Não era de se admirar que a conexão do amor verdadeiro estivesse vacilando. Escrever "Amo você" simplesmente não era a mesma coisa que fazer a declaração em voz alta, mergulhando nos olhos da pessoa amada...

Com um aperto no coração, toquei na flecha de Oríon. Três casais. Era isso. Eu o veria de novo assim que formasse três casais.

— Então. O que está achando da Lake Carmody High? — perguntou Charlie.

Mordi a maçã e olhei para ele cuidadosamente por baixo dos dedos que protegiam meu rosto do sol. Já sabia que ele era solteiro. Fazia algumas das aulas avançadas comigo, e vi umas meninas de olho nele. Era evidente que gostavam do estilo desarrumado de artista do século XXI. Além disso, ele era o único ser humano que eu tinha conhecido naquele dia, o único que demonstrara o mínimo de consideração.

Acho que eu poderia trabalhar com Charlie Cox. Se ao menos pudesse ler sua alma para saber exatamente o que ele desejava em uma garota. Se ao menos eu tivesse minhas flechas áureas. Desde que saí de casa naquela manhã, eu sentia falta do peso do arco e da aljava nas costas. Agora eu me contorcia, minha espinha realmente formigava de saudade.

— Nada de mais — respondi. — E você?

O olhar de Charlie pousou no trio.

— É meio... estranho. Esses caras. Em qualquer outra escola que estudei, eles já teriam me dado porrada ou algo assim. Ou, pelo menos, tentado me enfiar em um armário.

Assenti concordando, pensando em Oríon.

— Os machos alpha. Nasceram com a necessidade primitiva de se afirmar. De mostrar a todos em volta quem é que manda.

Charlie riu e deu uma mordida no sanduíche.

— Nunca pensei dessa maneira, mas tudo bem.

— No entanto, parecem gostar de você de verdade — refleti.

— Isso! Essa é a parte mais esquisita. Nunca antes tinham me convidado para almoçar logo no primeiro dia. Quatro escolas em dez anos, e isso nunca aconteceu — contou ele.

Sorri, comovida.

— Foi por isso que me convidou para almoçar com você?

Charlie deu de ombros.

— Sei como é. E não é uma sensação boa.

— Obrigada — agradeci sinceramente.

Ele sorriu.

— Sempre que precisar.

Concluí que eu gostava dele. Aquele tipo de empatia era coisa rara entre os adolescentes. Ele transmitia uma ternura apreciada por alguém que já viveu milênios, como eu. Encostei-me e observei o pátio, mastigando a maçã e tentando decidir se alguma daquelas meninas era digna o suficiente para merecer Charlie.

— De onde você veio? — perguntou ele, abrindo uma garrafa de chá gelado.

— Do Maine — respondi sem rodeios.

Aquele chá gelado parecia gostoso. Refrescante. Peguei a garrafa e tomei metade. Charlie fixou o olhar em mim. Coloquei a garrafa de volta na mesa e suspirei. Minha cabeça latejava um pouco menos.

— Hã... Esse chá era meu — disse Charlie.

— Qual é esse lance de *posse* que todo mundo tem por aqui? — perguntei. — "Essa mesa é minha", "você pegou meu lápis", meu, meu, meu. Ninguém divide nada nesse mundo?

Ele estreitou os olhos para mim e percebi com um sobressalto que talvez tivesse falado demais. Eu não era de reclamar, mas aquele dia — e aquela dor de cabeça — estavam me deixando terrivelmente frustrada. Era difícil me acostumar com as novas regras. Normalmente, apenas imaginava o que queria e a coisa se materializava na minha frente. Em casa, meus irmãos e irmãs e amigos... Nós nunca desejávamos nada e nunca tínhamos problemas com ninguém que pegasse alguma coisa de nós, pois sempre podíamos conjurar outra.

A não ser os amores, é claro. Sempre arrumávamos confusão quando alguém tentava roubar nossos amores.

De repente, uma menina simples, com um lindo cabelo ruivo, parou na ponta da mesa.

— Você pegou meu lenço?

Suspirei enquanto soltava o cabelo.

— Viu o que quero dizer? — Devolvi o lenço para a garota que ficou me encarando. — Que foi? Não tenho piolho.

Ela foi correndo cochichar com os amigos. Um garoto alto e bonito, com cabelo castanho despenteado e as letras "QB" no braço da jaqueta, me fuzilou com os olhos antes de acompanhá-la pela porta em que se lia "Café". Os demais amigos seguiram logo atrás. Uma brisa forte soprou meu cabelo no rosto. Nota mental: *tranças amanhã*.

— Tuuuudo bem, então — disse Charlie. — Posso pegar seu leite?

— É claro — respondi, dando outra mordida na maçã. Nem sabia por que ele achava que precisava perguntar. — Posso pegar outro se quiser.

O motor de um carro roncou, e nós dois erguemos os olhos. Havia um carro preto e polido estacionado no pé na escada que ligava o pátio ao estacionamento. Uma linda garota de jeans apertado desceu as escadas em direção ao motorista, que saiu do carro e deu um beijão nela. Ele usava um boné de beisebol manchado de óleo e, mesmo de onde eu estava, dava para ver que os dedos estavam negros de tão sujos. Ele pegou a namorada e a colocou sentada no capô do carro, então ficaram lá se pegando como animais no cio.

Fiz uma careta. Não fui eu que uni aqueles dois. Eu me lembraria.

— Já se perguntou o que as pessoas estão pensando? — Charlie soou um pouco enojado.

Meus olhos se estreitaram. Eu costumava sempre *saber* o que as pessoas pensavam. Mas agora daria tudo por qualquer pista.

— O tempo todo — respondi.

Charlie meneou a cabeça e pegou o sanduíche enquanto Verônica, Darla e suas parasitas chegavam com bandejas cheias de coisas verdes. Darla me deu o menor dos sorrisos e se sentou ao lado de Charlie, virando o rosto para a outra direção. Verônica deslizou para um lugar ao lado de Josh, enroscando o braço em seu pescoço e se inclinando para um beijo. Em seguida observou o casal do carro.

— Meu Deus. Será que temos mesmo de assistir a uma coisa dessas? — perguntou ela, com cara de nojo.

— Pois é — acrescentou Darla, empurrando a salada com o garfo. — E ela costumava ser tão normal.

— Katrina Ramos? Fala sério — desdenhou Verônica.

O rosto de Darla enrubesceu.

— Tipo, era *semi*normal. A gente tinha várias aulas juntas. Ela era legal.

Verônica arregalou os olhos e zombou:

— Olhe pra ela agora.

— Qual é, Vê. Dê um tempo pra menina depois do que aconteceu — disse Josh. Por um longo momento, todos da mesa ficaram em silêncio.

— Por quê? — perguntou Charlie, intrometendo-se. — O que aconteceu?

Darla se virou para ele.

— O pai dela morreu no ano passado. Em um acidente de carro — sussurrou ela. — Um engavetamento enorme na 78. Os noticiários falaram sobre isso durante dias. Depois disso, ela meio que...

— Virou uma piranha? — sugeriu Verônica.

Os garotos riram. Darla se remexeu no assento. Charlie observou Katrina com o namorado por mais alguns segundos, e dava para perceber que sentia muito por ela. O garoto, definitivamente, tinha coração.

— Charlie, vou arrumar uma namorada para você — declarei, apertando a ponta da flecha de Oríon com o dedo.

— O quê? — perguntou Trevor, rindo.

Charlie empalideceu.

— Hã... o quê? — repetiu Charlie em voz alta.

— Vou arrumar uma namorada pra você. — Tomei outro gole de chá gelado. — Sou muito boa em formar casais. É um talento especial que tenho.

Verônica revirou os olhos.

— *Quem* é essa louca? — murmurou ela para Josh.

— Você acha que preciso de uma namorada? — perguntou Charlie, brincando com a ponta rasgada da caixa de leite.

— Todo mundo precisa de amor — respondi. — É uma verdade universal.

Charlie riu.

— Ela tá certa — concordou Josh, beijando Verônica no rosto.

— Não quer uma namorada? — perguntei perplexa. — Ou será que você prefere um namorado? Posso ajudar nos dois casos.

Trevor quase engasgou. Brian lançou um olhar curioso para Charlie. Uma música alta soou através das janelas do carro preto. Fiz uma careta, levando os dedos até as têmporas. Quase todas as pessoas do pátio olharam. As orelhas de Charlie ficaram rosadas.

— Namorada. Sou do tipo que prefere namoradas — especificou Charlie. — E, hã, pode ser. Eu acho.

— Então vou providenciar uma.

Charlie se endireitou na cadeira e encurvou os ombros. Era como se quisesse encolher.

— Por que sinto como se eu não tivesse escolha aqui?

Inclinei a cabeça.

— Porque você não tem.

Ele olhou ao redor da mesa. Verônica e Josh davam fatias de pepino um na boca do outro. Lá embaixo no estacionamento, o cara imundo cheirava o pescoço da namorada enquanto aquela terrível música pesada agredia os tímpanos de todos.

— Tudo bem, pode ser — disse Charlie. — Que se dane! Por que não?

— Isso vai ser interessante — cochichou Verônica.

Eu a ignorei.

— Que bom — falei, dirigindo-me a Charlie. Sorri e peguei um cookie no prato em frente a ele. Ao morder, Charlie me olhou desapontado. Revirei os olhos, parti o cookie ao meio e lhe devolvi metade.

— Agora me diga tudo sobre você

CAPÍTULO 5

Katrina

A Sra. Day era minha professora de inglês de novo, o que era um bom sinal. Ela foi uma das únicas professoras que tinha sido legal comigo depois da morte de meu pai no ano anterior. A maioria mal sabia o que dizer. Mas não a Sra. Day, que me ofereceu trabalhos de recuperação — ajuda que sempre recusei — e até me deu um presente de Natal: um vale-presente da livraria Barnes & Noble. "O escapismo é bom para a alma", dissera ela. Até o verão passado, eu não tinha compreendido o que ela queria dizer. No entanto, mesmo sabendo que não se tratava de um pesadelo de professor, eu estava com os nervos à flor da pele sobre a entrega do trabalho. Dentro de cinco minutos, todos saberiam que eu havia feito o dever das férias, o que não teria sido um problema nas antigas aulas avançadas, pois todos também o faziam, mas nas aulas de agora as pessoas riam de você por entregar o trabalho. Encaravam. Cochichavam.

Eu odiava aquilo.

Não importa, disse para mim mesma. *Isso não tem nada a ver com eles. Recomeço, recomeço, recomeço.*

Quando virei o corredor em direção à ala de artes literárias, tropecei, e a pilha de livros didáticos novinhos e desencapados escorregou de meus braços. É claro que todos que estavam no corredor aplaudiram. Originalidade não era o forte da minha escola. Senti o rosto queimar ao me curvar para checar a pobre caloura com quem eu tinha colidido. Ela ainda estava no chão, com os laços dos sapatos nas mãos.

— Desculpe! — disse eu. — Nem vi você.

— Tudo bem — respondeu ela, amarrando o cadarço. A menina se levantou e ajeitou os óculos grandes que usava. Tinha pele escura, olhos castanhos e usava os cabelos negros presos em um perfeito rabo de cavalo. — Isso sempre acontece comigo.

Então os olhos dela pousaram em alguma coisa atrás de mim. Quando me virei, prendi a respiração. O não-Justin-Bieber estava ali parado, segurando os livros para mim em uma pilha perfeita. Exceto que de perto não parecia em nada com Justin Bieber. O rosto era mais quadrado, e os olhos, muitíssimo azuis. Era muito mais bonito que Justin Bieber. Muito mais.

— Isso deve ter doído — disse ele sorrindo. A voz amoleceu e aqueceu meu coração, como se eu tivesse tomado chocolate quente em um dia frio.

— Estamos bem — falei, virando em direção à caloura, basicamente para me obrigar a parar de olhar para ele. — Não é...

— Zadie — respondeu ela, estendendo uma das mãos. A menina tinha cerca de vinte pulseiras da Hello Kitty, algumas de contas, outras de prata ou de corda. — Meu nome é Zadie.

— Prazer, Zadie — cumprimentou o não-Bieber. — Sou Charlie.

Ambos viraram para mim.

— Hã... Katrina. Esse é meu eu. Quero dizer, meu nome. Eu me chamo Katrina.

O sorriso de Charlie se alargou.

— Acho que isso é seu.

— Ah é. — Percebi assustada que o caderno preto de poesias ainda estava no chão, aberto, mostrando ao mundo minha última tentativa de compor um poema japonês haicai. Eu o peguei, assim como os livros que estavam com Charlie, sentindo-me uma idiota por fazê-lo ficar ali parado, segurando-os por tanto tempo. E também por não conseguir falar. Meu rosto estava vermelho enquanto eu abraçava os livros e o caderno de poesias contra o peito.

— Obrigada.

— Ah. OK. Tchau — despediu-se Zadie, se virando.

— Tchau! E me desculpe! De novo! — falei para suas costas, em voz alta.

Ela acenou, sorriu e foi embora, deixando Charlie e eu ali parados, sozinhos.

— Então — disse ele.

Abri a boca para falar alguma coisa, quando de repente fui puxada pelo braço.

— Raine! — protestei.

— De nada! — cantarolou ela, olhando para o celular.

Ela praticamente me jogou para dentro da sala da Sra. Day. Olhei para Charlie por cima do ombro. Ele tinha enfiado as mãos nos bolsos e se afastava com passos largos. Então percebi que talvez *devesse* mesmo agradecer a ela. Se eu continuasse falando com ele, provavelmente acabaria soltando outra coisa brilhante como "Esse é meu eu." Argh.

— Katrina! Olá! — cumprimentou a Sra. Day, quando entrei.

Todos na sala pararam de conversar e olharam para mim. Era como se eu tivesse as palavras "Queridinha da Professora" estampadas na testa. Baixei a cabeça enquanto Raine passava para se sentar no fundo da sala.

— Oi, Sra. Day.

Meus saltos emitiram um som alto quando me apressei atrás de Raine e me sentei ao lado dela, com o rosto quente. Seu polegar deslizava pela tela do celular.

— Lana mandou oi — disse ela. — Falou que o Sr. P ficou gato durante o verão.

Abafei uma gargalhada. O Sr. P era um professor de história velho e enrugado. Usava gravatas-borboletas de bolinhas com camisas xadrez e parava a cada cinco passos no corredor para se encostar na parede enquanto tomava fôlego.

De repente meu próprio celular vibrou. Meu coração deu um salto ao ver uma mensagem de Ty. Por que será que estava me mandando uma mensagem se tinha acabado de me deixar no pátio no intervalo anterior? Talvez tivesse lembrado que eu tinha aula de inglês no sétimo período e quisesse me desejar sorte! Cliquei para ler.

NÃO POSSO PEGAR VC ANTES DAS 4. DCLPA.

Droga.

A casa dele era longe demais da escola. Poderia andar até minha casa, mas não queria ir para lá. Minha mãe sempre ficava mais mal-humorada que o normal depois do turno da noite, e eu já estava sem vê-la havia dois dias. Também percebi de repente que tinha me esquecido de limpar e aspirar a casa, e, se fosse para lá, teria de passar antes no mercado. Sem a carona de Ty.

Às vezes odiava minha vida.

Escorreguei na cadeira até que meu traseiro ficasse fora do assento. O cara ao lado, um veterano cujo nome eu não sabia, estava tão curvado que parecia uma tartaruga, a jaqueta de couro cobria tudo, a não ser a ponta do cabelo louríssimo, enquanto ele descansava o queixo na carteira.

— Sejam bem-vindos de volta! — saudou a Sra. Day com alegria diante da turma, usando um vestido verde-claro e sapatos de saltos baixos marrons, o cabelo grisalho estava preso em um coque.

— Espero que todos tenham tido um verão divertido e produtivo.

Uns alunos suspiraram. Alguém simplesmente soltou uma risada.

— Quantos de vocês fizeram a tarefa de leitura? — perguntou ela, levantando o rosto ao examinar a sala.

Raine olhou para mim e deu um risinho.

— Katrina fez, Sra. Day! — anunciou ela.

As sobrancelhas da professora se levantaram.

— Raine — disse eu, entre dentes, agarrando a mochila no colo.

— Que foi? — indagou ela, levantando a mão que não estava no celular. — Como se você não fosse entregar o trabalho.

Chrissa Jones e Elana Rosen riram.

— Qual livro escolheu, Katrina? — perguntou a Sra. Day, andando em direção a minha fileira.

— Hã... *As vantagens de ser invisível* — respondi, puxando a redação. O estojo de maquiagem, uma caneta e três moedas saíram junto, caindo no chão. Mais risadas. A Sra. Day pegou o estojo. Raine pegou a caneta. E o cara ao meu lado afanou uma das moedas.

— Achado não é roubado — falou ele, fechando a moeda em uma das mãos. Depois voltou a se curvar na cadeira.

— Ótima escolha. — A Sra. Day devolveu o estojo, e eu entreguei a redação com a mão trêmula. — Estou ansiosa para ler.

— Hã... OK.

Do nada, comecei a suar como se estivesse na aula de educação física, fazendo aqueles terríveis exercícios aeróbicos, mas em seguida a Sra. Day sorriu orgulhosa, como se estivesse impressionada. Comigo. E algo dentro de mim se abriu. Sentei-me corretamente e pus as coisas de volta na mochila.

— Alguém mais? — perguntou ela.

Outros dois alunos haviam feito a lição. Josh Harper escreveu a mão sobre *O apanhador no campo de centeio*, e Casey Catalfo leu *A vida secreta das abelhas*. Isso fez com que me sentisse menos em evidência, então notei que uma das janelas estava aberta, deixando circular o vento doce do fim de verão entre nossas carteiras.

— Obrigada Katrina, Josh e Casey por levarem seus professores a sério quando falaram que se tratava de uma tarefa obrigatória — agradeceu a Sra. Day, voltando para a frente da sala com as redações.

— Ao resto, parabéns. Agora vocês têm até segunda, dia 16, para ler um dos livros da lista e escrever uma redação de cinco páginas.

Um suspiro de lamentação percorreu a sala. O garoto tartaruga roncava.

— Se precisarem de uma cópia da lista de títulos, me procurem depois da aula, ou podem ver no site na escola, ou na biblioteca, como poderiam ter feito ao longo do verão. Para os três que fizeram a tarefa, meus parabéns também. Não terão lição de casa em minha matéria pelas próximas duas semanas de aula.

— Boa! — comemorou Josh, fechando os punhos.

Mordi os lábios para não sorrir.

— Srta. Certinha — zombou Raine, depois me deu um sorriso.

— Estes serão seus livros para esse ano — anunciou a Sra. Day, passando uma pilha de livros ao redor da sala. — Eles contêm todo o conhecimento de que precisam para gabaritar a parte de inglês do exame do SAT.

Mais suspiros. Porém, assim que o livro chegou a minha mesa, fui tomada por um formigamento de empolgação e antecipação. Abri e senti o cheiro meio plastificado de livro novo. A Sra. Day me viu sorrindo e piscou, o que fez Reine revirar os olhos, mas nem liguei. Eu entregara a redação e não tinha morrido de humilhação. Talvez esse ano realmente fosse ser melhor que o último.

CAPÍTULO 6
True

A professora da aula avançada de inglês parecia uma bárbara e tinha uma personalidade que combinava com a aparência. Era de se imaginar que fosse mais feliz, considerando que ostentava uma aliança de ouro e tinha uma foto do marido bonitão em um porta-retratos em cima da mesa. As pessoas daqui obviamente não davam o devido valor ao amor verdadeiro. Gostaria de ver como agiria se tivesse aquele enorme poço de masculinidade arrancado de seus braços pelo tempo que os deuses quisessem. Talvez isso a abrandasse um pouco.

Suspirei. Sentia muita saudade de Oríon.

Mas já estávamos assistindo à aula havia trinta minutos, e a única coisa que a professora fizera foi uma arguição sobre os autores e os temas dos livros que havíamos lido no ano anterior. Até agora, eu realmente não aprendera nada. Fora o fato de as cadeiras onde os humanos forçavam os jovens a sentar serem terrivelmente duras.

— Alguém se recorda quem escreveu a obra *Ratos e homens*? — perguntou a professora.

Uma garota na fileira da frente levantou a mão na hora. Na verdade, havia levantado a mão para responder a todas as perguntas feitas. O cabelo louro acobreado estava preso em uma trança francesa, como as que Harmônia gostava de fazer em meu cabelo quando estava entediada, acrescentando um ramo de lavanda ou margarida de vez em quando. Ela tinha um lindo nariz arrebitado coberto de sardas e belos lábios rosados. E pelo que pude observar, era a mais inteligente da turma, sem mencionar a mais interessada.

— Alguém além da Srta. Halliburn sabe a resposta? — perguntou a professora, levantando o queixo de forma altiva enquanto observava a turma. Seus ombros eram quase um quadrado perfeito, e ela exibia costeletas pontudas que não suavizavam o rosto redondo.

A Srta. Halliburn estava quase caindo da cadeira ao tentar estender o braço ainda mais alto. Eu sabia a resposta, mas não queria dizer. Ainda estava com dor de cabeça e não me sentia muito desafiada. Além disso, desde o almoço, minha pele do rosto parecia esticada, estava quente e ardia em qualquer lugar que a tocasse. Fechei os olhos, pressionando os dedos nas têmporas com cuidado. Minha cabeça esquentou, e o latejar cessou.

Prendi a respiração ao abrir os olhos rapidamente. Seria possível? Meus poderes tinham voltado?

Mas então, com uma martelada de dor, o latejar retornou com força total, tão intenso que tive de me concentrar para não choramingar feito um gatinho torturado. Quisera eu.

— Ninguém? — repetiu a professora.

Ao meu lado, Charlie ergueu a mão devagar.

— Sim, Sr. Cox? — chamou a professora.

— John Steinbeck? — perguntou ele.

A Srta. Halliburn virou para trás.

— Acertou! — exclamou ela, como se estivesse surpresa.

— Acontece às vezes — respondeu Charlie.

Todos riram. As orelhas dele ficaram cor-de-rosa, e a Srta. Halliburn sorriu. Então ela se virou para a frente, aguardando a próxima pergunta com um ar de animação. Olhei para Charlie, que sorria para si mesmo. Observei a Srta. Halliburn. Nos pés da cadeira em que sentava, havia uma comprida caixa preta com uma alça. Um estojo para flauta. As baquetas de Charlie repousavam ao lado da pilha de livros embaixo da carteira.

Ambos eram músicos. Confere.

No almoço, Charlie tinha me dito que amava ler, o que obviamente também era o caso da Srta. Halliburn. Confere.

Mas também tinha dito que sua matéria favorita era matemática. Escorreguei em minha cadeira para olhar melhor para os livros da Srta. Halliburn. Na pilha havia um grosso volume de trigonometria. Confere.

Ele também tinha me contado que vinha de uma família ligada ao futebol americano, seja lá o que significasse aquilo, mas que não jogava. Não conseguia imaginar Srta. Halliburn como jogadora ou fã do esporte, com aqueles pulsos e tornozelos tão finos e com o tanto de rosa que usava. Confere.

Sorri para mim mesma, olhando para as pontas dos dedos, que eu podia jurar que formigavam. Seria possível? Será que tinha encontrado meu primeiro casal?

Assim que o sinal tocou, eu me aproximei rapidamente da carteira da Srta. Halliburn. O colar de ouro em seu pescoço me informou, em letras cursivas, que seu primeiro nome era Stacey. Charlie Cox e Stacey Halliburn. Soava bem.

— Olá, Stacey — cumprimentei de forma alegre, rangendo os dentes devido à dor de cabeça.

Ela se levantou e olhou em volta, como se estivesse preocupada que eu fosse atacá-la.

— Hã... oi? — disse a menina, como se fosse uma pergunta.

— Meu nome é True — apresentei-me, com um sorriso amistoso. — E tenho uma proposta para você.

CAPÍTULO 7

Charlie

A espera pela aula de música valeu cada segundo. Jamais vira uma sala como aquela. Seis plataformas para músicos, um moderno sistema de gravação e uma coleção de partituras musicais como nenhuma outra. Mas foram os tambores que realmente me impressionaram. Não deviam ter mais que cinco anos e brilhavam como se polidos naquela manhã. Três escolas antes, as caixas haviam sido rabiscadas com caneta permanente, e, quando perguntei se tinham tambores tímpanos, eles riram. Na minha cara.

Eu estava no paraíso. E quando o Sr. Roon, o diretor da banda, me entregou o bastão para o bumbo e a partitura da trilha sonora de Harry Potter, quase chorei. Nem liguei que os outros caras da percussão me lançaram olhares irritados ao longo da aula. A orquestra era impressionante. E, modéstia à parte, eu mantive a batida perfeita.

Talvez não fosse tão ruim morar ali. Parecia que haviam se passado apenas cinco minutos ao tocar o sinal.

— Obrigado, turma! — agradeceu o Sr. Roon, enquanto as cadeiras arranhavam o chão e as partituras farfalhavam. — Lembrem-se: quem não se inscreveu ainda para a banda marcial e estiver interessado, me procure em minha sala!

Eu não conseguia parar de sorrir. Então, ao me curvar para pegar a mochila do chão, levei um esbarrão por trás. Minha testa bateu na parede de cimento, e meus joelhos acertaram o chão.

— Mas que droga? — xinguei.

O cara grandão, com camisa do *Phineas e Ferb*, que estava no tambor acústico mal olhou para mim.

— Desculpe. Não vi você.

Tá bem, acredito.

Eu me levantei, mas nem tive tempo de pensar em uma resposta. O Sr. Roon apareceu de repente na minha frente. Ele tinha cabelo castanho-avermelhado despenteado, que se projetava para todos os lados, como um espantalho, usava óculos pequenos e tinha uma barbicha rala.

— Charlie, caso não se importe, será que poderia tocar algo para mim na bateria? — Ele estendeu o braço de forma elegante, indicando a percussão preta no canto. — Gostaria de conhecer com quem estou trabalhando.

— Claro — respondi, ansioso.

Eu estava de olho naquela bateria desde o começo da aula. Era linda — nem um pouco parecida com a coisa velha que eu tinha na garagem. Não que não amasse minha bateria. Minha mãe havia economizado para comprá-la, e depois vasculhado as vendas de garagem quando ainda morávamos em Austin na primavera anterior. Além de praticar sempre que podia, eu massacrava o instrumento toda vez que discutia com meu pai. Ajudava muito nesse sentido. Essa bateria era minha coisa favorita no mundo. Mas ainda assim era meio caída e velha.

Enfiei as músicas na mochila e a coloquei no ombro. Ao cruzar a sala barulhenta, reparei que o Phineas e Ferb e dois de seus amigos haviam diminuído o passo. Peguei as baquetas do bolso, ajustei o banco e comecei a tocar o solo de jazz que vinha praticando nas últimas semanas. Alguns músicos que estavam conversando e se dispersando pararam a fim de olhar. Fiquei meio sem graça e fechei os olhos, bloqueando todo mundo. Essa era a única coisa que não amava quando tocava: os espectadores. Nunca curti ser o centro das atenções. Tendo dois irmãos mais velhos super-heroicos, aquele nunca fora meu jeito natural de ser. Mas, desde que eu mantivesse os olhos fechados e sentisse a música, isso não importava. E agora eu estava completamente focado. Ao terminar, estendi a mão para firmar os pratos e dei um suspiro. Aquilo foi bom.

Alguns poucos aplaudiram. Principalmente as garotas, como não pude deixar de notar. Na mesma hora, pensei em Katrina e nos comentários inesperados feitos pelas meninas no almoço. Não conseguia acreditar que ela havia perdido o pai. Na verdade, parecia que perdera muito mais que aquilo. Gostaria de ter dito algo para ela mais cedo no corredor, mas o quê?

Ah, olá. Você não me conhece, mas sinto muito pela morte de seu pai? Até parece.

— Fantástico, Charlie. Absolutamente fantástico — elogiou o Sr. Roon.

— Obrigado, senhor — agradeci, tentando manter o foco.

Os caras da percussão bufaram, como se nunca tivessem ouvido alguém usar a palavra "senhor". O Sr. Roon olhou para eles.

— Parece que vocês têm a sorte de contar com um novo membro muito talentoso no grupo.

— Ótimo — desdenhou Phineas e Ferb. Os outros dois não falaram nada.

Juntei minhas coisas e me dirigi para a porta. Os três caras se aglomeraram de maneira que eu não pudesse passar. Encarei cada um no fundo dos olhos.

— Com licença — pedi.

— Com licença, *senhor* — disse o mais baixo de maneira incisiva, recuando com as mãos no ar.

Balancei a cabeça enquanto passava suspirando. Ter amigos na banda era querer demais. Pelo menos eram bons, o que já era alguma coisa. Não que eu fosse dizer isso a eles se preferiam agir assim.

— Ei, senhor! Espere, senhor!

Eles estavam me seguindo. Os pelos em minha nuca se eriçaram.

— Ei, novato. Estamos falando com você, *senhor*!

Cerrei os dentes e continuei andando.

— Qual é o problema? — perguntei, mantendo a calma.

— O problema é que nós tocamos juntos há três anos. Estamos finalmente no último ano. E não precisamos de um garoto caipira metido a punk chegando e arruinando nosso grupo — declarou o garoto com a camisa do *Phineas e Ferb*, entrando na minha frente.

Encostei na parede. Esse cara tinha quase uns 40 quilos a mais que eu, e ao olhar para suas narinas, percebi que ele estava furioso.

— Só quero tocar bateria — disse eu, tentando apelar para o que tínhamos em comum. — Não me importo com qual vou tocar ou quais músicas. Só quero tocar.

— Bem, nós não queremos você aqui, senhor — falou ele, me empurrando tão forte que minha cabeça bateu contra a parede. — Então amanhã vai voltar lá e dizer ao Sr. Roon que quer trocar de instrumento, para xilofone, harpa ou outra coisa. O que quiser. Mas não fará parte do grupo de percussão.

Ele me empurrou de novo, e, dessa vez, a pancada na cabeça foi tão forte que vi estrelas. Eu tentava pensar em uma maneira de me livrar deles quando alguém segurou o ombro de Phineas.

— Deixe o cara em paz, Fred.

Fred. Então o nome dele era Fred. Bem, Fred empalideceu ao ouvir a voz de Josh. E empalideceu ainda mais ao ver Brian e Trevor com ele.

— Eu não estava fazendo nada — mentiu Fred, levantando as mãos.

Os outros dois bateristas já estavam na metade do corredor. Pelo visto não eram do tipo que defende os amigos.

— Está tudo bem — disse eu para Josh. — De verdade.

Josh, que não parecia convencido, encarou Fred de maneira ameaçadora.

— O que ainda tá fazendo aqui? Vá embora!

Fred se acovardou, partindo atrás dos parceiros. Limpei a garganta e endireitei a postura. A parte de trás de minha cabeça estava doendo.

— Valeu, cara.

— Tranquilo. Esse cara gosta de sacanear os outros desde o jardim de infância quando ele era o grandalhão mal-encarado do ano acima — disse ele. — Ainda bem que hoje sou maior que ele — completou com um risinho.

Eu ri, esfregando o galo que me nasceu na cabeça.

— Eu poderia dar uma surra nele pra você, mas a banda dele vai tocar na minha festa na próxima sexta. Então não quero, tipo, criar um clima ruim ou algo assim — concluiu Josh.

— Ou quebrar os braços dele — acrescentou Brian.

Os dois riram.

— Nem quebrar os braços dele — concordou Josh.

— Ele toca em uma banda? — perguntei, com um pouco de inveja mesmo contra a vontade.

— Sim, se chama Universal Truth — respondeu Trevor, revirando os olhos. — Mas são bons.

— Chega a ser irritante. São tão bons que terei, na verdade, que pagar pelo show — contou Josh. — Bem, tenho treino de futebol americano agora, mas Brian está indo ajudar o treinador Ziegler com os testes de seleção para a equipe de *cross-country*. Tá dentro?

— Vamos nessa, cara — insistiu Brian, virando a palma das mãos para cima. — É uma corrida de menos de 5 quilômetros. Não é muita coisa.

Senti aquela sensação de ser o centro das atenções da qual não gostava.

— Não sei. Vocês...

— Se passar, ganha uma jaqueta do time do colégio — informou Trevor, abrindo a lapela da sua própria, como se fosse um modelo. — As garotas amam essas jaquetas.

Eu ri.

— Ei! E vai *poder* ir à festa de Moskowitz no fim de semana que vem — declarou Brian, dando um tapinha em meu peito com as costas de uma das mãos. — É só para atletas. Bem, e garotas. Muitas garotas.

— E a Universal Truth. — Trevor revirou os olhos novamente.

Uma festa? Eu não era convidado para uma festa desde o ensino fundamental. E essa seria uma festa de verdade. Da galera popular. Com banda ao vivo. Fiquei parado por um segundo, tentando absorver tudo aquilo. Imaginei o dia todo que, de repente, esses caras apareceriam e me deixariam de cueca na cantina, ou me atrairiam ao banheiro para enfiar minha cabeça na privada antes de puxar a descarga, ou algo pior. Mas agora o dia terminava e eles ainda não haviam me importunado. Estava cada vez mais difícil de acreditar que realmente não quisessem ser meus amigos.

Mas será que eu queria ser amigo deles? Tipo, não tinham muito a ver comigo com aqueles pescoços grossos, espírito de equipe e obsessão por esportes. Faziam mais o tipo dos Gêmeos Zagueiros. Por outro lado, rejeitar a amizade deles com base apenas em critérios superficiais não seria a mesma coisa que fizeram *comigo* nas outras escolas ao me rejeitarem pela aparência? Por causa das coisas das quais eu gostava?

Minha cabeça começava a doer. E Brian, Josh e Trevor estavam esperando. A adrenalina do que se passou com Fred ainda corria em minhas veias. Talvez uma corrida resolvesse aquilo. Só dessa vez. Não era como se eu fosse entrar para a equipe.

— Beleza, então — respondi, encolhendo os ombros. — Estou dentro.

— Aê! — comemorou Brian, jogando os braços ao redor de meus ombros. — Você não vai se arrepender disso.

— É isso aí — celebrou Josh, batendo nas mãos de Trevor por cima de minha cabeça. — Sabia que você toparia!

Peguei o celular enquanto íamos para o vestiário. Só por diversão, mandei uma mensagem para meu pai:

CHEGAREI TARDE. TESTANDO PRO *CROSS-COUNTRY*.

Ele devia estar comandando os treinos na quadra da escola St. Joe naquele momento. Imaginei o apito caindo de sua boca enquanto olhava para o celular em estado de choque. Aquela simples imagem já faria valer os 5 quilômetros de corrida.

CAPÍTULO 8

True

— Não acredito que eu esteja fazendo isso. Por que estou fazendo isso? Eu nem deveria namorar. Minha mãe teria um ataque se soubesse que estou aqui. Sério, ela ia ter um *ataque*.

Stacey esfregava os joelhos enquanto aguardávamos ao lado da porta dos fundos do ginásio, provocando um som de *shush, shush, shush* nas meias. Havia mais alguns grupos de alunos perambulando por ali, alguns com uniformes de futebol azul e branco, outros com equipamentos de futebol americano e uns poucos de roupa comum. Metade deles digitava nos celulares em vez de conversar uns com os outros. Argh.

Pelo menos eu tinha me livrado das terríveis botas vermelhas. Quando as tirei no vestiário para o último período no ginásio, o professor percebeu as feridas abertas nos meus pés e me mandou direto para a enfermaria. Agora eu ostentava vários curativos, uma par de meias brancas limpas e um par de tênis de animadora de torcida branco e azul que alguém arrumou em um armário de equipamentos. Eram divinos, e eu ia usá-los pelo resto do exílio na Terra.

— Acha mesmo que ele vai gostar de mim? — perguntou Stacey. — E se não gostar?

Eu a olhei de cima a baixo através dos óculos escuros de armação prata que peguei de um armário aberto para resolver o problema da claridade, e sorri de maneira encorajadora. Eu me solidarizava com ela. Por algum motivo, mesmo com aqueles enormes olhos castanhos, sorriso cativante e a óbvia inteligência, aquela garota tinha um sério problema de autoestima. Ficar com um cara bom, estável e doce como Charlie faria maravilhas para ela. Aquela era uma das coisas incríveis sobre o amor: o poder de mudar a vida de uma pessoa.

— Por que não gostaria? — perguntei.

As sobrancelhas de Stacey se ergueram, e ela sorriu.

— Você é tão fofa! — Ela entrelaçou o braço com o meu. — Estou feliz que tenha se mudado pra cá. Acho que seremos melhores amigas.

Eu sorri, comovida e aliviada pelo contato. Ninguém, além da enfermeira, havia tocado em mim naquele dia. Ninguém. Pelo menos agora sabia que as pessoas ainda queriam se relacionar por aqui. Talvez *nem* tudo estivesse perdido.

— Olhe ele ali! — Ela respirou fundo, ficando na ponta dos pés.

Charlie tinha acabado de subir a colina com um dos meninos viris — Brian, o de pele negra e sorriso ridiculamente cativante. O rosto de Charlie estava vermelho, o cabelo molhado pingava próximo às orelhas, e a camiseta cinza parecia encharcada de suor, mas ele exibia um sorriso de orelha a orelha. Parecia forte. Vibrante. Másculo. Transbordava testosterona. Dava para ver a atração estampada no rosto de Stacey, e como não estaria? Os homens liberavam uma quantidade enorme de feromônios quando estavam cheios de adrenalina do campo de batalha.

— Charlie! — gritei, acenando.

Ele se despediu do amigo e veio andando. Era isso. A primeira impressão que teriam um do outro. Senti uma palpitação nervosa no peito.

— True! O que está fazendo aqui? — perguntou Charlie de forma amigável.

— Nós seguimos você depois da escola e perguntamos ao treinador o que você estava fazendo — contei. — Ele falou que o teste de *cross-country* duraria cerca de 45 minutos, então esperamos.

Ele franziu o cenho e me olhou com curiosidade.

— OK.

— Então, entrou para a equipe? — perguntou Stacey, mordendo o lábio inferior.

— Entrei sim — respondeu ele.

— Isso é ótimo! — celebrou ela, segurando-me ainda mais forte.

— Hã... Obrigado? — Ele me lançou um olhar inquisidor.

— Esta é Stacey — apresentei, com um sorriso encorajador no rosto. — Ela adora ler, é excelente em matemática e toca flauta na orquestra da escola. Ah, além de detestar futebol americano.

Ambos pareceram confusos com a apresentação, mas Stacey se recuperou primeiro.

— Vi seu teste pra banda depois da aula hoje — disse ela, tocando-o no antebraço com a ponta dos dedos. — Você foi... incrível.

Charlie enrubesceu.

— Uau. Obrigado. Você toca flauta?

— Na segunda cadeira — respondeu ela, olhando para os pés. — Não é tão legal quanto a bateria.

— Não, não. Flauta é legal — disse Charlie.

Ambos riram, depois sorriram, oscilando o peso do corpo entre uma perna e outra, e ficaram vermelhos. Eu podia não ter meus poderes de intuição, mas dava para perceber que aqueles dois estavam se dando bem.

— Por que vocês não saem para comemorar? — sugeri, me afastando de Stacey. — Você conseguiu entrar para a equipe! — vibrei, inclinando a cabeça em direção a ela e torcendo para que Charlie captasse a mensagem.

— Vamos? — disse Charlie, com as sobrancelhas levantadas.

— Com certeza! — Stacey se entusiasmou. — Você é novo aqui, não é? Já foi na Goddess? É fantástica!

— Hã... não. Eu...

— Ótimo! Podemos andar até o centro. Vou mostrar tudo a você — sugeriu Stacey, arrumando suas coisas. Charlie se abaixou para pegar o estojo de flauta, e ela se envaideceu. Perfeito. Eram perfeitos. Ou, talvez, *incríveis*.

— Tudo bem. Mas tenho de ir ao vestiário pegar minhas coisas.

Enquanto se distanciavam, Charlie se virou e ergueu os dois polegares para mim, o estojo preso entre dois dedos. Sorri e acenei, observando-os até eles entrarem, com Charlie segurando a porta para sua adorável garota.

Com um suspiro de alívio, levei uma das mãos até a flecha de Oríon. Senti o coração inchar e lágrimas brotarem nos olhos, lembrando de quando nos conhecemos. Havia mais de três mil anos, e uma ligação amorosa não estava nos planos — pelo menos não para nós —, mas, ainda assim, era uma lembrança que agora eu guardava com carinho. Caminhei até um banco próximo e sentei-me com os olhos fechados e a cabeça inclinada ao sol, deixando a lembrança tomar conta de mim.

— Venham, venham todos! Venham deuses, venham mortais! Nenhum de vocês é capaz de me superar enquanto eu tiver um arco e flecha em mãos!

Oríon abriu os braços musculosos, girando lentamente em um círculo no centro das amplas colinas dos campos de papoula banhados pelo sol, o lugar de encontro favorito dos deuses e deusas menores próximo ao ápice do Olimpo. Eu já ouvira histórias sobre suas bravatas, mas aquela era a primeira vez que via com os próprios olhos. Compreendi por que tantas mulheres, tanto na Terra quanto nos céus, haviam se apaixonado por ele. Ele era um espécime perfeito. Insolente certamente, mas, tirando isso, perfeito.

Aproximei-me com meu arco na lateral e a aljava presa como sempre às costas.

— Temos uma desafiante! — anunciou ele ao grupo de deuses e deusas que descansavam nas flores da colina. Avistei meus rivais; os gêmeos Ártemis, deusa da caça, e Apolo, deus da luz, estavam um ao lado do outro, em companhia de Hécate, amiga titânica de Ártemis, que era ainda mais terrível que eles. Seus olhos negros me seguiam enquanto cochichava algo no ouvido de Ártemis. — E você é? — perguntou Oríon para mim.

— Ela é Eros, deusa do amor! — respondeu Ártemis. — Acha que é a maior arqueira do Monte Olimpo.

Alguns dos deuses reunidos ali riram, e dei um sorriso.

— Não se trata de achar ou não — rebati. — É um fato comprovado.

— Nunca testou suas habilidades contra mim — contestou Ártemis, com uma sombra no olhar.

— Então venha — disparei de volta. — Oríon já preparou a competição para nós.

Apontei para o alvo que Oríon havia prendido na árvore mais alta da floresta de Gaia, um lugar mágico e sombrio, lar de todos os tipos de criaturas exóticas e sobrenaturais. Ártemis olhou para o centro do alvo com a mão levantada para proteger os olhos do sol.

— Ela não vai morder a isca — disse Oríon, falando no meu ouvido. Seu aroma másculo era muito agradável, um misto de suor, sangue e vinho. — De todas as deusas, creio que Ártemis seja a mais vil. Ela ladra, mas não morde.

— E você? — perguntei, examinando-o de cima a baixo. — O que procura em uma companheira?

Ele deu um sorriso malicioso, e eu me concentrei para ouvir o mais íntimo de seu coração.

— Submissão — respondeu Oríon, mesmo enquanto eu decifrava seu verdadeiro desejo. Procurava alguém que pudesse se igualar a ele. Alguém que o desafiasse. Uma grande beleza com quem pudesse viver novas aventuras. Alguém que lutasse ao seu lado e que o amasse eternamente.

Um plano perverso se formou no fundo de minha mente. Eu me virei para a colina.

— Venha, Ártemis! — gritei em tom jovial. — Vamos jogar.

Os outros deuses e deusas se animaram, estimulando que ela fosse. Vi Harmônia e seu amigo Hefesto, o artífice divino, se levantarem e aplaudirem na colina do outro lado. Eles formavam um par curioso. Enquanto Harmônia era pura, régia e tinha aquele doce sorriso nos lábios, como sempre, Hefesto estava coberto com a fuligem de sua forja, o que fazia com que sua pele negra ficasse ainda mais escura, como piche, e exibia a constante expressão impassível e desconfiada. Nice, Selene e vários outros deuses e deusas menores também estavam lá, claramente animados com a possibilidade de uma competição. Era a perfeição. Ártemis teria negado o desafio usando alguma desculpa esfarrapada se estivéssemos sozinhas, mas com a plateia, sabia que ela não desistiria. Depois de mais alguns cochichos de Hécate, ela se levantou com sua forma esguia e caminhou até nós, com o arco e a aljava em mãos.

— Tudo bem — *concordou ela, enquanto se posicionava ao meu lado, com os cachos castanhos balançando ao redor dos ombros.* — Quem atira primeiro?

— Eu atiro — *respondi* —, *pois eu a desafiei.*

— Na verdade, creio que tenha sido eu o autor do desafio. — *contestou Oríon.*

— Ah, tudo bem — *aceitei de maneira inocente, levantando um ombro.*

Então, antes que pudessem reagir, puxei duas das flechas áureas e disparei contra o coração de ambos. Ártemis recuou alguns passos, aos tropeços, apertando o peito com as mãos. Oríon fez o mesmo. A multidão ficou em choque. Em seguida os dois se olharam e se derreteram um pelo outro.

— Oríon! — *exclamou Ártemis.*

— Meu amor! — *respondeu ele.*

— Não! — *gritou Apolo do alto da colina.*

Mas já era tarde demais. O homem mais arrogante da Terra caiu nos braços da deusa mais terrível do Monte Olimpo. A vitória era minha.

— O que você fez? — *demandou Apolo, aparecendo ao meu lado em um piscar de olhos. Hécate permaneceu na colina, fervendo de raiva, os punhos cerrados.*

— Acredito que foram feitos um para o outro — *respondi, rindo enquanto Ártemis empurrava Oríon no chão e subia em cima dele.*

— Você corrompeu minha irmã. — *Apolo fervilhava, com os olhos negros em chamas.* — Vai pagar por isso! — *esbravejou ele, depois rodopiou e sumiu no momento em que Harmônia e Hefesto apareceram ao meu lado.*

— Eca. Ninguém precisa testemunhar isso — *censurou Hefesto, os olhos fixos no casal apesar do que dissera.*

— Acho fofo — *disse eu, rindo.*

— *Você é tão imprevisível, Eros* — *repreendeu Harmônia.*
— *Por favor! Eles se merecem!* — *exclamei.* — *Não há dois outros seres que sejam mais detestáveis, seja na Terra ou nos céus.*

Harmônia suspirou.
— *Esse é o tipo de coisa que pode voltar para assombrar você.*
— *Não tenho medo* — *respondi, erguendo o queixo.* — *Nunca tenho medo.*

Uma porta bateu e me trouxe de volta ao presente, de volta à Terra. A dor de cabeça de repente parecia menos intensa com Oríon tão vivo em minhas lembranças. Eu podia fazer aquilo. Ainda *era* boa em meu trabalho. Na verdade, realmente *mandava bem* demais no trabalho. Menos de oito horas, e eu já havia formado um casal perfeito. Não demoraria muito para que Oríon e eu nos encontrássemos de verdade mais uma vez. Até que eu o abraçasse. Sentindo que Zeus observava, olhei para cima com uma expressão arrogante

Esperava que ele soubesse o que eu estava pensando naquele instante.

Um já foi. Faltam dois

CAPÍTULO 9

Katrina

— Katrina! Eu ia mesmo procurá-la.

Dr. Krantz, o psicólogo da escola, abriu um sorriso amigável ao andar em minha direção no corredor principal. A escola estava quase vazia, e não havia nenhum lugar para onde correr. Eu devia saber que isso estava para acontecer, mas, ainda assim, sentia uma centelha de raiva quando o via. Sabia exatamente o que ele queria — colocar-me sentada, vasculhar meu cérebro e perguntar como eu me sentia —, e aquilo era tudo o que eu não queria.

— Então — começou ele, abraçando um livro no momento em que parou na minha frente. — Como foi o verão? Como você *está*?

Eu sempre conseguia perceber se as pessoas estavam ou não perguntando sobre como eu me sentia pela morte de meu pai pelo modo como pronunciavam a palavra "está"

— Estou bem — respondi. — Estou indo para a biblioteca terminar alguns deveres, então...

O Dr. Krantz ergueu as sobrancelhas grossas.

— Ficando além do horário para estudar no primeiro dia? Ora, ora. Esse é um grande avanço.

Cerrei os dentes. Como deveria responder àquilo?

— Como está tudo em casa? — prosseguiu ele. — Como está sua mãe?

— Está bem. Ocupada — respondi, lacônica. Será que realmente achava que eu queria falar sobre aquelas coisas com ele? Todas as vezes em que me perseguiu durante as aulas no ano passado, eu me sentei em sua sala e permaneci calada, até ele finalmente desistir. Talvez achasse que só porque eu estava claramente pronta para fazer trabalhos escolares, também estaria para revelar tudo que sentia para um quase estranho. Pouco provável. — Posso ir agora? — perguntei por fim.

Ele ficou decepcionado.

— É claro. Mas venha até minha sala em breve para conversarmos. Quero ajudar, Katrina. Só isso.

Sufocando um gemido, entrei na biblioteca climatizada. Ainda me lembro, como se fosse ontem, do rosto dele quando entrei em sua sala ano passado, sem imaginar que minha vida estava prestes a virar de cabeça para baixo. Ele falara coisas simpáticas e corretas, mas, quando minha mãe se encolheu no chão da sala, juro que havia um brilho nos olhos dele. Como se, de alguma maneira, estivesse satisfeito. Como se sentisse prazer por ter uma paciente em potencial, com problemas reais, em vez das garotas que o procuravam todos os dias para choramingar sobre términos de namoro.

Jamais o perdoaria por aquilo.

A biblioteca da escola estava silenciosa e calma. Passei pelas grandes mesas de leitura, com as cadeiras firmemente organizadas, e segui até as janelas, onde ficavam as mesas menores para duas pessoas. Quase tropecei ao ver Zadie no canto. Tinha um laptop aberto à frente, o logotipo da revista literária da escola — a *Musa* — estava legível no cabeçalho da página que ela escrevia. Sentei-me na mesa mais distante possível, e ela me deu um aceno rápido e incerto.

Eu disse apenas *oi* com os lábios.

Ela sorriu, ajeitou os óculos e continuou escrevendo.

— Posso ajudá-la com alguma coisa?

Quase pulei de susto por causa da voz profunda que fez a pergunta. O Sr. Carlson, um dos bibliotecários da escola, apareceu atrás de mim. Ele tinha milhões de tranças no cabelo que prendia com um elástico comum para trás, e sua gravata de algodão pendia solta no pescoço. Apesar de ter um monte de furos na orelha, não usava nenhum brinco, o que fizera surgir boatos de que participara de uma banda de rock ou reggae que logo tinha acabado, fazendo com que tivesse de trabalhar na escola.

— Não. Estou bem — respondi.

Ele não se mexeu, mantendo os olhos escuros fixos em mim. Minhas mãos começaram a suar.

— Não é... quero dizer... Por acaso eu não deveria estar aqui? — perguntei.

— Depende do que planeja fazer — respondeu ele.

Peguei o livro de história na mochila.

— Hã... estudar?

O Sr. Carlson empalideceu um pouco.

— Ah, desculpe. Nós estávamos... No ano passado, tivemos muitos problemas com alunos por usarem a biblioteca para outras... inapropriadas...

Fiquei sem graça, sem saber se era por ele ou por mim. O que ele achava que eu iria fazer? Fumar um baseado? Ficar me agarrando com um cara? Ou o quê?

— Pai! Pelo amor de Deus! — reclamou Zadie.

Nós dois olhamos para ela, que arregalou os olhos, e o Sr. Carlson se afastou.

— Perdoe-me — disse ele de maneira formal. — Pode cuidar de seus estudos.

Ele lançou um olhar para Zadie e se apressou em voltar à recepção. Levou cerca de dois minutos para que me sentisse confortável de novo. Olhei para Zadie ao pegar meu caderno de poesias. Então ela era filha do Sr. Carlson? Interessante.

— Katrina! Aí está você!

A Sra. Day apareceu do nada. Será que todos nessa escola queriam me matar do coração?

— O Dr. Krantz comentou que a viu entrando aqui. Estou tão aliviada. — Estava sem fôlego, com uma das mãos no peito. — Você se importa de me acompanhar?

— Hã... tudo bem.

Eu já tremia enquanto guardava as coisas na mochila. Peguei Zadie me olhando, embora fingisse que não. Sabia o que estava pensando: *O que aquela garota aprontou?* Eu pensava a mesma coisa. Será que eu estava metida em alguma confusão? Por quê? Era só o primeiro dia de aula. Não poderia ter feito nada de errado ainda, poderia?

Mantendo a cabeça baixa ao passar pelo olhar acusador do Sr. Carlson, segui a Sra. Day pelo carpete cinza-escuro e saí para o corredor. Passamos por alunos diante dos armários e professores conversando sobre os planos de aula, até chegarmos ao escritório do departamento de língua inglesa. Era um espaço pequeno, com duas salas quadradas mal iluminadas e bagunçadas. Sentada na segunda sala, atrás de uma grande mesa, estava a Sra. Roberge, que era a chefe do departamento e ministrava as aulas avançadas, além de ser completamente intimidante. Os ombros largos eram quadrados, e os cabelos, cortados rente ao couro cabeludo, como um capacete, com duas pontas se sobressaindo sobre as orelhas. Duas listras de blush rosa-escuro lhe marcavam o rosto, e ela usava uma quantidade de delineador que deixaria Lana feliz por um ano. Parei em frente a ela e aguardei que começasse a falar enquanto eu enrolava a franja de meu lenço com o indicador. Quando ela se mexeu, percebi minha redação em cima da mesa.

— Katrina Ramos... — começou a Sra. Roberge, me olhando com suspeita. Ela levantou meu trabalho com a ponta dos dedos para que eu pudesse vê-lo. — Você escreveu isto?

Meu coração deu um salto. Era disso que se tratava? Será que achavam que eu tinha copiado a redação de alguém ou algo assim? Minha garganta falhou, e assenti com a cabeça.

— Hã... escrevi?

Ótimo. Soou muito confiante.

O rosto da Sra. Roberge se iluminou. Ao sorrir, pareceu mais bonita e dez anos mais jovem. Nunca tinha percebido isso, pois nunca a vira sorrindo antes.

— Isto. Está. *Excelente* — declarou ela, enunciando cada sílaba.

Arfei.

— Sério?

— Sério — respondeu a Sra. Day atrás de mim.

— Está tão bom que gostaríamos de transferi-la para a aula avançada de inglês — continuou a Sra. Roberge, abaixando as folhas e dobrando os dedos sobre elas. — A Sra. Day sempre menciona que você não deveria ter sido rebaixada para as aulas regulares neste ano, e, depois de ler isto, sou obrigada a concordar.

Dei um sorriso de alegria para a Sra. Day.

— Isso implica trocar suas aulas de economia — prosseguiu a Sra. Roberge. — Mas já conversamos com seu orientador, que não fez qualquer objeção.

— Isso seria ótimo — afirmei. — Eu... obrigada.

— Ótimo. Então amanhã terá aula comigo no sexto período e aula de economia logo depois — informou ela. — Esteja pronta para grandes desafios.

— Pode deixar. Então, tá — disse eu, olhando para a Sra. Day e depois para a porta. — Posso...?

— Eu acompanho você — ofereceu a Sra. Day.

— Tchau — falei para a Sra. Roberge. Ela ergueu uma das mãos, mas já tinha começado a ler outra coisa.

Do lado de fora, no corredor, eu sentia como se não soubesse onde estava. Olhei para um lado e para o outro, querendo gritar. Ia voltar para as aulas avançadas de inglês. Eu estava conseguindo. Meu pai ficaria tão...

De repente, meus olhos se encheram de lágrimas e meu coração pesou. Meu pai. Meu pai, meu pai, meu pai. Gostaria de poder contar a meu pai.

— Parabéns, Katrina — disse a Sra. Day, apertando meu braço. — Vou sentir sua falta na aula, mas você realmente merece ir para o nível avançado.

Limpei a garganta.

— Obrigada, Sra. Day. Vou, hã... sentir sua falta também.

Ela riu, colocando algumas mechas de cabelo atrás da orelha.

— Não precisa dizer isso.

— Não. É sério mesmo — insisti, tentando me agarrar à alegria, e não deixar a tristeza tomar conta de mim. — Obrigada por tudo.

A Sra. Day assentiu.

— Não precisa me agradecer. O trabalho foi seu — afirmou ela, checando o relógio. — Tenho de ir agora. Vejo você nos corredores!

Ela seguiu para sua sala, mas eu me senti congelada. Não queria voltar à biblioteca agora, porém não podia ir para casa, e Ty só chegaria mais ou menos dali a meia hora. Olhei pela janela através da porta aberta da secretaria. O tempo estava bonito lá fora, o dia claro e ensolarado, e o céu, azul. Talvez eu comemorasse escrevendo embaixo de uma árvore em algum lugar.

Respirando fundo e olhando para os pés, caminhei pelo corredor, segui pela recepção e saí pela porta da frente. Eu daria tudo para poder ligar para meu pai, mas, em vez disso, imaginei o que ele diria se estivesse ali naquele momento.

Sabia que você era capaz, mi hija. *Você é a garota do papai.*

Dei um sorriso triste, desejando ouvir sua voz, e lágrimas brotaram em meus olhos. Peguei o celular para ligar para alguém, qualquer pessoa, para não chorar. A palavra CASA me encarou.

Péssima ideia, Katrina. Ela não vai se importar, e você vai ficar decepcionada. Mas tinha de se importar, certo? Tivemos tantas brigas no ano anterior por causa das notas baixas. Isso era uma coisa e tanto. Talvez ela ficasse animada. Talvez até pudéssemos fazer um jantar de comemoração. Quem sabe?

Pressionei CASA e me arrependi na mesma hora. Mas já estava chamando. Eu não poderia desistir agora, pois, se ela acordasse com o telefone e eu desligasse, ficaria com mais raiva ainda. Então, esperando, tremendo, prendendo a respiração, levei o celular até o ouvido. Tocou duas vezes. Três vezes. Meu estômago começou a doer. Ela atendeu. Ouvi um som de alguma coisa arrastando — ela levando o telefone até a orelha passando por toda a cama —, depois um bocejo. Quase desliguei.

— Katrina? — A voz estava pesada devido ao sono.

Péssima ideia. Foi realmente uma péssima ideia.

— Oi, mãe — disse eu, odiando o tom esperançoso de minha voz.

— O que foi? — cortou ela. — Eu estava dormindo.

Meus dedos doíam de agarrar o celular.

— Eu sei, eu... tem uma coisa que queria contar para você.
Ela soltou um suspiro.
— Bem, o que é?
Por que eu estava fazendo aquilo? Por quê? Por que liguei para casa?
— Eu... eu descobri que serei transferida para as aulas avançadas de inglês.
Silêncio mortal.
— Isso é... Sério? Isso é muito bom.
Meu coração estava prestes a explodir.
— É? Quero dizer, sim! Eu sei. Estava sentada lá na biblioteca, aí a Sra. Day chegou e eu...
— Era só isso? Ligou só para contar isso? — interrompeu ela.
Engoli em seco.
— Hã, foi. Eu...
— Tudo bem então. Deixe eu desligar antes que fique muito acordada para voltar a dormir.
— Ah, tá.
— Katrina. — Ela suspirou. — Por favor, não fale nesse tom comigo. Acabei de trabalhar em um turno de vinte horas. Podemos falar sobre isso quando você chegar em casa. — Ela parou, e, quando voltou a falar, as palavras eram cortantes. — Ou essa é sua maneira de dizer que não vem pra casa? De novo.
— Eu... Eu não...
— Vou voltar a dormir.
A linha ficou muda. Burra, burra, burra, burra. Trêmula, cerrei os dentes e pressionei o nome de Ty na tela do celular. Ele atendeu no primeiro toque.
— Ei, gata — disse Ty. Havia uma gargalhada no fundo. E um som estridente. E o som de hip-hop no rádio. — Olhe, acho que

não vai dar pra chegar aí às quatro. A oficina está cheia de trabalho. Talvez tenha de ir andando pra casa.

— Ah — respondi, sentindo o lábio inferior trêmulo. Será que Ty não lembrava que eu não queria ir para casa? Mas, por outro lado, ele estava ocupado. Não queria que pensasse que eu era uma garota maluca e carente. — Hã... Tudo bem.

— Você está bem? — perguntou ele, enquanto o barulho de uma serra soava ao fundo.

— Tá tudo bem — respondi, tentando parecer radiante. — Nós nos falamos mais tarde.

Ouvi um barulhão.

— Idiota! — gritou ele. — Mas que p...

Desliguei. Pensei em ligar para Raine, mas ela também tinha de trabalhar — na pizzaria do pai —, e o turno era logo depois da aula. De repente, me senti completamente sozinha.

Alguém passou correndo por mim pela escada, tão perto que meu cabelo se agitou. Olhei para as árvores, com as folhas verdes farfalhando ao vento. O time reserva de futebol americano entrava em um grande ônibus amarelo. Uma mãe reunia uma garota e suas amigas, colocando as mochilas da escola de balé local na minivan. Um grupo de skatistas estava na escadaria de cimento do estacionamento, chupando pirulitos e fazendo manobras de skate. Todo mundo estava se divertindo. Todos pareciam felizes. Então, que droga tinha de errado comigo? Por que tinha de me sentir daquele jeito?

Foi quando avistei Charlie, descendo pela colina próxima ao ginásio. Vestia short e camiseta; o cabelo louro estava grudento de suor, e o rosto, avermelhado pelo exercício. Estava a vários metros de distância, mas trocamos um olhar e, por um segundo, tudo desapareceu. A tristeza, a autodepreciação, o medo de ir para casa.

Tudo. Havia um brilho curioso em seu olhar, como se ele soubesse que havia algo de errado, mesmo que fosse impossível. Subitamente senti um ímpeto irracional de falar com ele, contar tudo. Até comecei a levantar a mão para acenar, sem ter ideia do que diria se ele acenasse de volta.

Então alguém gritou e ele parou. Uma garota saiu de trás do ginásio. Stacey Halliburn. Uma das amigas de Cara, que também costumava fazer aulas comigo. Ela foi correndo em direção a Charlie, com uma saia xadrez e adoráveis sapatilhas. Eles sorriram e continuaram andando. Juntos. Sem dar as mãos, mas juntos.

Meu coração afundou no peito. Obviamente eu tinha imaginado coisas. Ele nem deveria estar olhando para mim, e agora eles estavam mais próximos. Conseguia ouvir as risadas de Stacey.

Abaixei a cabeça antes que me vissem observando e me virei para ir, o mais devagar possível, para casa.

CAPÍTULO 10
Charlie

— Então, no ano *passado*, disseram que íamos tocar na Disney World no dia de Ação de Graças, mas aí, quando o ano escolar começou, disseram que não estava no orçamento e que, em vez disso, íamos a Hershey na primavera — tagarelou Stacey. — E ficamos todos tipo "Uuuhh!". Você não pode dizer às pessoas que elas vão à Flórida e depois levar todo mundo para a Pensilvânia. É muito errado, né?

Não respondi. Estava com a boca cheia de cupcake de Oreo. "Goddess" era na verdade Goddess Cupcakes, onde pelo visto todo mundo da minha idade em um raio de 60 quilômetros se encontrava depois da escola. Sim, eu estava no ponto de encontro da moda. Eu nem mesmo sabia onde era o lugar da moda na minha última escola. E eu não apenas não apanhara, como também tinha acabado de me tornar um atleta no time. O que significava que eu tinha potencial para ter amigos de verdade. Não almoçar todos os dias sozinho. E talvez até ser admirado como meus irmãos sempre foram. Acima de tudo, eu estava ali com uma garota. Uma menina bonita, inteligente, com talento musical e que parecia gostar de mim.

Havia uma sensação estranha em mim, e continuei sorrindo. Meus irmãos morreriam se me vissem naquele momento. Ou rolariam no chão de tanto de rir. Talvez as duas coisas.

Stacey e eu estávamos apertados em uma mesa de canto. Quatro caras de jaquetas de beisebol amarela e verde da escola St. Joe se aproximaram. Estavam esperando para pegar nossa mesa e claramente falavam de mim. Ser filho de meu pai às vezes significava ser uma quase celebridade.

— De qualquer forma, o Sr. Roon é um tremendo babaca. — Stacey tomou um gole de água. Ela não havia nem mordido o cupcake de banana e abacaxi. O que não fazia sentido. Aquele cupcake de Oreo era a melhor coisa que eu já tinha comido.

— Sei lá. Ele pareceu legal — disse eu, limpando a boca com um guardanapo.

Stacey ficou um pouco vermelha.

— Ah, sim. Tipo, ele até é legal às vezes. Mas também é meio babaca.

— Como assim? — perguntei, pegando o copo d'água.

— Como?

— É. Tipo, como ele é babaca? Dê um exemplo — estimulei.

— Desculpe. Não sabia que teria de passar por um interrogatório.

Stacey jogou a trança para trás do ombro e pegou o celular cuja capa era rosa de bolinhas. Começou a digitar, e eu me contorci. Atrás dela, a porta se abriu emitindo o som de sininhos, e Verônica e Darla entraram. Ergui a mão, e Darla sorriu, mas Verônica lançou um olhar para Stacey. Um olhar como se estivesse chocada. Puxou Darla, levando-a em direção ao balcão.

Aquilo foi estranho. O que será que Verônica tinha contra Stacey?

— Então, quando vai ganhar sua jaqueta da escola? — perguntou Stacey, abrindo o sorriso de novo. — Você tem de escolher a que tem manga de couro. A de lã é tão milênio passado.

— Hã... ainda não pensei nisso.

Eu. Com uma jaqueta da escola. Tinha de ligar para Corey e Chris.

— Quando será a primeira reunião? — perguntou ela com brilho nos olhos verdes. Ela abriu o calendário no celular. — Com certeza vou também. Vou levar água e um lanchinho. O que é bom comer depois da corrida?

Abri a boca para responder, mas não tive chance.

— Ah! Já sei! Faço uma granola caseira que é maravilhosa.

Ela digitou um lembrete no celular.

— É provável que precise de tênis novos — afirmou ela, olhando para meus pés por baixo da mesa. — Estou enviando um link pra você com um cupom de desconto na Fleet Feet. Eles têm a melhor coleção da cidade.

Meu celular vibrou. Olhei para a tela. Era Stacey.

— Como você...

— Consegui seu número? — completou ela. — Dei uma olhada em seu celular enquanto você estava no banheiro. Se vamos sair, preciso ter seu número.

De repente comecei a suar debaixo do braço. Ela havia mexido em meu celular? Isso significava que tinha aberto minha mochila. Aquilo era meio invasivo. Talvez até em um nível meio *stalker*. Percebi que Darla e Verônica estavam na mesa do outro canto, dividindo um cupcake rosa. Verônica se inclinou para cochichar algo para Darla. Ambas nos observavam. Seria impressão ou pareciam preocupadas?

Quem era essa garota que True arrumara?

— Então, quando é seu aniversário? — perguntou Stacey com os dedos flutuando sobre o teclado do celular. — Faço os cartões de aniversário a mão mais legais que você já viu. São incríveis!

— É, em...

Naquele momento, a porta da loja se abriu e meu pai entrou. Nunca me senti tão feliz na vida em ver aqueles ombros enormes. Ele vestia uma polo verde com as letras SJP bordadas no peito, e um boné preto do time de futebol da SJP que lhe cobria os cabelos louros. Erguendo o queixo e apertando os olhos, examinou o lugar.

— Pai! — chamei, levantando e pegando minhas coisas.

Ele acenou quando me viu. As pessoas abriram espaço para ele ao se dirigir a nossa mesa. Seu apito estava enfiado no bolso da calça, a corda vermelha caindo na lateral da perna.

— Obrigado por vir me buscar, senhor — agradeci.

— Um segundo, filho. — Seu hálito cheirava a hortelã, como sempre. — Apresente sua amiga.

— Desculpe. Pai, essa é Stacey. Stacey, esse é meu pai, David Cox.

— É um prazer conhecê-lo! — Stacey sorriu, se levantou e estendeu a mão para cumprimentá-lo.

Meu pai deu um sorriso, impressionado.

— O prazer é todo meu — disse ele. — Agora diga-me, é verdade que Charlie aqui fez o teste para a equipe de *cross-country*?

— E ele conseguiu! — Stacey me olhou com orgulho, como se fôssemos um casal. — Correu 5 quilômetros em 26 minutos e 58 segundos.

Eu balancei a cabeça.

— Como você...

Ela virou o celular para mim.

— Mandei uma mensagem para Brian e pedi seu tempo. Nossas famílias são amigas.

O cupcake de Oreo revirou em meu estômago. *Stalker*. 100% *stalker*.

— É um tempo impressionante, filho — comentou meu pai.

— É. Podemos ir agora, por favor? — Senti uma vontade repentina de me afastar de Stacey o mais rápido possível. Darla e Verônica ainda assistiam, e não queria que elas achassem que eu estava *com* Stacey. Pelo menos não até eu descobrir se ela era louca. Ainda era o primeiro dia, e eu sabia mais do que ninguém sobre a permanência da primeira impressão; o que não é legal, mas é a realidade.

— Claro. Precisamos ir pra casa e ligar para seus irmãos — falou meu pai. Ele se virou para Stacey novamente. — Foi um prazer, Stacey. Espero vê-la de novo.

— Ah, você vai — garantiu ela, dando um sorriso sagaz.

Não. Não vai, corrigi em silêncio.

— Tchau — despedi-me, praticamente empurrando meu pai em direção à porta.

Do lado de fora, respirei profundamente. As ruas do centro de Lake Carmody estavam cheias de consumidores entrando e saindo de lojas artísticas e restaurantes. O sol brilhava, e passarinhos cantavam nas árvores alinhadas na calçada. Diante da normalidade, comecei a me perguntar se não estava exagerando um pouco. Talvez Stacey gostasse de mim de verdade, e eu não deveria estar feliz em ter uma garota inteligente e bonita como ela gostando de mim? Então meu celular vibrou. Olhei a tela. Era uma mensagem de Stacey.

JÁ ESTOU COM SAUDADES!

Putz!

— Bem, você teve um dia e tanto, não teve? — perguntou meu pai, me olhando de cima a baixo com um tipo de expressão admirada.

— Acho que sim — respondi.

— Está brincando? — disse ele, me dando um tapa nas costas. — Quase me mijei bem na frente do time quando recebi sua mensagem!

— Pai! — exclamei entre dentes. Duas senhorinhas lançaram um olhar de desaprovação ao passar.

— Eu disse *"cross-country"*? Meu Charlie? Duvido muito.

— Não é grande coisa — falei, envergonhado.

— Claro que é. Vamos dar o devido crédito a isso — celebrou meu pai, me sacudindo e apertando enquanto virávamos a calçada. Avistei sua picape vermelha estacionada ao lado do meio-fio. — Você não só sobreviveu ao primeiro dia de aula, como também conseguiu entrar no time e sair com uma menina bonita. Ela também é da banda? Percebi que tinha um daqueles estojos de guardar instrumentos.

— Sim. E a banda é supermaneira — contei, colocando a mochila nos ombros. — E ainda o diretor adorou meu solo. — Optei por não comentar sobre os babacas da bateria que me encheram o saco. Já me sentia humilhado só de lembrar.

— Isso é ótimo, filho. Fico feliz que as coisas finalmente estejam dando certo pra você — disse meu pai, com os olhos brilhando. — Estou muito orgulhoso.

Observei enquanto ele contornava o carro, pegando a chave do bolso. Um calor se espalhou em meu peito.

— O quê? — perguntou meu pai, destrancando a porta do motorista.

— Nada — respondi.

Mas, quando sentei ao lado dele, tive de morder os lábios para não rir. Ele estava orgulhoso de mim. Meu pai estava orgulhoso de mim.

CAPÍTULO 11
Katrina

Fiquei parada na calçada do lado de fora da nossa pequena casa de dois andares e fitei os números ao lado da porta, 777. Meu pai os havia prendido no tapume, sorrindo para mim do alto da escada.

— Dá sorte, *mi hija* — dissera ele, concentrando-se em prender os parafusos corretamente. — Sete, sete, sete. Enquanto morarmos aqui, teremos sorte.

Um nó se formou entre a garganta e o coração, ameaçando me sufocar. Eu sentia tanta falta dele que chegava a doer. Sentia saudade de tudo relacionado a meu pai — a barba por fazer arranhando o topo de minha cabeça quando me abraçava, o aroma almiscarado e empoeirado das roupas depois de um longo dia na sala de reportagem do jornal, o jeito como o rosto se iluminava toda vez que me via.

Lenny Crisco, o vizinho, chegou rapidamente ao portão da frente de sua casa, largou a bicicleta contra a cerca e entrou, deixando a porta bater atrás de si, como se não fosse nada. E era exatamente isso. Disso que eu sentia mais falta — poder entrar em casa sem nem pensar. Sabendo que eu não teria de andar na ponta dos pés. Sabendo que não precisaria temer uma discussão escandalosa em cada cômodo.

Minha mãe e eu nunca tínhamos brigado antes da morte de meu pai. Nenhuma vez. Ela sempre foi uma pessoa meio tensa, mas ele sempre soube como acalmá-la, como fazê-la sorrir — talento com o qual não fui agraciada. Agora era como se nunca soubesse quando ela poderia explodir.

Eu podia ir até o trabalho de Ty e esperar, mas só de pensar naquilo já ficava cansada. Agora que eu estava ali, percebia que queria estar em meu próprio quarto, meu próprio espaço. Queria dormir na minha cama e não ter de escutar Ty e os amigos jogarem *World of Warcraft* por horas. Queria estar em casa. E, além disso, estava sem roupas limpas.

Subi os degraus de tijolos, desviando do que estava com o canto quebrado, e peguei a pilha de jornais que se acumulava em cima do capacho gasto de boas-vindas. Como sempre, a porta estava destrancada. Eu a abri da forma mais silenciosa possível, mas ela agarrou na hora de fechar, e tive de dar um empurrão. Estremeci com o som produzido pela pancada. O ar lá dentro era velho e sufocante. Ouvi os passos arrastados de minha mãe no topo da escada.

— Você está em casa.

Virei-me devagar. Ela estava com uma calça de moletom cinza e a blusa da Seton Hall de meu pai, o cabelo escuro estava preso em um rabo de cavalo desarrumado. Rugas de sono lhe cobriam um lado do rosto.

— Oi — disse eu, tentando sorrir. — Como foi o trabalho?

— Bom. Atarefado — respondeu ela. — Dois recém-nascidos na neonatal. Estou morrendo de fome. O que temos para comer?

Ela desceu as escadas até a cozinha. Houve um tempo em que minha mãe me beijava na testa toda vez que eu chegava em casa. Que me abraçava. Que me pedia para ver a lição de casa e soltava várias exclamações ao ler meus poemas.

Eu mal conseguia me lembrar disso, mas sabia que tinha acontecido. Larguei a mochila no alto da escada que levava ao porão e a segui. Ela bateu a porta da geladeira, cruzando os braços.

— Achei que você ia ao supermercado — repreendeu ela.

Minha garganta estava apertada. Eu deveria saber que isso ia acontecer.

— Desculpe. Não tive tempo.

— Por quê? Estava muito ocupada trepando por aí? — reclamou ela, indo até o armário e apanhando um pacote de biscoito. Ela bateu a porta e foi vasculhar a despensa.

— Mãe! Não estou trepando por aí! — protestei. Agora era assim. Eu fazia uma coisa errada, e de repente ela me atacava sobre tudo feito um pitbull. — Tenho um namorado. Um.

— Um namorado que vive com a casa cheia de arruaceiros — acusou ela, aparecendo com um pote de manteiga de amendoim pela metade.

— Não são arruaceiros — disse eu com um suspiro, encostando-me na bancada.

— Não dê esses suspiros pra mim! — gritou ela, abrindo e fechando com força uma gaveta. — Como devo saber como eles são? Você nunca está em casa! Nunca me apresenta seus amigos. Mal troquei duas palavras com esse garoto, que agora faz você esquecer de fazer as compras. Tem responsabilidades aqui, Katrina. Não consigo fazer tudo sozinha. — Seu corpo parecia se agitar conforme passava manteiga de amendoim no biscoito. Ele se estilhaçou na sua mão, e ela o jogou fora, pegando outro. — Tem ao menos ideia de que passei vinte horas no hospital? É pedir muito que tenha leite para colocar no café e algo pra comer além desta porcaria?

Meus olhos se encherem de lágrimas enquanto ela enfiava um biscoito na boca.

— Desculpe. Eu...

— Deixe pra lá — retrucou ela de boca cheia, pegando todas as coisas e passando por mim como um raio. — Vou levar essas coisas para o quarto.

— Mãe, espere — pedi com a voz falhando. — Podemos ir ao supermercado agora. Ainda podemos fazer alguma coisa. Podemos comprar hambúrgueres. Ou posso fazer aquele frango frito que você adora.

Ela parou no começo dos degraus, abaixando a cabeça. Por meio segundo, senti esperança. Ela ia dizer sim. Teríamos uma noite normal. Poderíamos comprar os biscoitos da embalagem azul e talvez até fazer uma salada. Então eu contaria a ela sobre o primeiro dia de aula e como fiquei chocada quando me chamaram de volta para as aulas avançadas de inglês. Talvez eu até contasse sobre Charlie. E Zadie, é claro. A possibilidade de novos amigos poderia fazer com que ela se sentisse melhor a respeito de Ty.

— Está tarde — disse minha mãe. — Estou cansada. — Olhando para mim por cima dos ombros, dava para ver as veias vermelhas pulsando em seus olhos. — Vá fazer isso para seu namorado.

Então ela subiu as escadas, pisando com força, e bateu a porta. Eu me apoiei na mesa da cozinha. Parecia que tinha um buraco no peito, onde antes ficava o coração. Duas lágrimas escorreram por meu rosto, e as deixei cair no piso de linóleo.

Eu não precisava disso. Não tinha feito nada de errado. Bem, fiz uma coisa errada, mas me ofereci para consertar, e minha mãe nem levou isso em conta. Devagar, fui até o pé da escada e olhei para a porta fechada lá em cima. Parecia óbvio que ela não queria ficar perto de mim. Tudo bem. Ia mandar uma mensagem para Ty, então encontraria a Sra. Pauley na biblioteca até que ele pudesse me buscar. Pelo menos a Sra. Pauley ficaria feliz quando soubesse da aula avançada. Na verdade, eu não sabia por que não tinha pensado em ir até lá antes.

Subi até o quarto e peguei duas calças jeans, duas camisetas e um par de tênis, enfiando-os em uma bolsa velha da Gap. Ao descer as escadas, peguei a mochila e saí como um foguete de casa, fazendo questão de bater a porta o mais forte possível.

CAPÍTULO 12

Charlie

— Bem, Elaina, você não vai acreditar — disse meu pai, largando o material de trabalho ao lado da porta. Passamos por pilhas de caixas não desfeitas ainda e paredes sem adornos no caminho para a cozinha nos fundos da casa. O cheiro do ensopado de carne favorito de minha mãe fez meu estômago roncar.

— O que foi? — perguntou ela, sorrindo ao erguer os olhos das verduras que cortava. O cabelo louro estava puxado para trás em um rabo de cavalo meio solto, e ela usava o suéter vermelho favorito; não estava maquiada. Dava para perceber que tinha desencaixotado o dia inteiro pela quantidade de coisas na bancada da cozinha — potes, panelas, pratos de cerâmica, nosso pote de biscoito em formato de vaca e várias colheres de pau. — Charlie — falou ela, assim que me viu. — Como foi o primeiro dia de aula?

Abri a boca para responder, mas meu pai me cortou.

— Charlie entrou para a equipe de *cross-country!* — contou ele, já estendendo a mão para pegar o telefone da cozinha.

Minha mãe parou de cortar.

— Fez o teste para a equipe de *cross-country?* Mas você odeia correr.

Levantei os ombros e sentei em um dos bancos da bancada.

— É só algo para fazer depois da aula.

— Bem, isso é ótimo, mas tem certeza de que quer dedicar seu tempo a isso? — perguntou ela, me oferecendo uns pedaços de cenoura. — Não vai estar ocupado demais com o dever de casa e a banda e...

— Lanie, não tente fazê-lo desistir — pediu meu pai, enquanto mantinha o telefone no ouvido. — Olhe para ele! Está feliz!

Minha mãe e eu trocamos um sorriso cúmplice. Sério, era ele quem estava feliz. Ela estendeu o braço e acariciou meu rosto, depois deu um tapinha.

— Bem, se quer correr, então estou muito orgulhosa de você — declarou ela. — Espere só até seus irmãos descobrirem.

— Christopher! — exclamou meu pai no telefone. — Que bom que consegui falar com você! Não vai acreditar. Charlie entrou para a equipe de *cross-country*.

Meu pai riu, colocando o telefone no viva-voz e o aparelho na bancada. A risada de Chris encheu a cozinha vazia. Fiquei vermelho. Então meu telefone vibrou. Era uma mensagem da Stacey.

GOSTA DE CINEMA? DEVÍAMOS IR AO CINEMA.

Suspirei e desliguei a tela.

— Foi mal — desculpou-se Chris, por fim. — Mas isso é muito engraçado.

— Qual é a graça? — perguntei.

— Hã. Você está aí? Peraí... É sério? Realmente entrou para a equipe de *cross-country*?

— É. E se rir de novo, vou ter de dirigir até aí e acabar com você — respondi, mordendo um pedaço de cenoura.

Meu celular vibrou de novo: uma lista de filmes e horários do cinema para aquele final de semana. Minha mãe olhou para o aparelho com a testa franzida.

— Até parece — debochou Chris. — Mas sério agora. Que maneiro, cara. Parabéns. Podemos finalmente considerar você um Cox.

O último pedaço de cenoura pareceu uma pedra descendo pela garganta. Peguei o copo de água de minha mãe.

— Valeu mesmo.

Meu pai o tirou do viva-voz, e eles conversaram por uns dois minutos. Depois de desligar, telefonou para Corey, deixando-o no viva-voz desde o início.

— Alô? — atendeu Corey.

— Oi, Corey — disse eu, descendo do banco para ficar mais perto do telefone. — Papai está prestes a dizer que você não vai acreditar, mas entrei para a equipe de *cross-country*.

— Isso aí! — exclamou meu pai, dando um tapa em minhas costas.

Seguiu-se uma pausa.

— Peraí. O quê?

— Entrei para a equipe de *cross-country* — repeti. — Já pode começar a rir.

— Bem, verdade. Não acredito mesmo — declarou Corey, sem piedade.

Olhei para meu pai, e seu sorriso feliz vacilou um pouco.

— Você, Charlie? Fala sério — continuou Corey. — Não é possível.

Com o rosto queimando, peguei o telefone, tirei do viva-voz e o levei ao ouvido. Vi meus pais trocarem um olhar assustado.

— O que quer dizer com não é possível? — perguntei, segurando o telefone com tanta força que os nós dos dedos ficaram brancos. — É tão difícil assim de acreditar que posso ser um atleta? Que poderia ser como vocês?

— Não foi isso que eu disse — respondeu Corey.

— Vá se ferrar — explodi.

— Olhe a boca! — reclamou a minha mãe, quando entreguei o telefone para meu pai.

— Vou para a garagem.

Peguei as baquetas na mochila e atravessei o corredor da entrada, saindo pela porta lateral que dava na garagem clara e fria, tomada pelo cheiro seco de caixas de papelão. Minha bateria estava montada em um canto. Sentei atrás dela e comecei a tocar, batendo com o máximo de força e rapidez que eu conseguisse.

Mas não fez diferença. Continuava ouvindo o eco das palavras.

Você não vai acreditar.

Isso não é possível.

Podemos finalmente considerar você um Cox.

E a risada de Chris, como um baixo por trás do refrão.

Fechei os olhos e continuei tocando, tentando arrancar aquilo da cabeça, até minha mãe me chamar para o jantar.

CAPÍTULO 13

True

Subi para o segundo andar do meu novo lar fazendo uma careta de dor a cada passo, pois o ranger dos degraus da escada fazia minha cabeça latejar. Havia algumas portas na ala oeste que eu não notara naquela manhã. Em algum momento, teria de explorar aquela casa. Isso se minha cabeça não explodisse primeiro.

Ouvi um tinido vindo do quarto de minha mãe, depois o som de algo caindo. Corri pelo corredor e a encontrei no chão com um abajur ao lado. O quarto ainda estava escuro. Havia dez garrafas de vinho espalhadas pelo tapete. Migalhas cobriam a cama, e havia um pedaço de pão em cima de um dos travesseiros.

— Mãe — murmurei, abaixando-me para segurá-la por baixo do braço. — Ficou na cama o dia inteiro?

— Me dexim pashh — resmungou ela. O hálito cheirava a uva podre. Consegui levá-la até a cama, cobrindo suas pernas. O cabelo estava opaco em algumas partes, e havia manchas de baba em um travesseiro.

— Até a deixaria em paz, mas tenho algo para contar — disse eu, apoiando as mãos nos pés da cama. — Formei o primeiro casal hoje!

— Fantaaaassssshhhhhco — disse ela, soluçando em seguida.
— Agora, vá embora, por favor.

Ela cobriu os olhos com um braço, enquanto o outro estava pendurado ao lado da cama. O pedaço de pão saiu rolando do travesseiro até seu cotovelo. Lancei um olhar de raiva para aquele corpo jogado. Naquela manhã ela praticamente tinha me mandado cumprir a missão o mais rápido possível, e agora não estava nem aí que eu cumprira um terço dela?

— Tudo bem. Já estou indo. Mas, antes, será que pode me dizer uma coisa? — perguntei, pressionando a base das mãos na testa com força.

Ela fez um gesto com a mão, indicando que eu poderia fazer uma pergunta.

— O que os seres humanos fazem para se livrar de dores de cabeça? — perguntei.

Afrodite estendeu o braço que cobria os olhos, enfiando a mão embaixo das cobertas. Pegou uma garrafa cheia de vinho tinto para me oferecer.

— Beba isto.

— Vinho? — Peguei a garrafa da mão dela, e o braço caiu no colchão com um baque. — Sério?

— Vai curá-la — afirmou ela, virando de lado. O nariz pressionou o pão, mas ela nem piscou. — Eu pomeetow.

A língua pendeu da boca, e ela deu um soluço, em seguida a respiração ficou pesada. Tinha apagado. Virei para a porta, abrindo a garrafa. Quando a levei até o nariz e cheirei, meu estômago roncou de antecipação.

Sempre gostei de vinho tinto, mas nunca o usara para dor de cabeça. Jamais precisara. Levei a garrafa aos lábios e tomei metade, então limpei a boca com o braço. Era bastante adequado, na verdade.

Isso era uma comemoração. Agora mesmo, Stacey e Charlie estavam em algum lugar, apaixonando-se, e tudo graças a mim. Suas vidas mudariam para melhor, graças a mim. E, o mais importante, Oríon estava um passo mais próximo da liberdade e de uma vida boa e longa. Comigo.

Fui até meu quarto e fiquei parada bem no centro, olhando para a ampulheta sobre a mesa. O tempo ainda escorria, a areia vermelha caindo rapidamente para a parte de baixo. Eu me senti enjoada ao ver aquilo. Parte de mim esperara que a areia fosse ter retornado para cima, indicando que eu fizera meu trabalho. Mas não faria sentido. Ainda não estavam apaixonados. Em alguns dias, a ampulheta viraria e eu teria um novo prazo limite para o casal número dois. Pelo menos era o que eu esperava.

Limite. Que termo horrivelmente adequado. Eu queria apenas poder apontar os dedos e fazê-la virar. Dei um gole no vinho e tentei.

Vire!

Nada aconteceu.

Vire!

A areia continuou caindo.

Frustrada, lancei a mão em direção à ampulheta.

— Vire! — gritei.

Um lápis na escrivaninha virou meio milímetro. Prendi a respiração, sentindo o coração martelar dentro do peito, como um rinoceronte em pleno ataque. Tentei novamente, daquela vez concentrando a energia no lápis. Ergui a mão e sussurrei:

— Vire!

O lápis estremeceu.

Dei um passo assustado para trás. Do lado de fora, a porta traseira de um caminhão fechou-se com um estrondo. Meus poderes.

Será que meus poderes estavam começando a funcionar aqui? Será que eu conseguiria recuperá-los?

Repentinamente a dor de cabeça latejante não parecia tão ruim. Se conseguisse os poderes de volta, eu poderia terminar aquela suposta missão com um estalar de dedos. Se conseguisse recuperá-los, eu poderia unir cem casais e voltar ao Monte Olimpo como uma heroína. Ninguém se atreveria a duvidar de mim de novo. Nem Zeus, nem meu pai. Ninguém.

Zeus. Zeus dissera especificamente que eu tinha de formar três casais sem os poderes. Ele os tirara de mim. Então, por que pareciam estar voltando? Será que ele tinha permitido isso? E se não tinha, como eu conseguira fazer o que acabara de fazer?

Eu sabia de uma coisa com certeza. Se Zeus não tinha decidido devolver meus poderes, *não* ficaria nem um pouco feliz de saber que tinham voltado a funcionar. Que de alguma forma eu os conseguira de volta sem ajuda, sem autorização. Qualquer indicação de que seu poder não era absoluto o deixava louco de raiva.

Lentamente levei o olhar para a ampulheta. Eu estava doida para testar com o lápis novamente, mas, se Zeus estivesse observando bem naquele momento, ficaria encrencada. Assim como Oríon. Eu queria correr até minha mãe e perguntar o que aquilo significava, mas ela estava morta para o mundo. Além disso, não tinha certeza de poder confiar nela. Eu não lhe daria a oportunidade de me dedurar para Zeus e fazer com que tudo parecesse ser minha culpa, como se eu estivesse propositalmente o enganando. Ela faria qualquer coisa para voltar para casa, no Monte Olimpo. Até mesmo trair a própria filha.

Contar para ela colocaria a vida de Oríon em risco. Eu já o vira morrer uma vez, quando ainda não sabia o que ele se tornaria para mim um dia, e não conseguiria assistir de novo...

* * *

— Eros? Ficou sabendo?

Meu irmão Deimos adentrou meu quarto quando eu estava prestes a acertar o coração de uma jovem criada que atraíra o olhar de um pastor de cabras. Errei o tiro e acertei uma das cabras. Aquele seria um casal interessante.

— Deimos! — exclamei, virando-me para ele. — Já pedi um milhão de vezes para não me pegar de surpresa dessa maneira.

Deimos recuou um passo, temeroso, como se realmente acreditasse que eu bateria nele com o arco. Respirei fundo e ergui a mão pedindo que se acalmasse. Às vezes eu me esquecia de como ele era medroso.

— Não vou machucá-lo, irmão — declarei. — Que notícias você traz?

Ele se empertigou com os olhos arregalados. Bem, na verdade, estavam sempre arregalados. Meu pobre irmão nasceu como o deus do medo, e passava os dias incutindo o terror irracional nas pessoas da Terra ou desenvolvendo, ele mesmo, novas fobias. Tinha pavor de trovões, aranhas e de nosso pai. Certa vez, eu o vi fugir e se esconder da própria sombra. Logo criaria uma fortaleza de paredes brancas para si mesmo e nunca mais sairia de lá.

— É Ártemis! Ela matou o amante! — exclamou Deimos.

Meu coração se apertou.

— Oríon? Oríon está morto?

Ele assentiu, ansioso, como se minha reação estimulasse seu humor.

— Foi morto pela flecha dela. Venha! Estão todos reunidos no pântano.

Agarrei a mão de meu irmão, e, juntos, giramos até o pântano de Nix, uma planície desolada e rochosa ao norte da Floresta de Gaia, que margeava a Baía de Circe, nosso acesso ao mar Mediterrâneo. Relâmpejava, e uma chuva forte castigava o mato queimado. O céu estava pesado, totalmente cinzento, mas consegui enxergar um grupo de deuses e deusas reunidos perto da costa. Deimos segurou minha mão e se curvou, quase em submissão, quando um trovão explodiu à volta. Mesmo por sobre o vento forte e a tempestade barulhenta, consegui ouvir os prantos angustiados de Ártemis.

— Eros!

Vi Harmônia se levantar, o cabelo ruivo sem brilho e escuro por causa da chuva. O papel dela, como sempre, era estar disponível para todos, não importava o quê, então estava ali para Ártemis, mesmo que não suportássemos aquela deusa em um dia normal.

Caminhei com dificuldade até a confusão, arrastando meu irmão comigo. Nas pedras cobertas de musgo na margem da água, jazia Oríon, uma ferida horrível abrira em sua cabeça, de onde escorriam sangue e miolos para a lama. Oríon, que fora tão viril em vida, tão arrogante e convencido e cheio de orgulho, estava agora reduzido a uma carcaça, e era uma carcaça fétida. Ártemis estava debruçada sobre ele, o bonito arco e a aljava de couro largados de lado, seu corpo delgado se sacudia em soluços terríveis. Seu irmão gêmeo, Apolo, estava ajoelhado ao lado, catatônico, o rosto sem qualquer expressão. Hefesto também estava ali, a pele tão negra quanto a noite, lançando um olhar furioso para Apolo enquanto segurava o punho intricado da espada.

— O que aconteceu? — exigi.

— Foi ele! — soluçou Ártemis, apontando para o irmão, que era tanto seu melhor amigo como a pior tormenta. — Ele me enganou! Me desafiou a acertar um alvo em movimento no lago, mas era Oríon! Eu não sabia.

Ela curvou o rosto sobre as mãos com um choro sofrido. Olhei boquiaberta para Apolo. Ele era conhecido pela crueldade. Por seus jogos. Mas, mesmo que vivesse brigando com Ártemis, eu não conseguia imaginar por que faria uma coisa dessas. Por que roubar-lhe o verdadeiro amor? Já fazia meses desde que eu os unira, e achei que Apolo tivesse finalmente aceitado o papel que Oríon tinha na vida da irmã. Era óbvio que algo mudara.

Ártemis olhou para cima, berrando para os céus. De repente a tempestade se acalmou e as nuvens se abriram, revelando um céu estrelado.

— O que está fazendo? — perguntou Harmônia, dirigindo-se a Ártemis.

Também fiquei surpresa. Ártemis era tão egoísta que eu não ficaria nem um pouco chocada se ela mantivesse a chuva caindo por meses durante o luto, fazendo com que todos se sentissem tão mal quanto ela.

— Não consigo mais. Não consigo mais olhar para ele. — Ártemis chorava, lágrimas escorrendo pelos cantos dos olhos, pelo rosto, e ensopando o cabelo castanho. Ela tocou o rosto pálido de Oríon com a ponta dos dedos e estremeceu, como uma teia de aranhas em uma tempestade de ventos, ao se inclinar para beijá-lo na boca. Então, com um grito horripilante que fez o chão sob nossos pés tremer, abriu o braço em direção ao céu. Oríon desapareceu em um redemoinho de poeira brilhante. A nuvem que uma vez fora carne e osso humanos flutuou para os céus, onde explodiu formando sete marcas de luz. Sete estrelas formando ombros, pernas e um cinturão brilhante — um monumento ao amor de Ártemis.

Foi bastante emocionante até. E bastante incomum para ela.

— Que fique lá por toda a eternidade — declarou Ártemis. — Para que eu possa me lembrar da loucura que é ouvir você — falou ela com raiva para Apolo, enquanto se levantava. — E para que você possa se lembrar da crueldade que fez contra sua própria irmã.

Apolo não se mexeu, não piscou. Mal parecia respirar. A deusa se virou, enrolou-se em sua capa de couro e desapareceu, deixando os estimados arco e aljava para trás. Hefesto se levantou. Deu dois passos em direção a Apolo, os dedos apertando o punho da espada com mais força. Havia algo horrível crescendo em seus olhos. Ódio, raiva, ciúme, medo. Eu não tinha certeza. Harmônia ergueu a mão, tocando-lhe o braço. Após a fitar por um longo tempo, a expressão de seu rosto se suavizou um pouco. Algo se passara entre eles, algum tipo de comunicação que eu nem conseguia começar a decifrar, e, em um piscar de olhos, ele se foi também.

 Ajoelhei-me em frente a Apolo. Ele e eu costumávamos ser amigos; ele, o deus da poesia, música e luz — elementos tão ligados ao amor. Mas acabamos nos afastando quando ele começou a brincar com os mortais, com os outros deuses, até mesmo com a própria irmã.

 — No que estava pensando, Apolo? — sussurrei, tentando encarar seus olhos sem expressão. — Sei que os uni como uma travessura, mas realmente se amavam. Sua irmã estava feliz de verdade. Por que quis tirar isso dela? O que Ártemis fez para merecer tal punição?

 Seus olhos voltaram à vida, e a força do ódio ao me encarar raivosamente fez com que eu congelasse de medo. Levantei-me, pegando uma de minhas flechas de ferro — aquelas que eu raramente usava — na aljava e apontando-a direto para seu coração. As de ferro plantavam o ódio em vez do amor, não que Apolo precisasse de mais motivos para odiar qualquer pessoa. Embora a flecha não fosse capaz de matá-lo, pelo menos o deixaria mais lento, além de causar bastante dor.

 Apolo piscou para a flecha, rindo. Riu tanto que chegou a se dobrar, apoiando uma das mãos fortes nas pedras abaixo de si. Riu como um louco, como um deus atordoado. Riu como se nunca mais fosse parar. Então girou de repente e desapareceu.

 Baixei o arco e me aproximei de Harmônia, tremendo da cabeça aos pés. Só quando os outros foram embora que Deimos se levantou totalmente, segurando-se no vestido de nossa irmã como se fosse uma criança nervosa. Juntos, nós três observamos as estrelas. Três pontos *marcavam o cınturão de Oríon. Ela o colocara perto da constelação de escorpião, notei. O animal que matara alguns dias antes por estar viajando pelas terras em busca do amor dela.*

— *Por que ela faria uma coisa dessas?* — murmurei. — *Por que o colocar lá para ser perseguido por aquele monstro para sempre?*

— *Porque queria puni-lo também* — respondeu Deimos. — *Tanto quanto queria poder salvá-lo.*

— *Mas por quê?* — perguntei, surpresa.

Harmônia olhou para mim, os olhos azuis arregalados.

— *Ela quer puni-lo por deixá-la.*

Do lado de fora da janela, luzes se acendiam. Lentamente fui para a cama, tirei os tênis com cuidado e me enfiei embaixo das cobertas, tentando afastar aquelas lembranças de Oríon — a visão dele, fraco, pálido e sem vida. Abraçando a garrafa de vinho contra o peito, eu me preparei para dormir.

— Voltarei para você, Oríon — disse eu, tocando o pingente em forma de flecha no peito. Olhei para o lápis, imaginando meu amor vivo, bem e feliz, e sorri. — Logo estarei com você.

CAPÍTULO 14

True

Eu não conseguia abrir os olhos. Estavam colados. Tentei mexer os braços, mas ficaram inertes. Era como se todo o peso dos deuses estivesse sobre eles. Levei as mãos ao rosto, mas é claro, não adiantou nada, então respirei fundo e senti um gosto de bile e vinho. Era tão forte que permaneceu em meu nariz.

Que novo tipo de tortura era aquela?

Concentrando-me, virei de lado. Minhas mãos bateram contra um travesseiro frio e seco. Ainda estava na cama. Já era alguma coisa. Pelo menos eu não tinha sido transportada para o mundo subterrâneo enquanto dormia. Tentei me concentrar em obrigar meus olhos a se abrirem. Estavam tão secos quanto as areias do Saara, e o sol forte rasgou minhas retinas, provocando uma onda de dor pela cabeça. Lágrimas brotaram e escorreram pelo rosto.

Eu gemi.

— Péssima ideia. Abrir os olhos. Péssima ideia.

Mas o sol continuou seu assédio, tingindo a parte interna de minhas pálpebras com um rosa cegante. Levantei da cama. Minha cabeça pesava toneladas. Não. Cinco trilhões de toneladas. Abri um olho, cambaleei até a janela e de alguma forma encontrei a corda da veneziana. Com um puxão, ela se fechou. Eu me virei, tropecei e caí de cara no chão frio e duro.

Meu estômago se contraiu, provocando uma sensação horrível nas vias aéreas. Uma queimação amarga subiu pela garganta. Ainda estava com dor de cabeça. A sugestão de minha mãe de que o vinho resolveria meu problema foi por água abaixo.

Vinho. Só de pensar, sentia ânsia novamente.

Na rua, soou uma buzina, e ouvi o freio do ônibus escolar. Arregalei os olhos e procurei o relógio na mesinha de cabeceira. Eram 8h15, de terça-feira. Meu segundo dia como mortal. E eu tinha 15 minutos para chegar à escola.

Um outro gemido escapou enquanto eu me sentava, encostando na lateral da cama. Meu pé bateu em uma das garrafas de vinho que rolou até a janela, tinindo ao encostar na segunda, que eu pegara no porão por volta da meia-noite e terminara às duas da manhã. Mais que qualquer coisa, eu queria voltar para a cama e dormir. Dormir era a única maneira de fugir daquela dor de cabeça, sem mencionar os outros sintomas nojentos. Será que os humanos se sentiam assim o tempo inteiro? Como conseguiam fazer as coisas? Talvez eu tivesse lhes subestimado a força.

Eu me levantei, e o quarto se inclinou, incluindo aquela ampulheta do mal, cuja areia continuava escorrendo. Parecia que Charlie e Stacey ainda tinham de descobrir o amor, mas será que havia alguma coisa que eu pudesse fazer quanto àquilo naquele dia? Não. Não naquele estado. Cama. Ia voltar para a cama. Eu me virei de bruços, e a flecha de Oríon cutucou minha pele.

Meu coração parou, e me sentei novamente.

Oríon.

Eu tinha um trabalho a fazer. Tinha de salvá-lo. Talvez não conseguisse acelerar as coisas entre Charlie e Stacey, mas poderia tentar formar um outro casal.

Escorreguei para o chão e tentei ficar em pé, mas o quarto e todas as cores e luzes giraram em volta. O chão parecia ser uma rota mais segura. Engatinhei até o closet, fechando a porta. O espelho atrás dela me assustou. Fiquei ali sentada e olhei.

Aquele não podia ser meu reflexo. O cabelo estava desgrenhado, havia manchas arroxeadas sob os olhos, o nariz estava vermelho e descascando. Eu me inclinei para a frente, horrorizada. Será que aquilo no queixo era uma espinha?

— Não! — gritei, as lágrimas escorrendo livremente agora. — Isso não fazia parte do trato. Ninguém me disse que eu ia começar a deteriorar!

Lá em casa, minha pele era imaculada — não tinha qualquer marca, mancha, ruga, cicatriz, e certamente não havia aquela sensação horrorosa de queimação. E eu não precisava fazer absolutamente nada para mantê-la daquele jeito. Eu era simplesmente linda, em cada momento de cada dia e de cada noite. Assim como minha mãe, minha irmã e todas as outras mulheres no Monte Olimpo. Era o que éramos. Deusas. A não ser que algum deus superior escolhesse tirar minha beleza, eu era como deveria ser. Sempre. Mas aqui na Terra... Aqui na Terra, estava virando uma Harpia.

Deitei no chão e chorei enquanto segurava o pingente de Oríon. Se ele me visse agora, tenho certeza de que viraria a cara, enojado. Imaginar seu rosto vendo o meu fez com que eu chorasse convulsivamente. Eu não ia conseguir. Não podia sair de casa daquele jeito. Ia falhar com ele. Ia falhar com nós dois.

Eros, pare agora mesmo. Isso não tem nada a ver com você.

Tentei respirar. A voz de Harmônia me envolveu.

— Irmã? — disse eu, com a voz entrecortada.

Isso não tem nada a ver com vaidade, disse ela. *É sobre salvar seu amor. É sobre provar seu valor. É sobre ser a deusa que sei que é.*

— Mas como? — choramiguei, encolhendo os joelhos e apoiando o queixo neles ao ser atingida por uma nova onda horrenda de desconforto. — Mal consigo levantar a cabeça.

Encontre suas forças, Eros. Levante-se. Concentre-se na missão. Tem pouco tempo para concluí-la.

Abri uma fresta da porta para olhar a ampulheta. A areia ainda escorria. Tentei respirar fundo e enxuguei os olhos com as costas das mãos. Eu não tinha certeza se Harmônia encontrara um modo de se comunicar comigo, ou se eu estava me enganando. De qualquer forma, a voz em minha cabeça estava certa. Aquele não era o momento para autopiedade. Escolhi uma calça jeans larga, coloquei meias brancas nos pés doloridos, calçando em seguida o tênis azul e branco, e vesti uma camiseta branca esvoaçante. Quando toquei no cabelo, fiz uma careta. Até o cheiro era horrível. Se Harmônia estivesse aqui, poderia penteá-lo e trançá-lo, mas como não estava, eu o prendi em um coque da melhor forma que consegui. Então peguei um boné vermelho de beisebol e enfiei por cima daquele ninho de nós.

Quando passei pelo corredor, vi um banheiro. O banheiro, é claro. Um banho. Era daquilo que eu precisava. Sempre adorei tomar banho nas nascentes de água quente ou nos lagos frios, como fonte de prazer, mas aqui, ficou claro que se tratava de uma necessidade. Lancei um olhar desejoso para a torneira, mas não havia tempo.

O banho teria de esperar. Naquele momento eu tinha de encontrar meu outro casal sortudo. Cheguei às escadas, segurei no corrimão e de alguma forma consegui chegar à porta.

CAPÍTULO 15

Charlie

Meu telefone apitou enquanto eu colocava a bicicleta no bicicletário e fechava o cadeado naquela manhã de terça-feira. Bipava havia horas. Desde antes de eu acordar. Stacey me contando o que estava comendo no café da manhã. Que roupa estava usando. Quem era entrevistado no *Today* enquanto ela comia o cereal matinal. Stacey enviando seu endereço de casa, o telefone de casa, a cor favorita. Cada vez que o telefone vibrava, eu sentia os ombros mais tensos. Havia também uma mensagem de Corey pedindo para eu ligar — como se isso fosse acontecer —, mas a maioria era de Stacey.

Ou seja: Que. Merda. Era. Aquela? Sério, eu não tinha muita experiência com meninas, mas aquilo não podia ser normal. Eu tinha certeza de que Chris e Corey nunca vivenciaram aquele tipo de coisa com as garotas com quem saíram. Ou, se sim, nunca me contaram.

Deixei o cadeado bater contra a bicicleta quando a mensagem seguinte chegou. O sol batia na parte de trás de meu pescoço. Olhei para a multidão do lado de fora da escola. True. Tinha de encontrar True. Para poder estrangulá-la.

A porta de um carro bateu atrás de mim.

— Aí está você! Charlie!

Parei e fechei os olhos. O som do meu nome nunca me deixara tão tenso. Peguei as baquetas e as segurei com ambas as mãos, desejando que houvesse alguma bateria por perto. Essas ondas de raiva irracional eram a única coisa que eu tinha em comum com meu pai e meus irmãos, e eu odiava aquilo. É claro que meus irmãos costumavam descontar a raiva em mim ou um no outro com alguma luta surpresa, mas eu não tinha ninguém para socar como eles tinham. Em vez disso, tinha minha bateria. Então respirei fundo e comecei a tocar meu solo de jazz mentalmente, segurando as baquetas com força. Pronto. Um pouco melhor.

Devagar, virei-me para olhar para Stacey, que subia correndo os degraus atrás de mim. Vestia uma camiseta roxa com flores bordadas em torno da gola, e o cabelo estava preso em uma trança longa. Ela era bem bonita. Ou poderia ter sido. Se não fosse uma psicopata.

— Onde você esteve? Não recebeu minhas mensagens? — perguntou ela com a testa franzida.

— Eu... Eu meio que desliguei o celular ontem à noite e acho que esqueci de ligar hoje de manhã — menti, girando uma baqueta entre os dedos.

— Ah, que droga! — Stacey fez um beicinho. Atrás dela, um ônibus escolar parou e um bando de alunos saiu. Nada de True. — Achei que você fosse me buscar.

— Buscar você? — Nenhuma das mensagens falava sobre isso.

— Enviei uma mensagem com meu endereço — disse ela, como se isso fizesse sentido.

— Não recebi — menti de novo. Girando. Girando. Girando. Cada vez mais rápido. — E não tenho carro.

— Não tem? — Pareceu decepcionada. Que bom. Talvez agora terminasse tudo comigo. Não que estivéssemos juntos, mas estava muito claro que ela achava que estávamos.

— Não. Meu pai me deixou aqui ontem, e hoje vim de bicicleta — expliquei, indicando com o queixo o bicicletário parcialmente cheio.

— Ah. — Ela olhou por sobre o ombro. Enquanto isso, fitei sua trança e uma pequena pinta marrom na parte de trás do pescoço.

Por favor, permita que isso faça ela terminar. Por favor, permita que isso faça ela terminar.

— Tudo bem — disse Stacey, por fim. — Caminhar juntos é bem mais romântico mesmo.

Ela estendeu a mão para pegar a minha, mas a baqueta a impediu. Preso entre dar o que ela queria e a total falta de vontade de segurar sua mão, dei de ombros. Assim ela enfiou o braço pelo meu. Certo. Então Stacey era esperta, mas não muito boa em entender indiretas.

Droga. Por que eu não podia ser homem e dizer a ela que não estava a fim? Sinceramente. Havia algo de errado comigo. Era como se eu tivesse nascido com uma programação padrão para sempre ser "cortês" e jamais conseguia mudar aquilo. Mesmo que significasse sair com alguém de quem eu nem ao menos gostava.

— Vamos — chamou ela, puxando-me para si. — Quero apresentá-lo para minhas amigas! Estão morrendo de vontade de conhecer você.

Eu não sabia como ela tinha tido tempo de contar a elas sobre mim, considerando a quantidade de mensagens de texto e e-mails que me enviara na noite passada. A menina claramente não parava. Vi o grupo de amigas notando nossa aproximação, nada além de cores fortes e sorrisos estampados e um monte de risinhos. Uma delas me olhou de cima a baixo, como se estivesse me avaliando para si mesma, e meu instinto de luta ou fuga me tomou por completo. Se eu conhecesse as amigas de Stacey, seria muito mais difícil me livrar dela. Pelo menos meus instintos diziam isso.

— Na verdade, tenho de ir — falei, afastando-me. — Eu disse ao Sr. Roon que iria até lá antes da primeira aula.

— Por quê? — perguntou ela.

— Porque eu...

Tenho de tocar bateria antes de explodir?

— ... disse a ele que iria — murmurei em vez disso.

— Ah. Tá. Bem, vejo você...

O resto da frase se perdeu sob a onda de culpa e de vergonha que latejavam em meu ouvido enquanto me apressava pela porta da frente. Primeiro, eu ia martelar um pouco da agressividade na bateria, depois ia, de forma calma e bem racional, matar True Olympia.

CAPÍTULO 16

Katrina

— Inglês avançado? Sério? Isso não significa, tipo, muito mais trabalho?

Lana se apoiou no peitoril da janela ao meu lado, soprando a fumaça do cigarro para o teto. Tinha acabado de colocar cílios postiços e não parava de piscar.

— Consegui no ano passado — respondi, olhando para o calendário do celular para ver os compromissos de minha mãe.

Vi que estaria trabalhando naquela tarde e noite, então soltei um suspiro de alívio. Eu poderia voltar para casa, lavar algumas roupas e sair de lá antes que ela estivesse de volta.

— É, e você se deu mal — declarou Raine.

— Ah, valeu pela força — agradeci.

— O quê? — Ela ergueu as mãos, depois bateu a cinza do cigarro em um copo que dividia com Gen. — Mas não é verdade?

— Bem, agora consegui voltar — repeti para elas, batendo com a ponta da bota no chão. Enfiei o celular de volta na mochila e a fechei. — E não ligo de fazer o dever.

— Sério? — perguntou Gen.

— Fala sério, KitKat. Eu estava animada de estarmos juntas naquela aula — disse Raine, esticando as pernas e cruzando-as na altura dos tornozelos. — De quem vou colar quando tivermos uma prova?

Eu ri. Mas ela não. Nem Lana nem Gen. Realmente achavam que eu deveria continuar nas aulas regulares de inglês por Raine. Para que pudesse colar. De repente lembrei que Lana e Gen eram amigas de Raine antes de serem minhas, e ficou claro que ainda eram mais amigas dela.

— Raine, vai ficar tudo bem. A Sra. Day é ótima...

Naquele momento, a porta foi escancarada e nós congelamos. Uma garota alta, magérrima, usando um boné vermelho de beisebol entrou. O nariz estava queimado de sol, mas o rosto estava tão pálido que parecia praticamente transparente. Antes que pudéssemos reagir, ela abriu a boca, soltou um arroto sufocado horroroso e vomitou no chão.

— Merda! — gritou Gen, pulando. Um líquido espesso e marrom-escuro escorreu até a bainha da saia dela e parou, formando uma poça que se espalhava pelo ladrilho. Meu nariz foi atingido por um fedor horrível e azedo.

— Ai, meu Deus, vou vomitar. Vou vomitar — repetia Lana, cobrindo o rosto com a mão enquanto segurava o cigarro com a outra. Não parava de piscar, e eu tinha certeza de que não conseguia ver para onde ia.

— Você tem de vomitar *dentro* da privada! — gritou Raine, encostada na parede. Eu nem sei como ela conseguiu chegar até lá. Dois segundos antes estava sentada no chão, onde o lago de vômito se expandia. Agora dava um puxão em Lana, quase batendo com a cabeça dela no porta-papel, para evitar que ela pisasse no vômito.

A vomitadora não ouviu nada do que qualquer uma de nós disse. Estava curvada na porta se apoiando na maçaneta enquanto lutava para respirar. O cabelo escuro e comprido caía sobre o rosto, e havia uma mecha embolada e gotejante.

— Você está bem? — perguntei, prendendo a respiração.

— Mas o que *foi* isto? — Quis saber ela, erguendo os olhos sem mover a cabeça. Mesmo naquele caos, o tom maravilhoso de azul me surpreendeu. Mas ela parecia totalmente aterrorizada, como se achasse que estava morrendo ou algo assim. — O que acabei de fazer?

— Hã... Você vomitou por todos os lados, sua aberração! — exasperou-se Raine, contornando o vômito e puxando Lana com ela.

A garota gemeu e se apoiou na porta.

— Tenho de sair daqui. — Lana jogou o cigarro na pia mais próxima, passou ao lado da vomitadora indo para o corredor. Gen foi atrás, seguida por Raine.

— Você vem? — chamou Raine.

— Será que a gente não devia, tipo, ajudá-la? — perguntei.

Raine arregalou os olhos e fez uma careta de nojo.

— Cara, *isso* é nojento. — E foi embora.

A vomitadora virou a cabeça e gemeu. Uma pequena gota da gosma marrom pendia do queixo. Peguei uma folha de papel-toalha, molhei e contornei o vômito, puxando-a para o corredor deserto. Assim que a porta se fechou atrás de nós, respirei fundo.

— Aqui. — Passei o papel úmido no seu queixo, e ela se inclinou para a frente. Soltou um suspiro rançoso que quase me deu ânsia. Álcool. Dava para sentir o cheiro por trás do fedor de vômito.

— Você está... de ressaca? — perguntei, franzindo o rosto.

A menina arregalou os olhos e lançou um olhar desfocado para o chão.

— Ai, meu... Talvez! — respondeu ela, enrugando a testa. — Mas isso não é possível. Só bebi duas garrafas de vinho.

— Duas garrafas? Sozinha? — Ela era bem alta, só que era ainda mais magra que Gen. Uma pessoa tão magra não aguentaria muito bem aquela quantidade de vinho.

— O quê? Nunca me afetou antes — declarou ela, quase choramingando e apoiando um dos ombros à parede. A menina foi escorregando até se ajoelhar. De alguma forma, consegui segurá-la antes que caísse de cara no chão.

— OK. Isso não é nada bom — disse eu, enfiando meu braço sob as axilas dela e colocando-a de pé. Ela era bem leve, mas estava sem firmeza. Enquanto eu tentava colocá-la de pé, nós duas batemos na parede.

— Oi, Katrina! O que você...

Zadie parou com dos dedos enfiados nas alças da mochila cor-de-rosa da Hello Kitty. Vendo a vomitadora, fez uma careta.

— Ela está bem?

— Acho que não — respondi, empurrando a garota contra a parede. Os olhos estavam semicerrados. — Você tem de voltar para casa — ordenei. — Se um dos professores a vir nesse estado, está ferrada.

— Não! — chorou ela bem alto, a voz ecoando pelas paredes. A menina abraçou meu pescoço, jogando todo o peso em cima de mim. — Não posso ir para casa agora! Tenho um trabalho a fazer! Um já foi, agora faltam dois!

Em algum lugar próximo, uma porta bateu. Uma conversa em voz baixa ecoou pelo corredor.

— É meu pai! — informou Zadie, arregalando os olhos.

— Merda — reclamei baixinho. — Temos de tirá-la daqui do corredor.

— Que tal o banheiro?! — sugeriu Zadie.

Neguei com a cabeça de forma bastante enfática.

— Não é uma opção. Pode acreditar.

A garota soluçou e arrotou. O cheiro era podre.

— Tudo bem. Tenho uma ideia. Zadie, será que pode pegá-la pelo outro lado? — perguntei.

Ela concordou e se enfiou embaixo do braço da vomitadora.

— Pronto.

Coloquei o outro braço dela em minhas costas.

— Sala de música no três — orientei. — Um, dois, três.

Juntas, Zadie e eu nos esforçamos para atravessar o corredor, de alguma forma, mantendo o peso morto do corpo entre nós. Na porta da sala, fiquei na ponta dos pés para olhar pelo vidro. Vazia. Quando abri, Zadie e a garota tropeçaram para dentro.

— Aqui.

Abri a porta pesada da primeira sala de ensaio à prova de som e acendi a luz. A lâmpada fluorescente antiga zumbiu e piscou até se firmar. Encostado em uma das paredes, havia um sofá velho de couro coberto com caixas de papelão cheias de partituras antigas, um tambor quebrado e uma pilha enorme de programas da formatura do ano anterior. Apoiei a vomitadora na porta.

— Será que consegue tirar as coisas de cima do sofá? — pedi a Zadie.

Ela partiu direto para a tarefa, colocando tudo no outro canto, perto de um piano quebrado com algumas teclas faltando.

— Pode se recuperar aqui — frisei para a vomitadora. — Minhas amigas sempre fazem isso.

— Obrigada.

Ela deu dois passos às cegas, caiu de cara no sofá e desmaiou, o cabelo caindo por sobre o ombro até o chão. Pela primeira vez, olhei para as roupas dela — um vestido branco de verão praticamente transparente sobre calça jeans larga, um par novinho de tênis da equipe de torcida com meias brancas felpudas. E o boné de beisebol vermelho. De onde aquela garota tinha vindo? De Marte? Da Amazônia? Da Victoria's Secret? Mas, se tivesse vindo de lá, estaria usando um sutiã.

— Vou voltar mais tarde para ver como você está — prometi. Não que ela conseguisse me ouvir. Havia um casaco da banda no gancho perto da porta. Eu o peguei e joguei por cima dela, em seguida saí em silêncio. Zadie me esperava na parte aberta da sala de música.

— Valeu — agradeci.

— Sem problemas — disse ela, meio nervosa. — Será que ela vai ficar bem?

Dei de ombros.

— Espero que sim. Nem sei o nome dela.

— Bem, acho que tenho de ir para a aula — falou Zadie. Ela deu um passo, então parou. — Você vai para a biblioteca de novo?

— Não sei.

— Bem, se for, vou estar lá. Fico por lá basicamente todo dia — contou ela. — Podemos nos sentar juntas. Se você quiser.

Sorri.

— Obrigada.

Com um sorriso, Zadie seguiu pelo corredor. Alguém agarrou a porta antes que se fechasse e entrou. Era Charlie. Vestia uma camiseta branca com mangas pretas e com o logotipo de uma banda da qual nunca ouvira falar. Ele segurava as baquetas com uma das mãos. Meu coração disparou só de vê-lo.

— Oi! — cumprimentou ele. — O que está fazendo aqui?

Charlie ajeitou a alça da mochila no ombro. Eu não queria fofocar sobre a vomitadora, mas talvez ele soubesse o que fazer.

— Eu conto, mas tem de jurar que não vai falar para ninguém.
— Aah! Intriga. — Charlie girou as baquetas na mão. Eu ri.
— Vem cá.

Abri uma fresta da sala de ensaio e deixei que ele olhasse lá dentro. A vomitadora soltou um ronco alto e se virou, deixando um braço pender para fora do sofá.

— True? — sussurrou ele. — O que está acontecendo?
— Você a conhece? — perguntei, fechando a porta.
— Conheço... Eu... Bem, acho que ela é uma amiga.

O telefone dele apitou. Ele o tirou do bolso, olhou para a tela e resmungou.

— Ou era — acrescentou ele.
— Ela vomitou no banheiro.
— Eca. Sério? — perguntou Charlie — Será que não deveríamos levá-la para a enfermaria?
— Não sei. Acho que está de ressaca. — Ouvimos um gemido vindo da sala. — Na verdade, acho que ainda está bêbada.

Charlie ergueu as sobrancelhas tão alto que não consegui vê-las por trás da franja grossa.

— Sério? Nossa. Tudo bem. Isso pode explicar muita coisa.

O telefone dele bipou de novo. Dessa vez, ele nem olhou. Em vez disso, cerrou os dentes e olhou para cima.

— *Muito mesmo.*
— Como assim?
— Nada. Deixe para lá. Vou resolver. — Houve uma longa pausa enquanto ele me olhava, e eu tentei não ficar vermelha.
— O que foi? — perguntei finalmente.
— Nada, é só... foi legal de sua parte cuidar dela.

Senti uma pontada no coração. Ele tinha uma covinha fofa bem ao lado direito da boca, e, de repente, sem razão, senti uma vontade de beijá-la. Na verdade, cheguei a me ver fazendo isso. Imaginei qual seria a sensação da pele dele nos lábios. Quente, macia e doce. Fiquei muito vermelha e desviei o olhar.

— Imagine. Eu não podia deixá-la largada no próprio vômito — respondi. — Qualquer pessoa teria feito o mesmo.

Ele balançou a cabeça, incerto.

— Na verdade, não.

Estava certo, é claro. Raine, Lana e Gen não ficaram para ajudar. Apenas Zadie. Fiquei ainda mais corada.

— Obrigada.

O sinal soou. Nenhum de nós se mexeu. Vi o logotipo da camisa dele subindo e descendo ao ritmo da respiração.

— É melhor a gente ir — disse ele, por fim.

— É — concordei. — É melhor mesmo.

Ele segurou a porta para eu passar, e segui para a primeira aula. Só quando cheguei lá é que me dei conta de que não olhara nenhuma vez para os pés durante o trajeto.

CAPÍTULO 17

Charlie

Havia três pilhas de livros sobre a mesa da Sra. Roberge. Vinte e um exemplares gastos de *Grandes esperanças,* de Charles Dickens. Acho que estávamos prestes a ter nosso primeiro trabalho. Ótimo. Não que me importasse de ler, mas odiava ter de ficar superanalisando o texto, porque analisar demais significava não aproveitar.

Suspirei ao me sentar na mesma carteira do dia anterior, olhando para os outros dois alunos que já estavam ali. Stacey fazia essa aula comigo, e eu não queria vê-la. Consegui evitá-la na hora do almoço indo para a sala de música praticar. True ainda estava lá, roncando tão alto que eu jurava que dava para ouvir por sobre a bateria. Eu não a acordara, mas estava surpreso pelo Sr. Roon não a ter ouvido.

A porta se abriu, e fiz uma careta, mas não era Stacey. Era Katrina. A sala ficou imediatamente mais quente. Ela mudara o penteado desde aquela manhã, prendendo-o para trás nas laterais, e estava linda. Ela olhou em volta, incerta, torcendo a franja do lenço em volta do dedo ao entrar. Não conseguia tirar os olhos dela. Estava claramente nervosa, e isso fez com que eu quisesse ir até lá pegar sua mão. Mas não podia. Porque ela tinha namorado. E eu tinha... Stacey.

Por fim, Katrina me viu. E sorriu. E achei que eu fosse morrer.

— Você está nessa aula agora? — perguntei.

— Estou sim. Você também?

Assenti e olhei para a mesa ao lado.

— Quer sentar aqui?

A expressão no rosto dela foi impagável. Como se eu tivesse acabado de lhe oferecer o último pedaço de pizza.

— Quero.

Aproximou-se, inclinando a cabeça daquele jeito perfeito que fazia e se sentou. Senti o meu lado esquerdo esquentar.

— Você tem aula de economia depois? — perguntou ela, enquanto pendurava a mochila atrás da cadeira.

— Aham. Você também?

Ela fez que sim com a cabeça e mordeu o lábio inferior.

— Tenho.

Meu Deus! Alguém lá em cima gostava de mim. Então a porta se abriu e bateu.

— Charlie! Venha se sentar comigo.

Stacey. Ela caminhou até lá, ficando entre mim e Katrina com um grande sorriso. Basicamente apagou todo o calor. Sua amiga, uma garota alta e robusta com cabelo louro curto, olhou duas vezes para Katrina para ver se enxergara direito, em seguida sorriu e acenou. Katrina deu um sorriso tímido.

— Aqui está bom — falei para Stacey.

— Por favor. As pessoas que se sentam na frente tem noventa por cento mais chances de se dar bem na aula. É um fato comprovado. — Ela agarrou meu pulso e me puxou. — Vamos!

— Sério. Estou bem — repeti, tentando soar como meu pai. Como se eu fosse sério e não fosse ceder. Em vez disso, pareci grosseiro. A expressão do rosto de Stacey ficou triste. Algumas pessoas começaram a olhar. Eu me senti um babaca completo e quase fui com ela, mas o orgulho ou Katrina ou algo me manteve no lugar.

Stacey olhou por sobre o ombro para Katrina, que de alguma forma conseguira ficar metade do tamanho ao se encolher na cadeira, curvando os ombros e deslizando pelo assento.

— Tudo bem — concordou Stacey, rindo quando olhou de novo para mim. — Você é tão engraçado! — Então ela bagunçou meu cabelo; estendeu a mão como se não fosse nada de mais, mergulhou os dedos ali e o despenteou. Ninguém nunca tinha me descabelado antes. Nem minha mãe. Quando ela se virou e caminhou para o lugar dos noventa por cento de sucesso, olhei para a frente, lançando um olhar furioso e passando as mãos na cabeça. Eu me sentia humilhado demais para olhar para Katrina, que provavelmente estava achando que éramos almas gêmeas ou algo assim.

Reparei na carteira em que True se sentara no dia anterior. Estava vazia. Ainda devia estar dormindo.

— Boa tarde, turma! — A Sra. Roberge entrou, usando um vestido azul com estampa espiral branca. Ela dividiu os livros em cinco pilhas e as colocou na primeira carteira de cada fileira. — Peguem um e passem os outros para trás. Este livro se chama *Grandes esperanças,* um dos melhores romances escritos em língua inglesa, e será nosso primeiro livro do ano. Estou atirando todos na toca dos leões se me perdoam a metáfora.

O garoto na minha frente me entregou dois livros, e passei o último para trás. O meu estava cheio de orelhas e com a beirada das páginas escura. Alguém fizera anotações nas margens. Bom. Poderia ser útil. Se o aluno que leu antes de mim fosse inteligente.

— Cada um de vocês será responsável por um capítulo e o líder da discussão sobre ele — anunciou a Sra. Roberge.

Todos resmungaram. Ao meu lado, Katrina congelou. Tipo, congelou mesmo. Por um segundo, achei que fosse desmaiar, e imaginei o que eu faria se ela caísse para meu lado.

— Esta noite lerão os três primeiros capítulos, e amanhã direi quem serão os três sortudos responsáveis por eles — continuou a Sra. Roberge, passando os olhos pela turma maliciosamente, como se soubesse exatamente que fazia com que nos sentíssemos mal, e estivesse adorando cada segundo daquilo. — Então, estejam preparados! Por ora, vamos falar sobre o autor, o Sr. Charles Dickens.

Ela se virou para o quadro, e me inclinei para a fileira do lado para cochichar com Katrina. Queria ver se ela estava bem. Se havia alguma coisa que eu pudesse fazer. Mas no instante em que me mexi, Stacey se virou e acenou.

Eu tinha de arrumar um jeito de terminar com aquela garota. Mas como se termina com alguém com quem você nunca realmente saiu?

O cara da última carteira se levantou e levou o livro que sobrou para a Sra. Roberge, que franziu o cenho ao ver a carteira vazia de True.

— Alguém sabe onde a Srta. Olympia está hoje? — perguntou ela.

Katrina e eu trocamos um olhar. Nenhum de nós disse nada. Mas, de repente, me dei conta de quem poderia me ajudar a resolver as coisas com Stacey. True. A pessoa que a colocara em minha vida. Eu só esperava que ela estivesse sóbria o suficiente para entender.

CAPÍTULO 18

True

Eu relaxava no salão branco de teto alto com Harmônia e nossas amigas Selene e Nice, comendo uvas ao lado da janela voltada para Terra. A janela era uma grande abertura redonda no chão de meus aposentos, através da qual eu poderia ver qualquer ponto na Terra com um piscar de olhos. Naquele momento, estava concentrada na corte grega e tinha acabado de formar um casal, uma viúva de luto e um rapaz que fora abandonado, quando Ártemis apareceu perto do fogo.

— Ártemis! — exclamou Selene, erguendo-se e abraçando a visitante inesperada. — Você voltou!

Selene, a deusa da lua, era doce e gentil, mas também podia ser um pouco lerda. Sempre via o melhor nas pessoas e nunca parecia notar quando o perigo estava próximo, como era claramente o caso no momento. Haviam se passado meses desde que víramos Ártemis pela última vez, mas os rumores eram que tinha ido passar um tempo no Monte Etna, um lugar horrível, onde os Ciclopes perambulavam, vulcões entravam em erupção, terremotos assolavam sem aviso e as florestas se incendiavam. Eu mesma nunca fora até lá, mas havia ocasiões em que deuses e deusas buscavam refúgio nas cavernas úmidas e vilas subterrâneas para fugir da fúria de Zeus. Ele não gostava de reconhecer a existência do Etna, considerando o lugar indigno de sua atenção. No entanto, perseguia os inimigos ali de vez em quando se a raiva fosse extrema.

Ao aparecer diante de nós agora, Ártemis estava vestida para a batalha, com um peitoral recém-forjado, que exibia partes em couro, e uma capa de pele. Sua compleição, antes macia como pêssego, estava dura e queimada, e os braços, cobertos de fuligem. Ela não se moveu para retribuir o abraço da amiga. Apenas me encarou por sobre o ombro branco de Selene. Nice, rápida como um chicote, se ergueu e jogou os ombros para trás.

— O que foi? — perguntei, segurando o arco enquanto me levantava. — Há algo de errado?

— Você — rosnou ela. — Você fez isto comigo!

Ártemis avançou para mim de forma tão rápida que não tive tempo de armar o arco. Ela estendeu os braços e fechou os dedos em volta de meu pescoço, apertando com os polegares para impedir a passagem de ar.

— Ártemis, não! — exclamou Harmônia, erguendo as mãos para afastar a deusa, que a lançou contra uma parede com um simples piscar de olhos. Aquele era um poder que eu só vira deuses e deusas superiores usarem. A geração mais jovem tinha de apelar para as próprias mãos quando em batalha com outras divindades.

Nice congelou no lugar, boquiaberta.

— Como você...

— Aprendi algumas coisas no Etna — informou Ártemis, sarcástica, olhando diretamente nos meus olhos com uma determinação que eu jamais vira em ninguém, fosse deus ou mortal. Ela ia acabar comigo, bem ali, naquele momento. — Por exemplo, como esmagar a traqueia de uma deusa.

Eu não conseguia respirar. Fui tomada de pânico, como jamais antes. Era para eu ser imortal. Não era para isso acontecer comigo.

— Não foi Eros que a enganou e fez com que você matasse Órion! — exclamou Harmônia, erguendo-se novamente. — E sim Apolo.

— Mas ela fez com que eu me apaixonasse por ele! — devolveu Ártemis. Minha visão começou a embaçar. A pele macia e escura de Nice ficou cinza e enevoada por sobre o ombro de Ártemis. — Por um mortal!

— Mas você o amou! — ponderou Selene, agarrando os ombros da deusa. — E foram felizes. Se não fosse por Eros, você nunca teria sido tão feliz!

— E nunca teria me sentido tão infeliz! — retorquiu Ártemis, entre dentes. Eles ficaram amarelados em sua ausência. Ou será que era um truque de minha mente enquanto apagava lentamente?

De repente todas as portas para os vários terraços bateram. O fogo extinguiu. As velas apagaram. O quarto ficou escuro. E minha mãe, Afrodite, apareceu atrás de Ártemis. Enfiando o antebraço nas costas de Ártemis, agarrou seu coração e o virou. O queixo dela caiu, as mãos ficaram frouxas, e ela me soltou. Caí no chão aos seus pés enquanto minha mãe erguia Ártemis sobre mim, segurando apenas seu coração.

— Mãe, por favor! — exclamou Harmônia. — Não faça isso! Ártemis está sofrendo. Não é culpa dela.

Afrodite tirou a mão, soltando o coração no devido lugar, e deixou Ártemis cair. O corpo atingiu o chão de mármore com um baque repugnante. Consegui ficar de joelhos, tossindo, ofegando e tentando respirar. Lentamente o mundo ao redor entrou em foco. Ártemis rolou no chão com um gemido.

— Acha que pode ameaçar minha filha? — rugiu Afrodite, avançando para o corpo deitado. — Acha que não vou despedaçá-la em mil pedaços e lançar os restos podres nos recantos mais longínquos do mundo subterrâneo?

Ártemis lutava para respirar.

— Não ligo para o que acontecerá comigo. Não quero mais viver.

Afrodite estreitou os olhos para Ártemis, depois olhou para nós.

— A geração de vocês me deixa perplexa — declarou ela. — Ele foi um amor. Um mortal mísero e lamuriante. Eles nascem e morrem, *como as uvas na videira.* — *Afrodite fez um gesto para as tigelas de fruta em volta da janela para a Terra, então agachou-se ao lado de Ártemis.* — *Você continuará existindo e amará de novo* — *disse ela.* — *Mas, se tocar nas minhas filhas ou nos meus filhos, ou em qualquer pessoa com quem eu me importe, vou entregá-la para Hades, e sua alma arderá por toda a eternidade no fogo mais quente do mundo subterrâneo. Estamos entendidas?*

Ártemis arregalou os olhos, apavorada.

— *Estamos.*

— *Então, vá.*

Afrodite se ergueu, e, antes mesmo de ela ter se virado, Ártemis desapareceu do aposento. Minha mãe estendeu o braço para mim. Eu o peguei e me levantei.

— *Este trabalho é muito perigoso* — *disse ela, olhando para minhas flechas áureas.*

— *Com certeza* — *respondi com voz rouca.*

Era um ritual que tínhamos. Algo que repetíamos uma para a outra sempre que algum caso de amor ficava difícil, preocupante ou violento. Ela me envolveu em um abraço com cheiro de lilás e, antes que eu tivesse a chance de agradecer de forma adequada, ela se foi.

Acordei ofegante, sentindo uma batida louca dentro da cabeça, mas daquela vez não era eu mesma provocando o barulho. Ele vinha de algum lugar do lado de fora. Enquanto os últimos fragmentos de minha lembrança se desfaziam, abri os olhos com cuidado. Eu estava deitada em um quarto escuro, cheio de instrumentos musicais descartados e móveis espalhados ao acaso. Um casaco azul me pinicava, mas também me aquecia, e, ao meu lado no chão, havia uma garrafa d'água com um bilhete escrito a mão no qual se lia:

BEBA-ME.

Eu me sentei e estalei a língua. Parecia um animal recém-tosquiado. Peguei a garrafa e a tomei quase toda. Nada jamais me pareceu tão refrescante. Voltei-me para a porta. Havia um pacote com pequenos donuts a alguns centímetros de distância e um outro bilhete:

COMA-ME.

Meu estômago roncou, então revirou. Abri o pacote e mordi o primeiro donut açucarado. Em seguida, bebi água. Pareceu acalmar meu estômago. Depois que engoli mais três donuts, senti que poderia me levantar. Enfiei os braços nas mangas de plástico do casaco e, com cuidado, fui até a parte iluminada.

No canto de uma sala maior, Charlie castigava uma bateria com maníaca precisão. Os olhos estavam fechados, e ele acompanhava as batidas com a cabeça, ocasionalmente a balançando e realmente sentindo o ritmo. Ele era inacreditável. Era bonito. E até mesmo sexy. O garoto estava muito à vontade naquele ambiente.

— Oi! — gritei.

Ele parou de tocar e piscou, como se tivesse acordado de um transe. Seu rosto se iluminou com um sorriso.

— Ei! Você acordou!

— Sim — respondi. — Que horas são?

Ele olhou para trás de mim e empalideceu.

— Já passou das três? Merda.

— Depois das três? — explodi, virando-me para o relógio que ele acabara de olhar. — Perdi um dia inteiro?

— Parece que sim — respondeu Charlie, levantando-se com as baquetas embaixo do braço e indo até a mochila jogada no chão.

Meneei a cabeça. Que merda tinha acontecido comigo naquela manhã? De repente, uma vaga lembrança de uma garota com cabelo escuro e olhos gentis me ajudando a levantar do chão. Vinho. Ela dissera algo sobre vinho. Fiz uma careta só de pensar naquilo, aquele gosto azedo subindo pela garganta.

Então, aquilo não só não ajudara em nada com a dor de cabeça, como também parecia ter roubado um dia inteiro de mim. Observação mental: *Nada de vinho. E matar Afrodite.*

— Foi você que deixou a água e a comida? — perguntei com voz fraca.

— Aham. — Ele pegou algo em um bolso pequeno da mochila e fechou de novo. — Não costumo beber, mas meu pai às vezes fica de ressaca e minha mãe sempre lhe dá água, carboidratos e isto. — Ele estendeu um pacotinho com letras vermelhas. — Peguei na enfermaria para você.

— Tylenol? — Li, coçando o rosto.

— O quê? Nunca tomou Tylenol antes? — perguntou ele.

Meu coração deu um salto. Aquilo era claramente algo que eu deveria conhecer se fosse humana.

— É claro que já.

— Tome um. Vai ajudar com a dor de cabeça — explicou ele, colocando a mochila nas costas e segurando as baquetas em uma mão. — Você está com dor de cabeça, não está?

— Parece que o tempo todo — respondi. Abri o pacote, e duas cápsulas pequenas caíram. Dei de ombros, enfiei as duas na boca e engoli. Elas eram duras e desceram muito, mas muito devagar mesmo, pela garganta. Eu tossi, e Charlie pegou a garrafa de água de minha mão, abriu e me devolveu. Tomei o que ainda restava, e as cápsulas chegaram ao estômago.

— Obrigada — suspirei, tampando a garrafa. — Você é um fofo, Charlie Cox.

Ele ficou vermelho.

— Escute. Preciso de seu conselho. — Ele se virou e seguiu para a porta. — Você tem alguma ideia de como eu posso me livrar de Stacey com jeito?

Meus olhos quase saltaram das órbitas.

— O quê? Achei que vocês dois eram perfeitos um para o outro!

— Hã... Não — disse ele, meneando a cabeça com uma risada.

Enquanto tentava seguir Charlie, tropecei na perna de um suporte de partitura, fazendo-o cair em cima de outro, e ambos provocaram uma cacofonia ao atingirem o chão. Meu coração estava tomado de pânico quando o alcancei nas portas duplas. Aquilo não podia estar acontecendo. Eu já devia ter cumprido um terço da prova. Apenas mais dois casais deveriam estar entre mim e Oríon. Charlie não podia tirar aquilo de mim. Não podia.

— Mas por quê? — perguntei sem fôlego. — Ela parecia ser tão legal.

Ele empurrou uma porta, e o som de centenas de vozes conversando, risadas escandalosas e armários batendo atingiram meus ouvidos. Eu me apoiei contra a outra porta.

— É, também achei, antes de começar a agir como uma *stalker*. — Ele pegou o telefone, pressionou alguns botões e me mostrou a tela. — Ela já me enviou 217 mensagens desde ontem à tarde.

Franzi a sobrancelha.

— Isso é muito?

Ele deu uma gargalhada.

— É, sim. Muito mesmo!

— Foi mal. É que vocês *sempre* estão olhando para esse negócio... — Ele me lançou um olhar estranho, e limpei a garganta. — É que não sou muito fã de celulares.

— Bem, que seja — disse ele, enfiando o telefone no bolso. — O que eu faço? Como posso me livrar dela com jeito?

Respirei fundo. Meu coração afundou no peito, como se alguém tivesse me acertado com uma flecha venenosa. Eu não acreditava que tinha de fazer isso. Tinha de aconselhá-lo sobre como quebrar o coração de Stacey. Mas ele visivelmente não estava interessado, e manter um casal unido pelos motivos errados não me ajudaria nem um pouco.

— Você precisa dizer a verdade — respondi de forma relutante. — Vá até ela e diga que não acha que vocês dois sejam compatíveis. Ela vai entender.

Charlie arregalou os olhos azuis.

— Só isso? Esse é seu conselho? Dizer a verdade?

— Dizer a verdade pra quem? — Josh Moskowitz chegou por trás de Charlie e parou ali, nos olhando com curiosidade. Verônica e Darla ficaram ao lado dele, e Verônica me olhou como se eu fosse um Gremlin. Eu me lembrei do que vi no espelho naquela manhã, então não podia culpá-la.

— Stacey Halliburn — respondi. — Ele quer terminar com ela.

— Quem? A flautista? Vocês dois estão saindo? — perguntou Josh.

— Não exatamente — disse Charlie.

— Graças a Deus. Ela é muito *loser* — declarou Verônica, jogando o cabelo para trás dos ombros. Um par de brincos de brilhantes com a letra *V* cintilou nos lóbulos das orelhas. Darla também jogou o cabelo para trás, e vislumbrei um par semelhante com a letra *D* a enfeitando.

— Por quê? — perguntei. — O que há de errado com ela?

Verônica bufou.

— Bem, para começar, ela faz parte da banda.

— Eu também estou na banda — retorquiu Charlie, segurando as baquetas. Em frente da sala de música. Verônica, ao que tudo indicava, não era muito observadora. Nem inteligente. Pela primeira vez desde que a conheci, pareceu ter ficado sem palavras. Darla ficou vermelha e, pelo menos, pareceu envergonhada pela amiga. Mas não a contradisse.

— Deixe pra lá. Mande uma mensagem — aconselhou Josh. — Diga que você não está a fim dela.

Charlie franziu o cenho, pensando naquilo.

— Você não pode mandar uma mensagem! — protestei. — Stacey obviamente gosta de você. Precisa conversar com ela. Explicar como se sente de verdade. Ela merece saber.

— Eles só saíram uma vez — disse Verônica, em tom condescendente, recuperando-se bem do furo. Ela tirou o telefone da bolsa, estendeu o braço e o apontou para mim.

— E daí? Stacey tem sentimentos de verdade! — exclamei. — O que ela sente importa.

— Você *é tão* estranha — declarou Verônica. Em seguida o telefone fez um clique e ela o colocou de volta no bolso.

— O que foi isto? — perguntei.

— Nada — respondeu ela, arregalando os olhos. — *Adorei* sua roupa.

Então ela e Darla riram e se afastaram, jogando o cabelo para trás e cochichando. Josh e Charlie as seguiram lentamente.

— Vejo você mais tarde, True — despediu-se Charlie. — Vá pra casa e tente comer comida de verdade. Logo vai se sentir melhor.

Enquanto eles desapareciam no meio da multidão que já diminuía, eu me encostei na laje fria e engoli em seco. Em algum lugar lá em cima, Oríon estava sofrendo. Em algum lugar, Zeus devia estar lhe infligindo castigos terríveis. Eu era o único ser nos céus e na Terra capaz de ajudá-lo e, até agora, só o tinha decepcionado.

Zero ponto. Três para marcar.

CAPÍTULO 19

True

Ao caminhar para a escola na quarta-feira de manhã, eu estava de péssimo humor. As areias da ampulheta continuavam correndo, e minha mãe não me ajudava em nada. Estávamos na Terra havia dois dias, e ela ainda não tinha levantado da cama — nem quis saber o que acontecera no dia anterior. Eu até tinha tentado contar sobre a lembrança/sonho que tive do dia em que Ártemis voltara para fazê-la se lembrar de como costumava querer me ajudar, mas ela me dispensou. Para piorar ainda mais as coisas, na noite anterior tive um sono agitado, cheio de sonhos prazerosos de mim e Oríon deitados na grama, que logo se transformavam em pesadelos com cenas dele sendo torturado sem parar. Não saber o que Zeus estava fazendo com ele e ser incapaz de resgatá-lo me matava. Eu me senti tão desesperada naquela manhã que me arrastei até o closet de novo e chamei por Harmônia, mas ela não me ouviu, ou talvez a conversa do dia anterior tenha se passado apenas na imaginação de uma garota muito bêbada.

Mesmo assim, ao chegar na calçada de tijolo que levava até a escola, tentei ao máximo manter o pensamento positivo.

Então, Stacey e Charlie não combinavam. Havia uma outra menina para ele naquela multidão. Tinha de existir. Ele era um cara legal. Bonito, talentoso, carinhoso, criativo, atencioso. Olhe só o que ele tinha feito por mim ontem, trazendo água e comida. E o Tylenol. O Tylenol tinha sido uma revelação. Era meu novo melhor amigo. Pela primeira vez desde que chegara à Terra, eu não sentia dor de cabeça. Além disso, eu tinha tomado banho e feito duas tranças no cabelo, que desciam pelas minhas costas, e descobrira também o pote de protetor solar no armário do banheiro. Nada de cabelo desgrenhado aquele dia. Ou rosto ardendo. E, milagre dos milagres, nada de dor de cabeça ou enjoo.

A vida era boa. E ia melhorar quando eu encontrasse a verdadeira alma gêmea de Charlie. Aquela pessoa que o faria tão feliz quanto Oríon me fazia.

Passei pela entrada de carros e subi alguns degraus em direção à porta da frente da escola. Stacey e algumas amigas estavam reunidas perto da placa de "proibido estacionar", lançando-me um olhar cheio de raiva.

— Stacey, sinto muito que as coisas não tenham dado certo com Charlie — disse eu, parando em frente a elas.

— Tanto faz — respondeu Stacey, dando as costas para mim.

Algumas das amigas riram. Para minha surpresa, senti o rosto queimar. Será que eu realmente estava envergonhada diante daquelas meras mortais? Franzi a testa, tentando evitar ficar ainda mais vermelha.

— Continue andando, fazendeira — disse uma das amigas de Stacey. Eu não estava bem certa do que aquilo significava, mas tinha certeza de que se tratava de um insulto. Resolvi ignorá-la.

— Se quiser, posso tentar encontrar outra pessoa pra você — ofereci. — Alguém mais compatível. Alguém que possa...

— Me deixe em paz — falou Stacey com rispidez. — Queria que você nunca tivesse se mudado pra cá.

Uma das amigas colocou o braço em torno dos ombros dela.

Eu pisquei.

— O que aconteceu com sermos melhores amigas?

Isso certamente as fez rir.

— Ai, meu Deus! Você é tão patética — retorquiu Stacey. — Não sou amiga de gente tosca que nem sabe se vestir direito.

Estreitei os olhos enquanto elas viravam as costas para mim e subiam as escadas. De onde veio aquilo? De repente, ela me lembrou de Ártemis. Doce como uma romã em um segundo, ácida como uma cebola no seguinte. Não era de estranhar que Charlie tivesse desistido dela. Da próxima vez que o encontrasse, eu me desculparia e o parabenizaria pelos bons instintos.

— Charlie mandou bem ao terminar com você! — gritei às costas delas, deixando a raiva me dominar. — Você não o merece mesmo.

Algumas pessoas passaram por mim e pareceram me observar de cima a baixo. Olhei para minha roupa — macacão azul-claro, blusa preta e meu tênis favorito — e os encarei com raiva. Não era como se eu tivesse vindo para a escola pelada.

Respirei fundo e subi as escadas, olhando a multidão, tentando encontrar uma garota de quem Charlie poderia gostar. E agora eu procurava o extremo oposto de Stacey. Os rostos não me diziam nada. Nem um sinal. Será que eram legais, cruéis, inteligentes, burras, amorosas, frias?

Eu poderia matar para ter meus poderes de volta. Matar e mutilar.

Verônica, Darla e os meninos viris estavam reunidos à sombra de uma imensa árvore. Eles riram quando passei, e senti os músculos do pescoço se contraírem. Do que estavam rindo? Virei para lançar um olhar de raiva, e algum idiota com cabelo preto comprido tirou uma foto minha com o telefone.

— Quem você pensa que é? — gritei.

Arranquei o pequeno aparelho de sua mão e joguei com o máximo de força que consegui na rua. Infelizmente, com meus fracos músculos humanos, não foi muito longe. Ainda assim, ele bateu de um modo bastante satisfatório contra o concreto e se espatifou em vários pedaços.

— Mas que merda? Essa filha da puta é doida! — gritou o menino, tentando parecer ameaçador na frente dos amigos que se juntaram ao redor dele. As pontas dos meus dedos formigaram. O que eu não daria para usar meu poder contra ele. Não bater necessariamente, mas pelos menos o deixar gravemente manco por um tempo.

Em vez disso, bufei, ri, virei de costas e caminhei até a escola, sentindo que fiz algo de bom — menos um ser humano diante de um celular sugador de almas. O ar dentro da escola estava frio e com cheiro de açúcar. Eu me virei para a cantina. O lugar estava pontilhado com grupos diversos de amigos, comendo pão e bacon. Meu estômago roncou, então caminhei até a parte da frente e me servi de um monte de comida, em seguida olhei para os rostos à volta. Havia duas meninas sentadas a uma mesa, ambas ouvindo música com fones de ouvido. Uma delas lia uma revista e acompanhava o ritmo da música com a cabeça, como Charlie fizera ao tocar bateria no dia anterior. Ela era bonita, com a pele morena clara e cabelo castanho cacheado — claramente uma herança chinesa e escandinava. Depois de uma longa carreira formando casais e vendo suas crias, dava para perceber. Caminhei até lá e me sentei ao seu lado. Ela parou de balançar a cabeça.

— Olá. Eu sou True — disse eu.

Ela afastou um pouco o corpo e me olhou meio de lado. Peguei um dos pedaços de massa, mergulhei no melado que me deram e dei uma mordida. Meus olhos quase se reviraram. Nirvana.

— O que é *isto*?

A menina tirou o fone do ouvido.

— Hum... rabanada? — A voz dela não passava de um sussurro.

— É o paraíso! — exclamei, comendo mais um pedaço e já estendendo a mão para pegar outro.

— Você deve estar com muita fome mesmo — comentou ela, olhando para a quantidade de comida no prato.

— Descobri que comer e beber controla minhas dores de cabeça — expliquei, mastigando. Ela ficou me olhando. — Então, qual é seu nome?

— Me chamo Marion — respondeu ela. — Marion Garvy.

O melado me escorreu pelo queixo e pingou no macacão. Marion mergulhou um guardanapo em seu copo d'água e me entregou. Eu sorri. Uma amante de música que era gentil e obviamente tímida demais para ser uma *stalker*.

— Marion Garvy — disse eu, pegando o guardanapo. — Tenho uma proposta para você.

CAPÍTULO 20

Katrina

— Sei que costumo ser mal-humorada na hora do almoço, mas esses bolinhos de queijo estão uma delícia — disse Raine, espetando um monte de batata e queijo com o garfo. Estávamos sentadas em uma mesa de piquenique próxima à quadra, pegando sol, como qualquer um com intervalo para o almoço no quinto período.

— Posso provar? — pedi, abrindo a boca em direção a ela.

— Pode esquecer, cara. — Ela afastou a bandeja de mim. — Vá pegar o seu.

Lana e Gen riram, e eu revirei os olhos. Na rua, a van branca da Goddess Cupcakes passou, seguida por alguns carros, depois por um grande caminhão da Barnes & Noble. Argh. Só de pensar em livros, eu queria me encolher e morrer. Quando concordara em voltar para as aulas de inglês avançado, sabia que teria de ler mais livros e escrever redações maiores, mas a ameaça do primeiro trabalho da Sra. Roberge me deixara acordada metade da noite. Que porcaria tinha a ver falar em público com aula de inglês?

Ouvi um motor conhecido roncar, e o Firebird preto de Ty se aproximou da escada. Ouvi os pneus cantando antes de o carro parar. Todos olharam quando ele saiu vestindo uma sunga com estampa havaiana e uma camiseta branca. Os chinelos de dedo estalavam no chão de forma barulhenta enquanto ele se aproximava de nossa mesa.

— Oi — cumprimentei, levantando. — Qual é a da sunga?

Ele se inclinou para me dar um beijo, e estava com cheiro de cerveja. Fiz uma careta, mas o beijei mesmo assim. Eu esperava que só tivesse bebido uma.

— Pegue suas coisas, gata. Vamos à praia.

— Vou também! — disse Lana, enfiando o iPod na bolsa.

— Ninguém convidou você — zombou Ty. Lana se sentou de novo e fez beicinho. Ty ficava meio cruel quando bebia. Então talvez não tivesse tomado apenas uma. Ele pegou minha mochila e a colocou sobre o ombro — Vamos logo. O pessoal já está esperando para irmos todos juntos.

— Ty, não posso — disse eu, baixinho. — E será que você deveria dirigir?

— Em primeiro lugar, não me diga o que posso ou não fazer — devolveu ele, depois riu e seguiu para o carro. — E, em segundo? Claro que pode.

Pressionei os lábios e fiquei exatamente onde estava. Já conseguia sentir as outras pessoas observando, e baixei os olhos para os pés, deixando o cabelo esconder o rosto.

— Katrina — chamou Ty entre dentes.

As narinas dele se abriram, e o suor escorreu por minha nuca. Quando continuei sem me mexer, ele olhou em volta, constrangido. Vi dois jogadores de futebol voltarem rapidamente a atenção para os respectivos almoços, fingindo não olhar. Isso não acabaria bem. Ty já achava que os "atletas idiotas" da escola o julgavam por ter parado de estudar. Eu dizer não para ele na frente de todo mundo o deixaria louco da vida. E a cerveja pioraria ainda mais as coisas.

— Por que não?

— Não posso perder metade do dia, Ty — respondi em tom de súplica, estendendo a mão para ele em uma tentativa de salvar a situação.

— Caramba, Katrina, por que você não vai logo? — perguntou Raine. — Se alguém viesse aqui agora e me convidasse para ir à praia, eu já estaria passando o filtro solar.

Ótimo! Bela maneira de me ajudar, amiga.

— Tenho aula de inglês esta tarde — expliquei. — É importante.

— E eu não sou? — Ty deu um passou para trás, ainda segurando minha mochila, e ergueu o queixo. A postura de briga. Eu queria tanto poder sair daquela situação que chegava a sentir o gosto na boca.

— Não disse isso. Não fique com raiva — implorei, baixinho. — Não quero...

— Deixe eu ver se entendi direito. — A voz dele ecoou pelo pátio. — Sou bom o suficiente quando precisa de um lugar para dormir, mas não pode tirar uma tarde de folga para ficar comigo e meus amigos?

O sol era como um holofote queimando minha pele. Ao redor, sorrisos disfarçados atrás de mãos, cochichos de meninas nas mesas, risinhos e até gargalhadas. Meus olhos ficaram marejados de lágrimas, porém, por mais que eu tentasse, não conseguia pensar em nada para falar. Eu tinha confiado nele. Ty sabia tudo sobre mim. Inclusive como eu odiava ser o centro das atenções. E lá estava ele, humilhando-me na frente da escola inteira.

Achava que ele me deixava dormir em sua casa porque se importava comigo. Porque queria que eu estivesse perto. E não porque isso significaria que eu tinha alguma dívida com ele.

Dê um fora nele, pensei. *Crie coragem e diga para ele levar o próprio rabo bêbado à praia.* Mas era como se meus lábios estivessem colados. Estava aterrorizada demais para falar. Então, em vez disso, eu me virei e comecei a correr. Não cobri nem 1 metro quando os dedos de Ty se fecharam em meu braço, as pontas quase se encontrando.

— Ei, ei, ei. Aonde pensa que vai? Ainda não acabamos de conversar. — Ele apertou meu braço com tanta força que fiz uma careta.

— Me solte, Ty — choraminguei.

— De jeito nenhum. Não vou ser o único idiota lá sem a namorada.

— Solte o braço dela agora! — gritou uma menina.

O tempo pareceu parar. Através das lágrimas, vi a vomitadora aproximar-se de nós, os olhos azuis em chamas. True. Certo. Charlie dissera que o nome dela era True. Ela largou a bandeja de comida em nossa mesa, subiu no banco ao lado de Gen, passou por cima da mesa e pulou bem ao meu lado, o tênis batendo pesadamente na grama e na terra. Ela usava um macacão acima de seu tamanho, e o cabelo comprido estava preso em duas tranças que desciam pelas costas.

— Quem é você? — perguntou Ty, olhando para ela como se fosse uma louca. — A superlésbica?

Dois caras riram. Meu queixo caiu, e fiquei com mais vergonha ainda. Será que realmente tinha dito aquilo?

— Nossa, que original — debochou True, totalmente inabalada pelo preconceito de meu namorado. — Solte a garota agora mesmo.

Ty me lançou um olhar como se me perguntasse, *ela está falando sério?* Eu não fazia ideia do que dizer ou fazer. Meu braço estava doendo.

— Me obrigue — desafiou Ty por fim.

True deu de ombros.

— Tudo bem.

Ela ergueu o cotovelo e atingiu o meio do braço dele com um estalido.

— Ai, filha da p...

Ele soltou. Minha pele estava com a marca dos dedos dele. Mas True ainda não tinha acabado. Agarrou o braço de Ty e o torceu nas costas, indo para trás dele e fazendo-o cair para a frente. Seu rosto se contorceu de dor. Alguns alunos pegaram os celulares e gravaram tudo.

— Pode soltá-lo agora! — pedi. — Ele não fez por mal.

— Não vai agarrá-la de novo, vai? — perguntou True para Ty.

Ele soltou um grunhido, virou a cabeça e cuspiu perto de meus pés.

— *Vai?*

True aparentemente torceu o braço com mais força, porque Ty soltou um grito.

— Não! Tudo bem! Não vou — resmungou ele.

True o soltou, e ele se afastou.

— Sua piranha psicótica.

— Esse parece ser o consenso do dia — respondeu ela.

Por fim, dois dos seguranças da escola chegaram correndo com suas camisas brancas, calças cinza e bregas distintivos prateados. O incidente durara cerca de trinta segundos, mas eu estava exausta. Exausta, magoada e humilhada.

— O que está acontecendo aqui? — perguntou o mais magro.

— Você é aluno daqui? — indagou, ofegante, o gordinho para Ty.

— Por sorte, não — respondeu Ty, já se afastando.

— Se não é aluno, não pode estar no campus sem autorização — informou o magrelo.

Ty levantou as mãos.

— Já fui.

Ele me lançou um olhar de nojo e desceu correndo as escadas. Com uma acelerada dramática e uma arrancada que fez os pneus cantarem no asfalto, partiu. Mordi o lábio, esperando estar enganada quanto ao consumo de álcool, ou, se eu não estivesse, que ele voltasse para casa em vez de ir à praia; que não colocasse a vida de ninguém, incluindo a dele mesmo, em risco.

Naquele meio-tempo, todos os olhos do pátio estavam pousados em mim. Os guardas ficaram ao meu lado como se eu fosse a história principal do site de celebridades TMZ e eles estivessem me protegendo dos paparazzi.

— Você está bem? — perguntou True, os olhos azuis brilhando de preocupação.

Baixei a cabeça, pensando se era possível morrer de vergonha.

— Deveria ter ido logo com ele — murmurou Raine baixinho.

Precisei de toda força de meu ser para segurar a torrente de lágrimas.

— Tenho de ir ao banheiro — sussurrei, passando pelos guardas. Foi então que vi Charlie na porta da cantina, segurando a bandeja. Obviamente vira tudo, e a expressão no rosto dele era pura pena.

CAPÍTULO 21

Charlie

Eu estava enojado. Sentia vontade de socar alguma coisa. De preferência o idiota que devia estar agora a caminho da praia. Mas, principalmente, eu queria ir atrás de Katrina para ver se ela estava bem. Queria dizer que ela não merecia ser tratada daquela forma. Ela precisava entender aquilo, certo? Se não entendesse, eu tinha de fazê-la enxergar.

Mas quem eu achava que era? Falara com ela apenas três vezes por dois segundos. Suas amigas deveriam segui-la, mas estavam ocupadas demais cochichando. A porta do corredor fechou atrás de Katrina. Que se dane. Larguei minha bandeja na mesa mais próxima.

— Charlie! Espere!

True correu para me alcançar. Esperei por ela, mas meus pés pareciam quicar sob o corpo. Katrina já devia estar a caminho de algum banheiro. Um banheiro no qual eu não poderia entrar. Um que talvez eu nem conseguisse encontrar, pois ainda não conhecia bem o labirinto de corredores. Vi aquela menina de meu primeiro dia, Zadie, apressando-se pelo corredor, e fiquei com esperança de que pelo menos ela estivesse indo ver se Katrina estava bem.

— Ei — cumprimentei True. — Você está bem?

Ela franziu a testa.

— Hã? Eu? — Então pareceu se dar conta do que eu estava falando. — Ah, sim. Aquilo não foi nada. Estou bem. Mas tem uma pessoa que quero que você conheça.

Meus olhos estavam fixos na porta, como se Katrina estivesse prestes a reaparecer.

— Desculpe. O quê?

True me pegou pelo braço e começou a me arrastar até uma pequena mesa em uma parte coberta do pátio. Lá havia uma menina sozinha, os cachos quase cobriam seu rosto. Vi que as unhas estavam pintadas de preto, com o esmalte descascando, e que os fones de ouvido a conectavam à mochila.

— Charlie, esta é Marion. Marion, quero que conheça Charlie — disse True com um sorriso orgulhoso completamente sem sentido.

Os olhos de Marion foram direto para meu rosto. Os cachos estremeceram. Acho que foi o jeito dela de dizer "oi". Ou talvez, "suma daqui". Olhei para True.

— Isto é... o que acho que é? — perguntei.

Ela virou as mãos em dúvida.

— O que acha que é?

— Uma outra armação? — cochichei, afastando-me dos ombros curvados de Marion.

— Isso! Disse que queria encontrar o amor! Estou encontrando para você! — exclamou True.

— Com uma garota que não fala?

— Ela gosta de música, e é um amor — sussurrou True, aproximando-se de meu ouvido. — E é muito reservada. Jamais mandaria 217 mensagens para você em uma noite.

— True, olhe pra ela — argumentei em voz baixa. — Está praticamente tentando sumir. Você sequer perguntou se ela estava interessada em mim, ou simplesmente decidiu que ela estava?

— Hã. Tem razão. Mas tenho certeza...

Naquele instante, Josh, Brian e Trevor saíram da cantina com suas bandejas, uma grande parede de jaquetas azuis e brancas do time da escola. Algumas pessoas abriram passagem para eles, o que parecia ser a melhor estratégia. De alguma forma, aqueles caras ocupavam mais espaço que todo o resto. Josh olhou para mim rapidamente, depois olhou de novo.

— Cara — disse ele se aproximando da gente. — O que está fazendo aqui?

— Estamos conversando — respondi.

— Na terra de ninguém? Não mesmo — declarou Josh, enganchando o braço em meu pescoço e me puxando para a mesa no sol. — Nós não ficamos na terra de ninguém. — Fui tomado por uma sensação estranha. Aquela sensação de que fui pego fazendo algo errado porque ainda não conheço bem como são as coisas naquela escola. Mas o que quer que fosse a terra de ninguém, Josh não ia ficar por ali. Ele caminhou até uma cadeira e sentou. — Você vai ao primeiro jogo da temporada na sexta à noite?

Olhei por cima do ombro para True. Ela simplesmente ficou ali parada. Lançando-me um olhar de raiva. Marion, porém, pareceu aliviada. Sabia que estava certo quanto a ela. Parecia ser o tipo de garota que só queria que a deixassem em paz.

— Hã. Claro. Acho que sim. — Eu nunca fora a um jogo por opção antes. Apenas para torcer para meus irmãos nas partidas mais importantes e coisas assim. Eu me sentei na cadeira na qual Josh praticamente me jogou. Verônica e Darla e algumas outras meninas já estavam comendo suas saladas.

— Você tem de vir — insistiu Trevor, dando uma mordida no hambúrguer. — E traga seu pai para que veja onde os verdadeiros talentos de Lake Carmody estão.

— É isso aí. — Os garotos bateram uns nas mãos dos outros.

De repente True largou minha bandeja diante de mim com um tinido. Senti o rosto queimar. Ela parecia irritada. E depois do que tinha acabado de fazer com o namorado de Katrina, eu não gostava muito da ideia de vê-la assim. Limpei a garganta e fingi que ela não estava ali. Não era minha culpa se ela achava que precisava encontrar uma namorada para mim. E definitivamente não era minha culpa se só escolhia as meninas erradas.

— Você pode sentar conosco no jogo — disse Darla, sorrindo em minha direção. Uma brisa jogou o cabelo dela para a frente, de modo que emoldurasse perfeitamente seu rosto. — A seção dos alunos está sempre cheia, mas posso guardar um lugar pra você.

Olhei para ela. True também. Será que Darla estava me dando mole? Ela era uma das garotas mais bonitas e populares da escola. O tipo de garota que antes nem pensaria em falar comigo. Até mesmo Josh ergueu a sobrancelha, lançando um olhar intrigado e surpreso.

— Hã, claro — respondi, pressionando as mãos úmidas na coxa. — Isso seria legal.

— Legal — repetiu Darla.

— Você vai ficar aí parada o tempo todo? — perguntou Verônica, esnobe, tirando um fio do suéter justo e de manga curta.

— Não era bem o que eu tinha em mente — respondeu True. — Mas preciso conversar com Charlie.

Lancei um olhar pela mesa. Josh virou em direção a Verônica e a Trevor. Brian olhou para a frente enquanto enfiava batata frita na boca. Darla arregalou os olhos e começou a remexer na salada. Ninguém queria True ali. Aquelas pessoas realmente começavam a me aceitar — e até estavam flertando comigo! —, mas claramente não queriam aceitar True.

— Então, pode falar — disse entre dentes, sentindo-me desconfortável. True era bem legal. Sincera, durona e estranhamente cortês. E eu não queria ser grosso, mas... queria que ela fosse embora. Só por agora.

— Você vai simplesmente ignorar Marion? — perguntou True.

Darla e Verônica olharam para a mesa de Marion. Estava sentada ali, em silêncio e parada.

— Já disse, não acho que ela esteja interessada — respondi em voz baixa.

— Você só precisa conhecê-la! — protestou True. — Dê uma chance a ela.

— Quem? Marion, a Ratinha? — Verônica riu, jogando o cabelo louro para trás do ombro. — Ela não fala com ninguém desde o ensino fundamental.

— Por quê? O que aconteceu com ela no ensino fundamental? — perguntou True, com uma expressão preocupada.

Verônica fez um som de nojo na parte de trás da garganta. Pegou um pedaço de alface com os dedos e mordeu como se fosse uma batata frita.

— Como se eu ligasse.

— Bem, ela falou comigo esta manhã — devolveu True.

Franzindo o nariz, Verônica pousou os olhos azuis em True.

— Por que será que não estou surpresa?

— True, será que pode deixar isso pra lá? — pedi, evitando olhar para ela.

— Não! Não posso deixar pra lá! — retorquiu True. — Você disse que queria encontrar o amor, e eu vou encontrar um amor pra você.

Todo o pátio ficou em silêncio. As palavras pairaram no ar ao redor. Todo mundo estava olhando, e algo dentro de mim se rompeu. Eu me levantei da mesa, sabendo que True me seguiria. Quando eu estava na metade do corredor onde Katrina desaparecera há um tempo, me virei para ela.

— Qual é o problema? — demandou True.

— Por que tem de ser tão esquisita? — devolvi entre dentes.

Ela jogou a cabeça para trás, parecendo chocada, mas não ofendida.

— Como assim?

Eu suspirei.

— Olhe, estou conseguindo fazer amigos aqui de verdade. Pela primeira vez na vida, tenho pessoas com quem almoçar. Pessoas que gostam de mim. Pessoas que me convidam para suas festas e seus jogos, e me querem em seus times. Você não pode me seguir por aí e dizer essas coisas esquisitas sobre o amor e o universo, e essa merda toda. Por favor. Deixe isso pra lá.

— Só estou tentando ajudar — declarou True. — Se você conversasse com Marion, tenho certeza de que...

— Pare, tá! — gritei, cortando-a. Eu me sentia mal por berrar com ela, mas não tinha como voltar atrás. Eu queria retornar para a mesa e queria que todos esquecessem aquilo. — Por favor, me deixe em paz.

Eu me afastei, rezando para que ela não me seguisse daquela vez. Quando me sentei, vi os dois guardas que intervieram na briga indo falar com True.

— Você é True Olympia? — perguntou o magrelo.

— Sou — respondeu ela.

— Querem falar com você na vice-diretoria.

Oração atendida.

— Ele vai ter de esperar — retrucou True, cruzando os braços sobre o peito.

— *Ela* vai ver você *agora* — declarou o gordinho em um tom ameaçador bastante convincente. Ele puxou a calça para cima, mas ela permaneceu exatamente no mesmo lugar.

True soltou um suspiro e revirou os olhos.

— Tudo bem. Parece que não me querem aqui mesmo.

Ao sair caminhando na frente dos guardas, todo o pátio explodiu em aplausos. True realmente tinha dado um show. Esfreguei as mãos na calça de novo, secando o suor, e olhei pela porta do corredor uma última vez. Ainda não havia sinal de Katrina. Eu esperava que ela estivesse bem. Onde quer que estivesse.

CAPÍTULO 22

True

A sala da vice-diretora era do tamanho de uma daquelas cabines telefônicas que tinham em cada esquina no século passado. Certa vez eu me escondera dentro de uma para observar um casal que acabara de formar se beijar debaixo de um toldo na chuva. Tinha sido a meia hora mais desconfortável que já passara na Terra. Linz, Áustria, Dia dos Namorados de 1974. Mas o casal está junto até então e tiveram três filhos, todos casados e felizes.

E ainda dizem que não sou boa no trabalho.

— Srta. Olympia, sou a vice-diretora Austin. — Seu cabelo castanho-claro e volumoso estava preso em um coque apertado, e ela usava um paletó marrom sobre uma camisa laranja. Não parecia ser uma mulher feliz. — Sente-se.

Ela fez um gesto para a cadeira de madeira enquanto os seguranças fechavam a porta atrás de mim. Se eu tivesse de adivinhar, diria que nós tínhamos cerca de cinco horas de oxigênio na sala antes de ambas desmaiarmos. Sentei-me. O relógio branco redondo sobre a porta fazia um barulho alto a cada segundo.

— Por que estou aqui? — perguntei. Queria que esse encontro acabasse o mais rápido possível para que eu pudesse voltar para

Charlie e Marion. Eu conseguiria fazer algo com aqueles dois. Estava certa daquilo.

A Sra. Austin estava a meio caminho da própria cadeira, com as mãos sob as nádegas para alisar a saia.

— Por causa de seu comportamento hoje, Srta. Olympia.

Cruzei os dedos no colo, e ela olhou para eles.

— Meu comportamento?

A Sra. Austin apertou alguns botões no teclado e olhou para a tela do computador, que conferia um tom esverdeado não muito atraente a sua pele. Em minha mente, vi a areia vermelha passando pela ampulheta sobre minha mesa. Senti a pele ficar quente e formigar ao direcionar meu olhar para a pequena janela da sala. Estava bem fechada, trancada. O relógio continuava com o tique-taque infernal.

— Parece que nessa manhã você destruiu o celular de um colega.

— Ele tirou uma fotografia de mim sem meu consentimento — respondi sucintamente.

A Sra. Austin piscou, parecendo confusa, embora eu não soubesse por quê.

— Mesmo assim, isso não lhe dá o direito de destruir a propriedade alheia.

— Bem, ele me chamou de filha da puta — respondi. — Eu merecia isso?

A Sra. Austin limpou a garganta. Olhei para a janela, desejando ter meus poderes para abri-la e respirar um pouco de ar puro. *Tique-taque. Tique-taque. Tique-taque.*

— Terei uma conversa com ele sobre esse tipo de linguajar, mas sua infração é muito maior — afirmou a Sra. Austin.

— Tudo bem — retruquei. — Compro outro celular pra ele.

Os lábios dela pareciam que iam formar um sorriso, mas não foi esse o desfecho.

— Exatamente o que eu ia sugerir. Só que o aluno quer o dinheiro necessário para comprar o telefone. Parece que ele mesmo quer escolher o modelo.

— Tudo bem — concordei de novo, abrindo e fechando a mão. Minhas axilas pinicavam, e as narinas expandiam a cada respiração. — Quanto?

— Vou colocá-la em contato com o aluno. — Ela digitou alguma coisa no teclado, e ouvi um *ding*. — Pronto. Enviei o endereço de e-mail dele para seu e-mail cadastrado.

— Não tenho computador — disse eu. Meus olhos continuavam indo para a janela. O pulso começava a acelerar. O que estava acontecendo com meu corpo agora? Eu sentia cada batida do relógio sobre mim.

O rosto da Sra. Austin ficou sem expressão. Ela se encostou na cadeira de couro, fazendo as molas rangerem.

— Está fazendo uma piada?

— Não consigo ver nada de engraçado nisso — respondi, abrindo ainda mais as narinas para respirar. Resisti à tentação de respirar pela boca, embora fosse sobrepujante. Houve um movimento no corredor, e vi Katrina passar acompanhada por um homem alto com sobrancelha grossa e marcante. Uma porta próxima se fechou, e eu o ouvi falando em voz baixa no escritório ao lado.

— Você não tem computador? Nem tablet, nem celular? — perguntou ela, incrédula.

Neguei com a cabeça, começando a ficar impaciente com aquele questionamento inútil. Cada vez ficava mais quente naquela cela minúscula, e a hora do almoço já estava quase acabando. Se eu não saísse da sala logo, perderia a chance de fazer Charlie e Marion conversarem. Seria outro dia em vão.

Tique-taque. Tique-taque. Tique-taque.

— Então, não tem como receber um e-mail?

— Não. — Virei os joelhos para a porta. — Posso ir?

Devagar, a Sra. Austin me lançou um olhar de cima a baixo, apoiando o braço no risque-rabisque da mesa.

— Srta. Olympia, se não se importa de eu perguntar... Você tem meios para pagar o celular desse aluno?

Fiquei boquiaberta. Que insulto!

— É claro que sim! Só porque optei por não ter um desses dispositivos irritantes e sugadores de alma, não significa que sou uma pobretona! Como se atreve a dizer tal coisa?

— Sinto muito! Sinto muito! Desculpe! — Ela ergueu as mãos. — Pode usar os computadores no laboratório ou na biblioteca para receber o e-mail que mandei.

— Tá. — Eu me levantei daquela cadeira horrível, fazendo uma careta a cada tique-taque do relógio. — É só isso?

— Não. Não é — respondeu ela, também ficando de pé. — Houve uma pequena agressão que a senhora cometeu no pátio

Eu resmunguei.

— Uma agressão? Aquele tal de Ty foi quem agarrou uma das alunas da escola. Eu simplesmente a defendi.

— Violência não se responde com violência — declarou ela, me lançando um olhar de raiva. — Da próxima vez, peço que procure um dos seguranças. Não queremos que você se machuque

— Tá bom — concordei de novo. — Farei isso.

Abri a porta da sala para o corredor. O vento frio logo estabilizou minha pressão. Os seguranças estavam ali, mantendo o foco em mim. Virei na direção oposta para pegar o caminho mais longo até o pátio, mas naquele instante soou o sinal.

Eu me encostei na parede e dei o chute mais forte que consegui com a sola do tênis. Uma dor subiu por minhas pernas até o joelho. Mordi o lábio enquanto o corredor se enchia de alunos. Deuses! Como eu odiava aquele lugar lotado de corredores estreitos e salas apertadas e hordas de alunos barulhentos. Odiava aquele corpo e suas limitações enlouquecedoras. Tinha de sair dali. Eu tinha de voltar ao Monte Olimpo e para Oríon. Mas não estava mais perto de atingir meus objetivos do que estivera naquela manhã.

A porta da sala ao lado abriu, e Katrina saiu com o rosto oculto pelo cabelo.

— Você está bem? — perguntei.

Ela olhou para mim assustada, depois zangada.

— Por que todo mundo me pergunta isso? Por que as pessoas simplesmente não me deixam em paz?

Enquanto a observava se afastar, comecei a questionar se Zeus não estivera certo ao me dar sete em psicologia. Quando o assunto era o coração e a mente humanos, talvez eu realmente fosse sem noção.

CAPÍTULO 23

Katrina

Não sou.
Nada sou
Não consigo viver sem você.
Ninguém sabe.
Ninguém liga.
Ninguém sequer deseja ver.

Arranquei a página do caderno de poesia e a amassei da forma mais silenciosa que consegui. Mesmo tendo passado a aula inteira sentada no canto com o cabelo no rosto e escrevendo, eu sabia que todos na sala olhavam para mim. Do mesmo modo como fizeram quando meu pai morrera no ano anterior e a foto saíra na primeira página do jornal. Coitadinha de Katrina, a menina cujo pai morreu em um acidente horrível.

Só que agora todos pensavam: *coitadinha de Katrina, a menina cujo namorado a maltratou na frente de toda a escola. A garota esquisita que era tão patética que tinha de ser defendida por uma garota ainda mais estranha.*

Pelo menos fora assim que o Dr. Krantz chamara o episódio ao me levar até a sala dele mais cedo. Maus-tratos. Ele disse que se alguém agarrasse meu braço com força suficiente para me assustar, tratava-se de um "incidente denunciável" e perguntou-me se eu queria dar queixa. Contra Ty. Quase ri na cara dele.

Ele agarrou meu braço. Uma vez. Só que aconteceu na frente de umas cem pessoas. Ty era tudo para mim. Era minha família. Meu lar. Era a única pessoa na face da Terra que dava a mínima para mim. Ele só não gostava quando as coisas não saíam de seu jeito.

Na fileira mais perto da parede, True mantinha uma postura reta, com os olhos fixos no relógio. Charlie sentava ao lado, batucando os dedos no canto da carteira. Acho que ele tentou chamar minha atenção algumas vezes. Através de meu cabelo, eu o vi acenar com as mãos depois de cinco minutos de aula. Mas optei por fingir que não vi. Eu me sentia humilhada demais para encará-lo. Além disso, não queria que ele tivesse problemas com Stacey de novo.

Olhei para o celular embaixo da mesa. Mais cinco minutos. Apenas mais três aulas naquele dia horrível. Eu mal podia esperar para sair dali. Ia direto para a biblioteca chorar nos ombros da Sra. Pauley. Graças a Deus eu tinha um turno naquela tarde.

— Bem, só temos mais cinco minutos, então chegou a hora de acabar com o sofrimento de vocês — anunciou a Sra. Roberge.

Meu coração parou. Ergui o olhar em meio às mechas do cabelo. Ela estava de pé na frente da sala, vestindo blusa violeta pouco atraente e saia preta, e segurava uma sacola plástica cheia de papéis. Ai, meu Deus. Eu tinha me esquecido totalmente do trabalho. Aquele era o dia que ela indicaria os responsáveis pelos primeiros capítulos do livro.

— Se eu chamar seu nome, peço que venha aqui na frente.

Por favor, não chame meu nome, por favor não chame...

— Katrina Ramos! Você fará a primeira apresentação de *Grandes esperanças!*

Juro que, se eu tivesse comido qualquer coisa, teria vomitado. Meus olhos pousaram automaticamente em Charlie. Ele me lançou um olhar encorajador, que me fez querer vomitar ainda mais. No dia anterior, tinha achado que talvez ele meio que gostasse de mim. Mesmo que só como amiga. Agora ele achava que eu era um caso especial. Uma perdida na vida. Alguém que precisava de olhares encorajadores.

— Srta. Ramos? Venha até aqui para pegar a tarefa — disse a Sra. Roberge, feliz da vida.

Eu me levantei, com os joelhos tremendo enquanto passava pelas mochilas no chão entre as fileiras ou penduradas no encosto das cadeiras. Na frente da sala, dei um passo por sobre a perna esticada de Stacey, que eu jurava que não estava ali um instante atrás. A Sra. Roberge me entregou o papel.

GRANDES ESPERANÇAS: CAPÍTULO UM
Alguns pontos a se considerar na palestra.

Palestra? Ela esperava que eu desse uma palestra?

— Estamos ansiosos por sua aula na segunda-feira — declarou a Sra. Roberge, abrindo um amplo sorriso.

Foi tudo de que precisou. Meu corpo ficou quente, e os olhos começaram a arder. Eu ia vomitar de qualquer jeito, mesmo de barriga vazia. A tarefa amassou em minha mão quando me lancei no corredor, deixando a porta bater.

Dando ainda mais motivos para todos falarem de mim.

CAPÍTULO 24

True

Quando entrei em casa naquela tarde, encontrei, surpreendentemente, minha mãe sentada à mesa da cozinha. Estava com as pernas esticadas, as costas curvadas e os olhos sem foco. Vestia apenas um roupão felpudo azul e meias cinza. O cabelo louro estava emaranhado e oleoso, e a pele parecia cansada e inchada. Ainda não descobrira o banho. Deixei a porta bater, e ela quase pulou da cadeira.

— Isso foi mesmo necessário? — perguntou ela, gemendo.

— Tive um dia péssimo — declarei, caminhando até a geladeira e pegando uma garrafa de água. Tomei um longo gole e lambi os lábios. — Onde está o dinheiro?

— Que dinheiro? — perguntou ela.

— O dinheiro — repeti, sentando-me à mesa de madeira. — Suponho que Zeus nos tenha mandado para cá com algum dinheiro. Onde está?

Afrodite riu, enchendo a cozinha moderna com um som sarcástico. Se tivesse sido um pouco mais alto, os mantimentos intocados da cozinha teriam estremecido dentro dos potes de cerâmica.

— Você dá muito crédito a Zeus. Não tem dinheiro algum.

— O quê? — explodi, deixando um pouco de água escorrer pelo lábio inferior e enxugando com as costas da mão. — Mas tenho de comprar um celular novo para um cretino. E, de acordo com um bibliotecário extraordinariamente bonito na escola, seria muito benéfico para meus estudos se eu tivesse um computador em casa.

Afrodite voltou os olhos semicerrados para mim, um olhar que já congelara milhares de mortais nos últimos milhares de anos.

— Então sugiro que você arrume um emprego — disse ela. — Na verdade, insisto para que faça isso. Porque, quando acabarmos de consumir a comida que havia aqui, não creio que irá se restaurar. — Ela fez um gesto em direção à lata de lixo cheia de garrafas verdes. — Sei que o vinho não fez essa gentileza.

— Você tomou a adega inteira? — perguntei.

Ela encolheu os ombros.

— Uma deusa faz o que precisa fazer.

— Então, por que *você* não procura um emprego? — perguntei me levantando. A cadeira caiu para trás sobre o piso de ladrilho vermelho, fazendo um barulho. — Não é isso que o responsável deve fazer? Estou no meio de uma missão importante aqui.

Minha mãe deu um grande suspiro e ficou em pé.

— Parece se esquecer, filha querida, que não fui eu a responsável por termos sido banidas. Agora, se me der licença, preciso me colocar na frente da televisão, pois uma mulher muito animada prometeu explicar como perder sete quilos em sete dias.

Em seguida ela se virou, erguendo o queixo arrogante, e saiu da cozinha. Atirei-lhe a garrafa, mas ela bateu na moldura intricada da porta, caiu com um som surdo e veio rolando em minha direção, como se debochasse de mim. Cerrei os punhos ao lado do corpo e respirei fundo repetidas vezes, tentando aplacar a ira. Como queria que Oríon estivesse ali. Eu realmente precisava de um arco e flechas para correr pela floresta com meu amor do lado. Uma boa caçada para nos deixar suados, seguida por um beijo cheio de adrenalina. Eu precisava fazer alguma coisa para me acalmar.

Mas não tinha tempo para aquilo. E parecia que as suspeitas da Sra. Austin sobre mim estavam corretas. Eu não tinha os meios necessários para pagar pelo telefone insidioso de Darnell Lockwood. Eu não era apenas uma humana, mas sim uma humana pobre.

— Não por muito tempo — falei entre dentes.

Parte de mim queria correr até o andar de cima para ver quanto tempo ainda restava na ampulheta, mas uma parte ainda maior não queria. Arranquei o casaco azul do gancho ao lado da porta e saí. Estava na hora dessa deusa conseguir um emprego.

Quarenta e dois frustrantes minutos depois, eu me vi dentro da biblioteca pública de Lake Carmody. Eu batera de porta em porta e fora de loja em loja, mas até agora nada. O pequeno bufê italiano que cheirava tão bem que fez minha boca salivar não estava contratando, nem a loja de presentes com aqueles gatos ridículos de cerâmica, nem mesmo a funerária local, embora tenham me mantido lá por 15 minutos, perguntando-me sobre o motivo de eu querer trabalhar com mortos. Quando pisei no vestíbulo arejado, silencioso e impecável da biblioteca, senti os músculos começarem a relaxar.

Paz. Paz e silêncio e palavras. Eu bem que poderia passar algum tempo ali.

As paredes do amplo vestíbulo estavam cobertas de obras de arte, aquarelas de pontes, córregos isolados e campos floridos. Olhando mais de perto para as placas ao lado das pinturas, descobri que se tratava de trabalhos feitos por artistas locais e doados à biblioteca na última primavera. O vestíbulo se abria para uma sala grande e circular, onde havia uma pequena parte de parede coberta com cortiça e as palavras POESIA ESTUDANTIL estavam pregadas na parte superior em letras de cartolina. Havia alguns versos triviais escritos a lápis por alunos do segundo ano, uma carta de amor escrita por uma garota chamada Carrie do sétimo ano e um poema sobre uma motocicleta escrito por um menino de 12 anos, chamado Zeke. Mas bem no meio, havia um pequeno haicai e o nome da autora me fez parar. Era Katrina, de 16 anos.

> *Ela, o sol e a lua*
> *Ele, a terra o mar e a vida*
> *Separados. Morremos.*

Era tão triste. Percebi na hora que fora escrito pela Katrina que eu conhecia. A menina gentil com o namorado terrível que tivera pena de mim no momento em que precisei. Ela ainda sofria com a morte do pai. Isso estava claro. Será que era por isso que namorava aquele troglodita? Porque precisava de uma figura paterna? Ou será que havia algo mais?

Poderes. Se eu apenas a pudesse ler, saberia.

Ouvi vozes baixas vindas da primeira fileira de prateleiras e encontrei uma grande mesa de carvalho brilhante com uma placa em que se lia DISTRIBUIÇÃO DE LIVROS. Atrás da mesa, duas mulheres conversavam com urgência, as cabeças próximas. Dei um passo em direção a elas, e a mais jovem ergueu o olhar. Era Katrina.

Parecia melhor que na última vez que a vi, quando tinha saído correndo da aula de inglês naquela tarde, a pele cinzenta, mas, pelo modo como apertou os lábios, percebi que não estava feliz por me ver ali.

— Posso ajudá-la? — perguntou a outra mulher, em tom educado.

O cabelo castanho estava cortado curto, e ela usava um suéter leve de listras sobre uma calça de veludo marrom. Seu sorriso era amigável.

— Espero que sim — respondi. — Meu nome é True Olympia. Estou procurando um emprego.

A mulher abriu a boca para responder, mas Katrina a cortou:

— Não estamos contratando.

— Katrina — censurou a mulher. Ela estendeu a mão para mim. — Sou Olivia Pauley. Prazer em conhecê-la.

— O prazer é meu — respondi, reparando de soslaio no olhar de raiva que Katrina me lançava. Nós trocamos um aperto de mão, e a pele dela era quente e macia. Se eu tivesse meus poderes, aquele toque teria sido o suficiente para me dizer tudo sobre ela, desde o tamanho dos sapatos até o número de vezes que o coração fora partido. Mas naquele dia, nada. Nem mesmo uma centelha de emoção.

De repente me senti muito, muito cansada.

— Mas temo que Katrina esteja certa — disse Olivia. — Realmente não temos vagas agora.

— Tudo bem — respondi, curvando os ombros. — Muito obrigada por seu tempo.

Quando me virei para ir embora, ouvi Katrina cochichar:

— É ela, a garota que me humilhou na frente da escola inteira.

Fui tomada de raiva. Girei o corpo novamente e me empertiguei.

— Com licença, mas não acho que fui eu que humilhei você. Eu a estava ajudando.

— Fala sério. Estava tudo bem — sussurrou Katrina irritada. — Ty é meu namorado. Ele me ama.

— As pessoas não machucam quem elas amam — devolvi.

Os olhos de Olivia se arregalaram de preocupação.

— Katrina? Ele machucou você?

— Ele agarrou o braço dela com força — contei para a bibliotecária. — E de onde eu estava, não parecia que pretendia soltar.

— Bem, você não o conhece como eu — retrucou Katrina, com o rosto corado. — E não precisava ter atacado Ty.

— Não acredito! — bradei. — Você deveria me agradecer.

— Agradecer? Nunca senti tanta vergonha na vida! — murmurou Katrina. — Fui o assunto do dia.

— Mas eu...

— Meninas! — admoestou Olivia, apoiando as mãos na mesa. — Vocês precisam se acalmar agora mesmo. — Contraí o maxilar e cruzei os braços. Katrina baixou o olhar para o exemplar de *Grandes esperanças*, que estava fechado diante dela. Embaixo, havia um caderno preto de espiral com cantos amassados. — Katrina, parece que True só estava tentando ajudar e não tinha a menor intenção de humilhá-la — continuou ela. — Você só estava tentando ser amigável, não é mesmo, True?

— É — respondi.

— Então, talvez você consiga encontrar um meio de desculpá-la, mesmo que ela a tenha deixado com vergonha? — sugeriu Olivia.

Katrina respirou fundo.

— Acho que sim.

— Que bom. Agora por que não pedem desculpas uma para outra e esquecem isso? — sugeriu Olivia, fazendo um gesto para nós.

— Não tenho por que pedir desculpas — protestei. — Eu não...

— Ei! Deve pedir sim — insistiu a bibliotecária.

Mudei o peso do corpo de um pé para o outro. Não era todos os dias que eu recebia ordens de um humano. Mas aquela tal de Olivia parecia ser sábia e bondosa. E claramente gostava muito de Katrina. Era sempre bom ver um ser humano cuidando de outro.

— Tudo bem — concordei, por fim. — Peço desculpas se envergonhei você ou o tal do Ty.

Katrina me olhou pelos cílios espessos.

— Sinto muito por ter ficado com raiva por você tentar me ajudar.

— Desculpas aceitas. — Olhei para Olivia. — Já terminamos aqui? Porque realmente preciso encontrar um emprego.

— Terminamos. — A bibliotecária sorriu para mim e pareceu prestes a soltar um risinho. — Obrigada, True Olympia. E será que posso dizer que você tem um nome bastante poético?

— Obrigada. Eu mesma escolhi.

Então me virei, dando as costas para a expressão curiosa que surgiu no rosto dela, e segui para a porta. Quando cheguei à calçada, ouvi alguém correndo atrás de mim e girei, pronta para me defender, mas era só Katrina.

— Ei — disse ela, timidamente, o cabelo caindo no rosto. — Achei que você gostaria de saber que vi uma placa de contratação no outro dia. Não sei se ainda está lá, mas..

— Onde?

Katrina se virou e apontou para a rua principal, onde vários toldos de cores fortes e letreiros de lojas e bandeiras coloridas tremulavam ao vento. Pedestres enchiam as calçadas, carregando sacolas de papel e bebendo café gelado. Vi o carteiro que tinha me visto pelada no outro dia, e, quando me viu, ele deixou cair pela calçada as cartas que segurava.

— Tá vendo aquele toldo cor-de-rosa e marrom? É a Goddess Cupcakes — informou Katrina. — Eles estão contratando.

Eu sorri e olhei para a loja em questão.

— Goddess Cupcakes? — perguntei. — É perfeito.

Ao virar na rua principal, passei por um pequeno restaurante francês chamado Pourquoi Pas?, onde o garçom arrumava algumas mesas do lado de fora para o jantar daquela noite. A toalha de tecido e os copos de cristal me levaram direto para o Dia dos Namorados no começo do ano, e uma onda de felicidade aqueceu meu coração. Foi o dia que minha existência mudou para sempre.

Meus dedos dos pés estavam gelados e dormentes, então os imaginei quentes enquanto me afastava da vitrine da Coatstown, o melhor restaurante do Maine, e caminhava pelo estacionamento lotado. Sorri ao passar por um carro compacto onde Sandy Luongo e Leanna Chen trocavam o primeiro beijo de amor, graças a minha flecha áurea.

Todos os anos, minha mãe me mandava para a Terra no Dia dos Namorados. Ela me dizia que era para eu ter uma oportunidade de ver os frutos de meu trabalho de perto, mas, na verdade, acho que queria me obrigar a caminhar por imagens em papel cartão do "deus do amor", que era representado como um bebê gordo do sexo masculino. Acho que morria de rir daquilo.

Ainda assim, eu costumava gostar daqueles pequenos intervalos, observando os amantes jantarem juntos ou encostarem o nariz um no outro sob pingentes de gelo, testemunhando declarações mais elaboradas de amor, como fogos de artifício, mensagens gravadas na neve ou um caminho de pétalas de rosas vermelhas levando a pessoa amada até o anel de diamantes de seus sonhos.

Naquele ano, porém, eu estava entediada, apesar das histórias mais bem-sucedidas como a de Leanna e Sandy. Com um suspiro, tentei meditar para entender por que me sentia tão melancólica. Não faltava nada em minha vida. Afrodite estava feliz com o consorte do momento, o que significava menos sermões para mim e menos divórcios na Terra. Meus irmãos estavam isolados em seu palácio de mármore, causando medo e terror à vontade em partes aleatórias na Terra, enquanto Harmônia se esforçava para limpar a bagunça que eles deixavam. Tudo estava normal. Tudo estava bem.

Provoquei uma nuvem de vapor com minha respiração e olhei para a noite clara. Oríon estava bem acima, e, de repente, não consegui respirar. Eu sentira Oríon olhando para mim, e, mesmo me dando conta de como aquilo era ridículo, a estrela do meio do cinturão pareceu piscar para mim.

Estreitei os olhos. Uma onda de possibilidade aqueceu a ponta de meus dedos. Sempre me sentira um pouco culpada pelo que acontecera com Oríon, sabendo que de alguma forma Ártemis estava certa. Se não os tivesse atingido com minhas flechas áureas, jamais teriam ficado juntos, e ele não teria sofrido aquela morte horrível. Lancei um olhar em volta para me certificar de que estava sozinha mesmo. Além de Sandy e Leanna, não havia ninguém do lado de fora naquela noite gélida, e aqueles dois estavam bem ocupados. Para me divertir, ergui a mão para o céu, unindo os pulsos para aumentar o poder, e imaginei Oríon rindo como da última vez em que o tinha visto vivo, no banquete de Perséfone no Monte Olimpo. Ele fora um dos poucos mortais com permissão de comparecer, como um convidado de Ártemis.

— Oríon — sussurrei. — Venha para mim.

Seguiu-se a total ausência de som. Não apenas uma quietude, mas o mais absoluto silêncio. O mundo congelou. O crepitar dos galhos das árvores acima de mim cessou. O vento parou de soprar. O trânsito na rua principal da cidade, a três quarteirões de onde eu estava, foi interrompido. Então, uma força como eu jamais sentira antes vibrou em meus ossos, fazendo o sangue ferver nas veias e queimando a pele. Um tiro de eletricidade branca e quente saiu subitamente de minhas mãos e subiu para o céu noturno. Fui lançada para trás, caí no chão e bati a cabeça na calçada. Demorou um tempo para a visão voltar ao normal, mas, quando voltou, não consegui acreditar em meus olhos.

Um corpo. O corpo dormente e sem vida de um homem. Caindo em direção à Terra.

Levantei com um salto, mas não havia nada que eu pudesse fazer. Em um segundo ele caiu aos meus pés, e a não ser pelo fato de continuar com os olhos fechados e de estar inerte, não parecia pior por causa da queda. Estava exatamente com a mesma roupa que usava no dia em que morrera, milhares de anos antes. Peitoral de prata, capa vermelha, calça e sandália de couro. A única mudança era a pequena cicatriz branca na cabeça, onde outrora estivera a ferida aberta que lhe tirara a vida.

— Oríon — sussurrei.

Caí de joelhos. Aquilo não era possível. Eu era uma deusa inferior. Não devia ter poder para fazer uma coisa daquelas. Estendi a mão para tocar o ombro sem vida. A pele estava quente. Meus olhos se ergueram, e lá estavam as estrelas que formavam a constelação de Oríon, brilhando no céu de inverno. Ainda piscando para mim como se soubessem de algo que eu não sabia.

De repente, o mundo voltou à vida. O vento atingiu meu rosto. O trânsito voltou a fluir. Em algum lugar uma porta de tela bateu. E eu estava ajoelhada em um estacionamento ao lado de um corpo.

Olhei em volta, desesperada. Como uma deusa inferior, eu não tinha poder para voltar sozinha ao Monte Olimpo. Minha mãe me convocaria de volta à meia-noite, e eu apareceria em seus aposentos para apresentar o relatório do dia. Por ora, eu não era uma deusa. Era um ser humano vivendo no mundo real, que tinha consequências muito reais para um assassinato.

Eu tinha de esconder o corpo. Pelo menos até que Afrodite me chamasse de volta.

Enfiei a mão por baixo do braço dele. A cabeça pendeu para a frente, e ele gemeu.

— Oríon?

Larguei o peso do corpo, surpresa, e a cabeça bateu no chão.

— Ai! — Ele fez uma careta, erguendo o braço até a cabeça.

— Você está vivo? — perguntei, sentando-me ao lado dele, tão surpresa que esqueci como o chão estaria frio.

— É claro que estou vivo, sua idiota — retorquiu ele. — Você fez isso.

— Você me viu? — perguntei.

Oríon se sentou, girando a cabeça de um lado para o outro e piscando algumas vezes.

— Vejo tudo — contou ele. — Por 2964 anos, vi tudo.

— Uau! — exclamei. — Isso é muita coisa para digerir.

Ele me olhou então, e nossos olhares se cruzaram pela primeira vez. Eu estava atônita com o tom de azul. Eram exatamente da cor do mar Egeu ao entardecer.

— Oi — disse ele, com um breve sorriso.

— Olá — respondi, meio sem ar.

Um motor acelerou. Faróis piscaram. Freios cantaram. Cobri o rosto com as mãos, e o carro parou a uma pequena distância.

— Que droga vocês estão fazendo aí, sentados no meio do estacionamento? — gritou o motorista pela janela.

Puxei Oríon para que se levantasse, e cambaleamos para fora do caminho, indo parar embaixo de um velho olmo.

— Essa foi por pouco — sussurrei.

— O que faremos agora? — perguntou Oríon.

Olhei para baixo. Estávamos de mãos dadas. Repentinamente me perguntei quem mais poderia estar nos vendo. Afrodite? Zeus? Ártemis?

Queridos deuses, permitam que ela e seu terrível irmão não estejam vendo isso. Inúmeras vezes nos últimos dois mil anos, eles tinham tentado fazer o que eu fizera apenas unindo os punhos. Dizer que ficariam enfurecidos era pouco. Perguntar se estavam em busca de vingança, uma bobagem. No instante que aqueles dois descobrissem que Oríon estava vivo e bem, viriam atrás dele, acabando com quem estivesse em seu caminho. Ou seja, eu.

Novamente senti os dedos de Ártemis afundando em meu pescoço, senti a vida sendo arrancada de mim. Fora o momento mais assustador de toda a minha existência. Eu não poderia lhe dar motivos para terminar o trabalho.

— Temos de encontrar um lugar para você ficar. Um lugar onde ninguém possa encontrá-lo — disse eu para Oríon. — Pelo menos até eu entender o que está acontecendo aqui.

— Ei! Se liga!

Dois skatistas passaram por mim na calçada, e me dei conta de que estava andando às cegas pelos últimos cinco minutos enquanto sonhava acordada. Por sorte, seguira exatamente para meu destino, a Goddess Cupcakes, onde a vitrine brilhava, as mesas estavam cheias de clientes e uma sineta soava alegremente sempre que alguém entrava ou saía da loja.

Dei um passo para a frente em direção à porta, e um garoto bonito, grande e de cabelo negro, usando jeans e uma camisa de flanela, segurou-a para eu passar.

— Pode entrar primeiro — ofereceu ele com um sorriso.

Abri um sorriso também. O dia começava a melhorar.

CAPÍTULO 25

True

— Perguntas?

Sorri para Dominic Cerlone, o gerente e padeiro-chefe da Goddess Cupcakes, e o primeiro ser humano que reconheci em Lake Cbarmody. Eu fui a responsável pela união dele e da esposa quando ainda estavam no ensino médio no Brooklyn, Nova York, e o casal estava junto desde então. Não havia nada melhor para me animar que ver o progresso de meu trabalho e saber que namorados da adolescência ainda conseguiam ficar juntos, principalmente considerando que aquele era o nicho em que eu me concentrava no momento.

Era quinta-feira à tarde: meu quarto dia na Terra e meu primeiro dia como funcionária da Goddess Cupcakes, para a qual eu havia sido contratada depois da breve entrevista do dia anterior. Dominic fizera um tour geral da loja, incluindo a impressionante cozinha, que emanava um cheiro doce de cupcakes assando, a grande despensa, um pequeno banheiro e uma sala de descanso para os empregados, assim como o latão de lixo nos fundos. Ele discorreu sobre os 22 sabores de cupcakes que a loja oferecia atualmente, além dos cinco especiais do dia, e explicou suas teorias sobre café.

— Fazemos o básico — dissera ele. — Você quer algo sem gordura, meio descafeinado, espuma extra? Vá para uma Starbucks.

Eu lembrava de ter gostado dele anos antes.

Atrás do balcão, a registradora apitou e a gaveta abriu com um pancada. A menina bonita de óculos que trabalhava ali, Tasha, deu o troco para uma mulher grande, carregando uma sacola cheia de caixas de cupcakes.

— Tudo bem. Quando recebo o pagamento? — perguntei.

Dominic caiu na gargalhada.

— Toda sexta-feira. Mas não vai receber nesta sexta, porque só terá trabalhado um turno, então será incluído no seu pagamento da próxima semana. Tudo bem?

Meu coração afundou no peito. Darnell ficara bastante irritado naquela manhã quando eu dissera que não teria como pagá-lo ainda, e eu sabia que o atraso de uma semana não o deixaria nada satisfeito. Mas o que eu podia fazer? Não podia ignorá-lo ou correria o risco de ser expulsa da escola, e, se isso acontecesse, nunca conseguiria concluir a missão. Eu tinha de ganhar dinheiro e estava grata por Dominic me dar uma chance, mesmo sem nenhuma experiência anterior (a não ser anos incontáveis de despertar o amor entre humanos inocentes, incluindo ele mesmo). Eu sabia que não devia reclamar.

— Tudo — respondi, alisando a frente do meu avental branco, no qual havia o desenho do logotipo da loja: um cupcake com cobertura cor-de-rosa, usando um vestido no estilo de toga grega em vez da forminha convencional para os bolinhos, havia também estrelas prateadas decorando a cobertura e um halo dourado sobre a ponta rosada. Parecia mais um anjo do que uma deusa, mas entendi o conceito. — O que devo fazer agora?

— Hoje você é a responsável por levar as coisas para a cozinha. — Ele foi para trás do balcão e saiu com um cesto cor-de-

-rosa retangular. — Circule pela loja e retire pratos e copos vazios, guardanapos usados e coisas desse tipo. Se ainda houver comida no prato, certifique-se de perguntar se pode retirar, certo?

— Sim. Pode deixar comigo — respondi, enquanto ele voltava para a cozinha. — Muito obrigada!

Com um suspiro, eu me virei para a área do restaurante que estava lotada. Em menos de uma semana, tinha ido de ficar de bobeira em uma nuvem com Harmônia e nossos amigos para recolher lixo. Eu teria de aprender a manter o temperamento sob controle a partir de agora, mesmo assim sentia a frustração crescer dentro de mim. Eu ficaria presa ali por quatro horas, o que significava ficar quatro horas afastada de minha missão. Quatro horas de areia escorrendo pela ampulheta. Quatro horas mais perto do fim de Oríon.

Tentando não pensar nos muitos motivos para sair correndo dali, caminhei até a mesa mais próxima. Duas garotas com um uniforme de colégio particular conversavam tomando café e com dois pratos vazios de cupcake.

— Então ele terminou tudo com ela — disse uma garota para a outra, olhando para o celular para verificar as mensagens enquanto eu tirava o prato. — Juro que vocês dois vão acabar voltando.

— Acha mesmo? — perguntou a outra menina, esperançosa. — Será que devo ligar para ele?

— Não. Claro que não. Deixe que ele ligue para você. Tem de agir como se estivesse indiferente.

Joguei os pratos no cesto e fui até a próxima mesa. Um cara com a jaqueta da escola da Lake Carmody High estava inclinado para trás, com a cadeira apoiada apenas em dois pés, tomando refrigerante de canudo casualmente, enquanto a menina em frente a ele fungava.

— Mas ainda vamos juntos ao baile da escola, né? — perguntou ela, chorosa.

Ele ergueu um ombro.

— Sei lá. Talvez. Tenho de manter as opções em aberto.

Fiz cara feia e peguei o prato dele, no qual ainda havia metade de um cupcake e joguei no cesto. Babaca.

No canto, um grupo de garotas conversava ao tomar café.

— Você deveria convidá-lo para sair!

— Não mesmo! Eu não conseguiria.

— Juro. Ele é tímido demais.

— Ela está certa, Becks. Ele nunca vai conseguir fazer isso.

Parei atrás da mesa delas, sentindo uma sensação leve e etérea no peito. Lentamente sorri. Quando entrei na Goddess Cupcakes no dia anterior, praticamente implorando por um emprego, não tinha me dado conta da sorte que eu estava tendo, mas agora resolvi tirar um momento para realmente avaliar o lugar. Grupos de alunos de meia dúzia de escolas diferentes lotavam a loja. As garotas da escola particular com seus uniformes marrons e cinza. Vários meninos da Lake Carmody High com suas jaquetas azuis e brancas. No canto, dois garotos de moletom verde e amarelo conversando com animadoras de torcida usando uniformes preto e vermelho. E havia dezenas mais sem qualquer indicação de onde estudavam e que poderiam ser de qualquer lugar.

A Goddess Cupcakes era o sonho de uma casamenteira.

A sineta sobre a porta soou, e Darla entrou com duas amigas — não havia sinal da maldosa Verônica. Ela ria até que me viu, e o rosto ficou sério.

— Ah — disse ela, com a bolsa pendurada no ombro. — Oi.

— Olá.

Eu a observei atentamente enquanto ela ia até uma mesa vazia perto da janela e se acomodava ali com as amigas, olhando para o menu exposto atrás do balcão. Um pensamento pequenino parecia estar se enraizando em minha mente, que depois começou a crescer e tomar forma. No dia anterior durante o almoço, Darla tinha flertado com Charlie. E ele não tinha tentado sair fora. Ela não era a pessoa mais legal que eu já tinha conhecido, mas também não era a pior, e era bem melhor que a venenosa Verônica. Além disso, o próprio Charlie dissera: ele queria fazer amigos naquela escola. Que melhor maneira de se aproximar das pessoas que ter uma namorada da galera popular da qual ele claramente queria fazer parte?

Caminhei até a mesa de Darla.

— Oi — disse eu. — Será que posso falar com você?

Ela lançou um olhar para as amigas, que pareciam chocadas e envergonhadas com minha presença.

— Sobre o quê? — perguntou ela, passando a mão na frente do suéter de casimira.

— Sobre Charlie.

Os olhos se arregalaram um pouco. Ela estava intrigada.

— Já volto — falou ela às amigas.

Eu a levei até o canto mais próximo.

— Você está a fim dele?

Ela comprimiu os lábios.

— Por que acha isso?

— Você estava flertando com ele ontem no almoço — respondi. — Então, está a fim dele ou só estava entediada? Porque eu o conheço bem se quiser algumas dicas.

Darla me lançou um olhar como se eu fosse louca.

— E por que você me ajudaria? Nós não somos amigas.

— Tenho meus motivos — retorqui, pensando na ampulheta, na expressão do rosto de Oríon quando fui arrancada dele.

Darla balançava o joelho enquanto pensava.

— Tudo bem — respondeu ela, por fim. — O que preciso saber?

Eu sorri. Na mosca. Se fizesse tudo certinho, Charlie e Darla seriam um casal antes do final da semana, e ele nem saberia que eu tinha tido alguma coisa a ver com aquilo.

CAPÍTULO 26

Charlie

— O primeiro grande projeto deste ano irá ensiná-los a ser adultos — explicou o Sr. Chin, andando de um lado para o outro na aula de economia de sexta-feira à tarde. — Pelo menos este é o objetivo.

Lá fora, chovia à beça. O treino de *cross-country* com certeza seria cancelado, mas eu estava certo de que o jogo de futebol aconteceria aquela noite, com ou sem chuva. Será que Darla ainda apareceria por lá com um tempo daqueles? E, o mais importante, será que realmente queria que eu me sentasse ao lado dela, ou será que só estava com pena do aluno novo?

Segurei a caneta bem no meio e comecei a balançá-la, batucando rapidamente na mesa. Atrás de mim, na fileira à esquerda, estava Katrina, escrevendo em um caderno preto, como se sua vida dependesse daquilo. Ela nem tinha olhado para minha cara aquele dia, mas eu não conseguia parar de observá-la. Pelo menos True não viera atrás de mim com alguma outra armação louca de namoro. Talvez tivesse desistido. Depois do modo como falei com ela no outro dia, eu não podia culpá-la.

— Hoje vocês vão responder a um questionário para me ajudar a decidir qual carreira de mentira usaremos nesta aula — continuou o Sr. Chin, caminhando por entre as fileiras e entregando para cada um de nós um conjunto de folhas grampeadas. — Na segunda-feira, vou informar o emprego de cada um e os respectivos salários. Então na terça-feira faremos um teste de compatibilidade, e na quarta-feira terão uma dupla para que possam passar um semestre inteiro casados e felizes.

Meu coração parou por alguns momentos enquanto todos à volta resmungavam. Fingiríamos ser casados com alguém? Olhei por sobre o ombro. Katrina ainda escrevia.

— Com seu parceiro, vocês vão procurar nos classificados um apartamento para morar, farão uma lista das despesas mensais a partir da qual montarão um orçamento, terão cheques de trabalho e, em outubro, darão as boas-vindas a uma linda boneca.

O Sr. Chin ergueu uma boneca gasta do tamanho de um recém-nascido e exibiu para a turma. Mais lamentações.

Do nada, eu não conseguia parar de sorrir. Casados e felizes. Apartamentos, orçamentos, cheques, bebês. Seja lá quem for minha parceira, passarei muito tempo com ela durante o semestre. Olhei para o questionário de carreira, com o coração disparado, e comecei a responder. E se eu e Katrina acabássemos juntos? Então ela *teria* de olhar para mim.

Antes que eu me desse conta, o sinal tocou e entreguei o questionário ao professor. Katrina saiu na minha frente. Eu ia abrir a boca para dizer oi quando de repente Darla se materializou diante de mim. Ela tinha cheiro de morangos e parecia que estava indo para uma boate, e não para a aula de ginástica.

— Charlie! Preciso muito falar com você!

Atrás dela, Katrina desapareceu no meio dos alunos.

— E aí? — falei, apoiando um ombro na parede.

— Sabe, eu estava pensando... Sobre o jogo dessa noite...

E lá vinha. Ia dizer educadamente que não queria que eu me sentasse com ela. Não que eu me importasse. De verdade. Quem ia querer sentar nas arquibancadas e ficar encharcado enquanto assistia a um bando de cabeças de vento lutar por uma bola? Cerrei os dentes e disse para mim mesmo para levar um fora como um homem.

— Não quero sentar do lado de fora debaixo dessa tempestade. Você quer? — perguntou ela.

Olhei pela janela. Um raio cortou o céu.

— Não parece muito seguro — respondi.

Ela riu, e meu rosto ficou quente.

— Exatamente! Então estava pensando se... talvez você não estivesse a fim de ir ao Moe's Diner? Eles servem a melhor torta da cidade. Você não faz ideia.

Eu pisquei. Será que escutei direito?

— E quanto a suas amigas?

— Ah, vão ao jogo de qualquer maneira — comentou ela, acenando com a mão. — Mas posso contar um segredo? — Darla se inclinou bem perto, e me obriguei a desviar o olhar do decote dela para a janela. — Eu meio que odeio futebol.

— Eu também!

O sorriso de Darla se abriu.

— Então nosso encontro está marcado, né?

Sorri também.

— Com certeza.

— Legal. Pego seu número com Josh e passo uma mensagem com as informações — concluiu ela, virando-se e fazendo com que a saia girasse ao redor. — Tchau, Charlie.

— Tchau — respondi, meio confuso, enquanto erguia a mão.

Olhei em volta do corredor cheio de gente, esperando por alguma piada. Será que uma das garotas mais gatas da escola realmente acabara de me chamar para sair?

Eu estava começando a acreditar aquele este lugar realmente era diferente.

CAPÍTULO 27

Katrina

Não sou.
Nada sou.
Nada sou para você.

Olhei para a chuva sob a marquise em frente à biblioteca na sexta-feira à tarde, agarrando os livros. Meu turno acabara fazia meia hora, e minha mãe deveria me pegar para me levar à consulta anual com o médico. Estava no calendário. Mesmo ela estando totalmente desligada nos últimos tempos, jamais tinha esquecido uma coisa marcada no calendário. Mas estava claro que nem mesmo o calendário importava mais. Logo esqueceria completamente que eu existia.

Verifiquei o telefone. Trinta e cinco minutos de atraso. Imaginei-me saindo na chuva e caminhando para casa, mas debaixo daquele aguaceiro, eu ficaria completamente encharcada em cinco segundos, e os livros ficariam destruídos. Olhei para o rosto de Ty na tela principal do telefone. Não falava com ele desde quarta-feira, mas para quem mais poderia ligar? Raine não tinha carro, e as coisas haviam ficado estranhas entre nós desde que ela meio que virara as costas para mim durante a briga com Ty. Cheguei atrasada de propósito nas duas manhãs seguintes para evitar o ritual do banheiro e passei o horário de almoço na biblioteca, comendo com Zadie enquanto ela lia romances e eu preparava a apresentação para a aula de inglês de segunda-feira. Além de sentar ao lado de Raine nas duas aulas que tínhamos juntas, eu não a vira mais.

Trinta e sete minutos de atraso. Respirei fundo e pressionei o nome de Ty. Ele atendeu no primeiro toque.

— Oi — disse ele friamente. — Pensei que você nunca mais fosse falar comigo.

Meu coração estava disparado.

— Achei que *você* nunca mais fosse falar *comigo*.

Nós dois rimos.

— E aí? — perguntou ele.

— Estou meio que presa na biblioteca — falei, fazendo uma careta por ter de pedir um favor depois de dois dias de silêncio... — Será que você pode...

— Estou bem perto daí. Chego em cinco minutos.

Ele desligou. Suspirei e me apoiei na parede de cimento ao lado da porta automática. Pelo menos Ty não estava com raiva de mim. Ou pelo menos não estava com raiva a ponto de me deixar na mão. Mas eu ainda estava nervosa. Onde estava minha mãe? Será que realmente me esquecera ou será que acontecera alguma coisa pior?

Respirei fundo e disse para mim mesma para me acalmar. Só estava um pouco mais nervosa que de costume por causa do projeto de inglês. E por causa da briga com Ty. Mas a chuva parecia agourenta e cheia de maus presságios. Quais eram as chances dos meus dois pais morrerem em um acidente de carro no curso de um ano?

O carro de Ty parou na frente da biblioteca, e eu me afastei da parede. Naquele exato instante, minha mãe veio correndo pela esquina do prédio, encolhida embaixo de um guarda-chuva.

— Katrina! Aí está você! Achei que íamos nos encontrar no consultório médico!

Ty saiu correndo do carro, segurando a jaqueta jeans sobre a cabeça. Minha garganta fechou quando minha mãe o viu.

— Sra. Ramos — disse ele. — A senhora por aqui!

— Não precisa parecer tão chocado — retorquiu ela. — Katrina ainda é minha filha.

— O calendário dizia para você me pegar aqui — respondi em voz baixa. — Eu não conseguiria chegar no consultório na hora marcada se fosse andando.

— Não. Estava escrito "Katrina, médico, 17 horas". Fiquei sentada por meia hora, esperando preocupada. Por que não me ligou? — questionou ela, os olhos piscando.

Porque morro de medo de ligar para você, pensei, começando a tremer. *Porque você sempre grita comigo quando ligo.*

— Eu...

— Ah, já vi tudo. Prefere ligar para ele! — acusou minha mãe, apontando a mão em direção a Ty, sem sequer olhar para ele. — Prefere chamar seu cavaleiro andante para vir resgatá-la.

Meus dedos se fecharam. Não acreditava que ela estava gritando comigo. De novo. Eu não tinha feito nada de errado. Quase nunca fazia nada de errado, e ela sempre, sempre gritava comigo.

— *Acabei* de ligar para ele, não faz nem cinco minutos — informei. — Porque você não apareceu!

— Não use esse tom comigo, mocinha! — esbravejou minha mãe. — Isso não é culpa minha.

— Katrina, talvez a gente deva ir embora — interveio Ty.

Dei um passo em direção a ele, percebendo que eu precisava fugir daquela discussão, pois sentia que estava prestes a explodir.

— O que o faz pensar que ela vai com você? — perguntou minha mãe.

— Talvez o fato de ela se sentir bem-vinda em minha casa — respondeu Ty com sarcasmo.

O rosto de minha mãe ficou branco, depois roxo.

— Como se atreve? Minha filha é sempre bem-vinda em nossa casa. Não é minha culpa se ela escolhe não ficar lá.

Inacreditável. *Não é minha culpa.* Nada nunca era culpa dela.

— Então a culpa é de quem? — devolvi, enquanto a chuva escorria pelo cabelo, nariz e cílios.

— O quê? — arfou minha mãe.

— De quem é a culpa, mãe? — perguntei, tremendo da cabeça aos pés. — Pelo menos sei que Ty me ama. Não posso dizer o mesmo de você.

— Katrina! — exclamou ela.

Mas já era tarde demais. Eu já tinha agarrado a mão de Ty, a mesma mão que apertara meu braço com muita força na quarta-feira, e nós seguimos para o carro.

— Katrina! Acho bom você não entrar nesse carro! — berrou minha mãe na chuva. — Volte aqui agora mesmo!

Ty abriu a porta para mim, e eu entrei. Assim que a porta se fechou, não consegui mais ver minha mãe. Não passava de um borrão de casaco, distorcido pelas gotas de chuva. Ty entrou, e tentei impedir que meus lábios tremessem.

— Uau. Isso foi intenso — disse ele.

— Podemos ir agora, por favor? — pedi com a voz falhando.

Ty olhou para mim, parecendo quase sem ar.

— Venha morar comigo.

Meu queixo caiu.

— O quê?

— Que se dane ela. Venha morar comigo. Até libero uma das prateleiras para seus livros.

Eu ri enquanto uma lágrima escorria por meu rosto. Sabia que tínhamos de conversar sobre o que acontecera na escola na quarta-feira, e de alguma forma eu encontraria uma maneira de falar sobre aquilo. Mas não naquele momento. Agora ele estava sendo mais romântico do que jamais fora na vida inteira.

— É sério? — perguntei. — Os meninos não vão se importar?

— Quem se importa? — disse ele. — Pago a maior parte do aluguel mesmo. Eles vão ter de aceitar.

Eu me inclinei para ele e o beijei.

— Obrigada — agradeci. — Eu aceito.

— Bem. Vamos então pegar alguma coisa para comer. — Ele passou a marcha no carro, e partimos. — Porque hoje foi o dia do pagamento e, depois do que aconteceu ali, minha garota merece um filé.

Respirei fundo. A última coisa que eu queria no momento era comer, e filé era a comida da qual menos gostava. Mas sabia o quanto ele curtia e não estava a fim de discutir. Tudo que eu queria era fingir que os últimos cinco minutos nunca haviam acontecido.

CAPÍTULO 28
Charlie

A linha de chegada estava bem à frente, com meus pais ali perto. Quando meu pai me viu, ficou boquiaberto. Assim como eu. Será que eu realmente ia vencer a competição? Como isso era possível?

Atrás de mim, ouvia os passos. O chão ainda estava molhado da chuva do dia anterior, e minhas pernas ficaram cobertas de lama. As costas da camiseta azul da Lake Carmody High estava encharcada de suor. Meus pulmões queimavam com o esforço. A linha de chegada estava a 1,50 metro de distância, 1 metro. Meio metro. Enfim a cruzei.

Uma pequena multidão começou a aplaudir. Eu me inclinei para a frente, apoiando as mãos nos joelhos, enquanto Brian e os outros membros da equipe me alcançavam.

— Cara! Você é bem rápido! — ofegou Brian. — Chegamos em primeiro, segundo e terceiro!

Bati nas mãos dele e na do outro corredor de nossa escola, Carlos. Um garoto grande e de cabelo escuro se aproximou com uma câmera na mão.

— Sorria para o livro do ano! — pediu ele, batendo nossa foto quando nos juntamos em um abraço. Então, do nada, Darla se jogou em meus braços. Fiquei tão surpreso que quase caí no chão, levando-a comigo. Por sorte, Brian estava lá para me ajudar.

— Você ganhou! — exclamou ela, dando pulinhos. Vestia uma minissaia azul e preta, uma camisa branca decotada e um casaco azul bem justo. Metade dos caras das outras equipes a olhavam enquanto pegavam água. — Acredita que ganhou?

— Não, na verdade não — respondi, enquanto meus pais se juntavam a nós.

— Grande corrida, Charlie! — exclamou meu pai, batendo em minhas costas. Ele viera direto do jogo de futebol da St. Joe e ainda estava com as cores de lá. Assim como minha mãe, sempre a esposa fiel. Ao vir me abraçar, notei que ela usava um cachecol verde e amarelo no pescoço, e o cabelo castanho estava preso em um rabo de cavalo frouxo.

— Você foi incrível! — exclamou ela, soltando-me rápido e olhando para a mão. — Grudento, mas incrível! — brincou.

Fiquei supervermelho e olhei para o chão, evitando encarar Darla.

— Valeu, mãe!

— Sinto muito! Seus irmãos é que costumam ser os suados e sujos da família — disse ela. — Ainda estou tentando me acostumar com a ideia de que você agora é um atleta.

Ótimo. Aquilo estava cada vez melhor.

— Não vai nos apresentar a sua amiga? — perguntou meu pai.

— Ah, desculpe. Esta é Darla Shayne. Darla, esses são meus pais.

— Prazer em conhecê-los, Sr. e Sra. Cox — derreteu-se Darla.

— O prazer é nosso — respondeu minha mãe, lançando um olhar perspicaz para as roupas de Darla. — Você é a garota com quem Charlie saiu ontem à noite?

— Culpada — falou Darla, rindo.

Eu sorri quando nossos olhos se encontraram. Tínhamos ido ao Moe's e pedido doze tipos diferentes de torta para que eu pudesse provar cada uma delas, e Darla já conhecia quase todas. Ela brincou que tinha me levado lá por puro egoísmo. Parece que Verônica nunca entrava lá porque "engordava só de respirar aquele ar". Foi bom perceber que Darla não imitava Verônica em tudo. E que gostava de comer.

— Obrigado — agradeceu meu pai. — Aquela torta de maçã que ele trouxe para casa estava uma delícia.

— Ah, bem, o Moe's é o melhor restaurante em North Jersey — declarou Darla. — Vocês acabariam descobrindo isso.

— Nós vamos levar Charlie para comer um café da manhã tardio ou almoço adiantado, como preferir, depois vamos comprar um casaco da equipe — disse minha mãe, passando os braços em volta dos ombros de Darla. — Por que não nos mostra como chegar nesse tal de Moe's?

— Eu adoraria! — respondeu Darla, lançando um olhar para mim. — Se Charlie concordar.

Eu sorri.

— Claro que sim.

De repente o treinador Ziegler apareceu diante de mim e de meu pai, com um grande sorriso estampado no rosto.

— Sua corrida foi excelente, Charlie — elogiou ele. — Completamente excelente. Ninguém da equipe conseguiu ganhar de Brian no ano passado.

— Isso é fantástico, filho — declarou meu pai, os olhos azuis arregalados.

— David Cox? É um prazer conhecer você — disse Ziegler, estendendo a mão. — Obrigado por não ter transformado seu filho aqui em um jogador de futebol. Nunca fiquei tão feliz de receber um aluno de transferência em nossa equipe.

— Parece que ele finalmente descobriu seu esporte — respondeu meu pai, apertando a mão do treinador.

— Com certeza descobriu — concordou Ziegler. — Tenham um bom dia. Vamos nos encontrar no ginásio antes das aulas na segunda-feira de manhã, para repassarmos a corrida com a equipe. Tudo bem, Charlie?

— Tranquilo — concordei.

— Ele parece realmente gostar de você — comentou meu pai, acompanhando-me até a arquibancada para pegar minhas coisas. Eu meio que estava doido para tomar um banho, mas minha mãe e Darla já estavam a caminho do estacionamento. Parecia que eu teria de colocar um boné e um moletom e ficar assim mesmo.

— Ele mal me conhece — afirmei, tentando tirar um pouco da lama da perna com a toalha que estava na mochila.

— É, mas agora você é um campeão — declarou meu pai, enfiando as mãos nos bolsos e ficando na ponta dos pés. — E todo mundo ama um campeão.

Eu sorri, mas algo na maneira como disse aquilo fez com que minhas entranhas revirassem. *Agora* você é um campeão.

— Então, me conte um pouco sobre Darla — pediu meu pai, estendendo a mão e apertando meu ombro enquanto eu me levantava. — E o que aconteceu com Stacey? Agora você anda quebrando corações também?

Foquei nos pés ao caminharmos, reparando nos tênis cobertos de lama. Com o estômago contraindo, eu me afastei de meu pai e disse:

— Sabe, pai? Acho que vou lá dentro tomar uma chuveirada.

— Mas sua mãe e Darla estão esperando.

— Não posso me sentar para comer assim — respondi, me distanciando. — Vai levar só cinco minutos.

Sem esperar por uma resposta, eu me virei e corri até o vestiário, senti as pernas trêmulas devido ao esforço. Eu não conseguia me afastar mais rápido de meu pai.

Que droga havia de errado comigo? A vida inteira eu buscara sua aprovação. E queria que ele não me enchesse por causa do futebol. Agora, lá estava eu, deixando-o orgulhoso. Além disso, tinha uma menina gata se jogando em cima de mim, e eu ia a uma festa naquela sexta-feira com a galera popular da escola. Pela primeira vez em minha existência nômade, tudo parecia se encaixar.

Mas tudo que eu queria era continuar correndo.

CAPÍTULO 29

Katrina

"Calcule o valor do cosseno do seguinte triângulo...", li em silêncio, mordendo o lápis. "Tudo bem, usando o teorema de Pitágoras, a resposta seria..."

Os números se embaralharam em minha frente, senti a parte de trás da cabeça ficar nebulosa e cinzenta. Eu estava exausta depois de uma noite sem dormir por causa do barulho de Ty e seus amigos conversando e jogando a última versão do jogo de futebol Madden no telão da sala. Trigonometria já não costumava fazer sentido para mim em um dia bom. Em um dia que eu não parava de bocejar, fazia menos ainda. Mas tinha de terminar. Precisava do máximo de tempo possível para me preparar para a palestra da aula de inglês no dia seguinte. Um pensamento que fez meu coração afundar tão rápido no peito que cheguei a ficar tonta.

Amanhã. Como eu conseguiria passar pelo dia de amanhã? Meu corpo foi sacudido por um grande bocejo, e eu mexi a cabeça. Como será que conseguiria permanecer acordada até a sexta aula?

Apoiei a cabeça nas mãos e fechei os olhos, ouvindo o barulho de uma furadeira na garagem. O tio de Ty, Gino, tinha sido muito legal ao permitir que eu estudasse em seu escritório enquanto Ty trabalhava, mas não era tão favorável para aquele cochilo rápido casual. Cruzei os braços e baixei a cabeça. Em dois segundos, comecei a sentir que apagava, e, na obscuridade entre a vigília e o sono, eu vi Charlie. Ele estava sentado embaixo de uma árvore, usando a jaqueta branca e azul do time da escola, rindo com Stacey Halliburn, Josh Moskowitz e Verônica Vail. Então True passou e eles gargalharam ainda mais alto.

Por que Charlie era amigo daquelas pessoas? Ele era tão legal. Tão normal. Por que foi sugado pela galera popular?

De repente o sonho mudou; agora Charlie e eu estávamos de volta à sala de música, um de frente para o outro. Só que, daquela vez, eu me inclinei e beijei a covinha dele. E, daquela vez, ele virou a cabeça e me beijou também.

Um barulho alto na oficina me deu um susto e ergui a cabeça. Piscando, olhei pela janela suja sobre a mesa, mas mal dava para ver do outro lado, graças a dezenas de tirinhas amareladas da *Non Sequitur* coladas no vidro. Gino Rivello, o gordinho careca que era dono da Oficina do Gino, gritou com Ty e seus dois colegas, falando um monte de palavrões que me deixaram vermelha de vergonha. Ele seguiu até o escritório, chutando uma lata de óleo contra a parede no caminho. Rapidamente sentei na cadeira velha e fingi estar concentrada.

Gino abriu a porta e congelou.

— Ah, Katrina. Sinto muito. Esqueci que estava aqui — comentou ele, colocando as mãos no quadril e olhando para o chão como se estivesse envergonhado. O cocuruto da cabeça brilhava sob as luzes fluorescentes. — Acho que não tem como você não ter ouvido o que eu disse, né?

Meu coração ainda estava disparado, mas sorri para ele:

— Ouvido o quê?

Ele riu e fechou a porta atrás de si. Seu macacão cinza estava manchado de graxa e salpicado de tinta. Ele pegou uma cerveja no frigobar ao lado e se sentou à outra mesa.

— Trigonometria, né? Sempre fui bom nisso — afirmou ele, girando a cadeira para me ver.

— Quer fazer para mim? — brinquei.

Rindo, perguntou:

— Não é sua praia?

— Não odeio — respondi com um suspiro. — Mas não é fácil e não prestei muita atenção em geometria no ano passado.

— Bem, você teve um ano difícil — disse ele de forma simples.

Meu coração doeu. Algumas vezes eu me esquecia de que cada alma viva em Lake Carmody sabia o que tinha acontecido com meu pai.

— Verdade. Mas o livro de trigonometria não se importa.

Gino deu um sorriso compreensivo. Ouvimos outro barulho, mais baixo dessa vez, vindo da garagem, e o mecânico fechou os olhos, respirando profundamente.

— Não tem um lugar mais silencioso onde você possa estudar?

Neguei com a cabeça.

— A biblioteca não abre aos domingos, e, de qualquer forma, vou almoçar com Ty, então...

De repente, o celular apitou e meu coração se sobressaltou. Eu não falara com minha mãe desde a discussão de sexta-feira. Aproveitei para passar em casa e pegar a maior parte de minhas coisas quando eu sabia que ela estava trabalhando. Deixei um bilhete informando que estava me mudando para a casa de Ty e fiquei esperando que ela ligasse, ou mandasse uma mensagem, ou aparecesse na porta dele, mas até agora nada. E a mensagem era de Raine:

ONDE VOCÊ ESTÁ? ESTAMOS INDO AO CINEMA!

Senti o corpo pesado. Parece que eu estava certa mesmo. Minha mãe não se importava.

ESTUDANDO. MAL. FALAMOS DEPOIS.

ARGH! *LOSER*!

Desliguei o celular e o enfiei na mochila.

— Más notícias? — perguntou Gino, observando meu rosto.

Balancei a cabeça e soltei um riso curto.

— Uma amiga não muito legal.

Não me dei conta de que realmente achava aquilo até dizer. Mas Raine nem tinha me ligado para saber por que eu não aparecera por dois dias nos encontros antes da escola. Nos breves instantes em que nos vimos nas aulas, ela não me perguntou o que tinha acontecido entre mim e Ty. Estava sempre tão ligada em si mesma, nas outras amigas e no que queria fazer que, às vezes, era como se nem se lembrasse de minha existência.

Você poderia ligar para ela e contar o que está acontecendo também, disse uma voz dentro de minha cabeça — uma voz que parecia com a do meu pai. E é claro que aquilo era verdade. O que levantava a questão... Por que eu não ligara?

Então a porta do escritório se abriu inesperadamente, batendo contra um armário de metal. Ty passou um trapo sujo na testa.

— Ei, Kat — disse ele.

— Já está pronto para ir? — perguntei, sentindo o estômago roncar.

Ele negou com a cabeça.

— Não vai dar. Tivemos um problema e vamos ter de trabalhar até tarde. Você se importa de ir até o Belissimo comprar uns sanduíches italianos pra mim e pros caras?

— Ah! — Tentei não parece decepcionada. — Claro. Deixe só eu terminar esse problema.

— Eles já estão quase famintos — disse Ty, entregando-me várias notas dobradas. — Será que pode ir logo, por favor?

— Tyler — falou o tio Gino em tom de aviso.

— O quê? — perguntou Ty, com expressão inocente. — Eu pedi por favor.

— Tudo bem — respondi para Gino, fechando o livro. — Vou lá. Estou com fome mesmo.

— Tem certeza? — questionou Gino, lançando um olhar severo para Ty.

— Sim. — Fiquei sensibilizada por ele se preocupar. A questão era que ele não sabia o quanto eu devia a Ty. Ele estava me dando um lugar para morar para que eu não tivesse de lidar com minha mãe. Além de pagar por metade de minhas refeições e me levar de carro para todos os lugares. Ir comprar comida para ele não era nada comparado ao que ele tinha feito por mim. Era o mínimo que eu podia fazer.

Parei ao lado de Ty enquanto saía e dei um beijo nele, tentando ignorar o rosto sujo.

— Volto em dez minutos.

Saí pela porta dos fundos e caminhei pela rua fria e sombria. Assim que cheguei ao sol, a lembrança do sonho que tive no escritório voltou a minha mente e senti a pele quente. Charlie. Pensar nele trouxe um sorriso ao meu rosto.

Pelo menos ele estaria lá na discussão que eu ia liderar sobre *Grandes esperanças*. Aquilo era bom. Ou seria se eu não fizesse papel de boba na frente dele. De novo.

Algo caiu dentro da garagem, e vi Ty me olhando. Poderia jurar que era como se ele soubesse que eu pensava em outro cara, por mais inocentes que fossem os pensamentos. Eu me escondi atrás do cabelo e subi o quarteirão andando rapidamente em direção ao Belíssimo.

CAPÍTULO 30

True

Dei uma mordida no cupcake de morango no domingo à tarde, e minhas papilas gustativas explodiram de alegria. Esse emprego tinha sido a melhor coisa que me aconteceu desde que cheguei à Terra. Não apenas me tirou de casa, afastando-me da autopiedade de minha mãe da qual eu não teria como fugir em outra situação, mas também me deixou cercada de casais em potencial em um dia que eu provavelmente não encontraria com ninguém se não estivesse ali. E hoje eu teria um turno completo, o que significava que até sexta-feira teria o dinheiro para comprar um celular sugador de almas novíssimo para Darnell. No entanto, o melhor de tudo eram os cupcakes. Eu estava no intervalo havia apenas dez minutos e já devorara quatro. Era a perfeição em forma de um bolinho.

Eu tinha de agradecer Katrina por me mandar até ali.

Dei outra mordida e, como se meus pensamentos a tivessem evocado, Katrina entrou na loja, carregando uma pesada sacola plástica com o logotipo de um restaurante italiano. Ela fez um pedido no balcão, virou-se e me viu. O tamanho de seu sorriso me surpreendeu.

— Oi — cumprimentei, quando ela se aproximou da mesa em que eu estava. — Você parece feliz.

— E estou mesmo. Adivinhe? Ty me chamou para morar com ele.

— Ah. — Mas não consegui demonstrar o mesmo nível de entusiasmo. — Sério?

— É. Eu já passava metade do tempo lá mesmo, então quase fez sentido — explicou Katrina.

— E sua mãe aceitou na boa? — perguntei, incerta.

O rosto dela ficou sério.

— Ela trabalha muito, então... Sim. Acho que será melhor para todo mundo. Assim ela pode ter o próprio espaço.

Mesmo sem poder ler almas, não acreditei naquela guinada positiva nem por um segundo, mas assenti de qualquer forma.

— OK. Que bom, então.

— Ramos? Seu pedido está pronto — disse meu colega de trabalho, um cara desengonçado chamado Torin.

— Vejo você na escola — falou Katrina, despedindo-se.

Ao vê-la partir, desejei poder fazer alguma coisa para que percebesse como ela e Ty não tinham sido feitos um para o outro. Mas eu tinha a sensação de que meu conselho não seria muito bem-vindo. Além disso, estava ali para unir casais, e não os separar. Terminei o cupcake de morango e estendi a mão para pegar o leite. Darla apareceu do lado de fora, na calçada, observando pela janela até me ver. Seu rosto se iluminou, e ela praticamente mergulhou pela porta.

Excelente. As pessoas estavam bem animadas por me ver aquele dia.

— Você está aqui! Que bom! — Ela puxou a cadeira em frente a minha e se sentou, usando calça de moletom da Lake Carmody High, chinelos prateados e um top branco minúsculo. — *Muito* obrigada por me ajudar a ficar com Charlie. Ele é uma graça!

Eu me empertiguei, sentindo meu humor melhorar de forma considerável. Será que eu finalmente conseguira? Será que finalmente tinha formado um casal de verdade?

— Sério?

— Sim — respondeu Darla, verificando algumas mensagens no telefone. — Tipo, ele totalmente caiu na história do "odeio futebol", então saímos na sexta-feira e ontem fui assistir à corrida e até conheci os pais dele. Você estava *tão* certa! Demonstrar interesse pelas coisas de que ele gosta, e *não* nas coisas de que *não* gosta, deu supercerto! E ele é *tão* fofo e educado e maduro. Juro que ele é *quase* perfeito. Mal posso esperar até que ele...

Eu pisquei.

— Peraí. Você disse *quase* perfeito?

Darla deu de ombros e enfiou o telefone na bolsa minúscula.

— Bem, é — confirmou ela, apoiando o cotovelo na mesa. — Quero dizer, ele poderia ser um pouco mais forte, e talvez não usar apenas roupas da Kmart. Além disso, será que realmente precisa carregar as baquetas para *todos* os lugares que vai? Tipo, até parece que uma bateria vai surgir do nada no meio do cinema e ele simplesmente vai ter de tocar.

Ela riu, e parecia que eu ia vomitar. Algo que jamais queria ter de fazer de novo.

— Não, não, não, não, não — desabafei, arrependida de ter comido aquele último cupcake. Muito arrependida mesmo. — Charlie é o máximo! É fofo, cavalheiro, artístico, atlético e inteligente. Ele é maravilhoso exatamente do jeito que é.

Darla revirou os olhos.

— Que seja. Mas, se quiser me levar ao baile da escola, vai ter de se esforçar mais. Tipo assim, acha que vou mesmo sair com um cara que está na banda? Claro que não. Verônica ia *morrer*.

Agarrei a mesa. Se tivesse de posse de minha força usual, eu a teria quebrado no meio e a atingido na cabeça com cada uma das partes.

— De qualquer forma, como foi superlegal comigo com esse lance do Charlie, acho que preciso contar uma coisa a você — confessou Darla, baixando a voz e se inclinando por sobre a mesa. O cabelo comprido e lustroso arrastou nas migalhas de meu primeiro cupcake, sabor tiramisu, e não a alertei. Foi um pequeno ato de vingança que fez com que eu me sentisse um pouco melhor. — Ou talvez fosse melhor mostrar para você.

Ela pegou o telefone, pressionou algumas teclas e o colocou diante de mim. Na tela, havia uma fotografia minha, tirada de lado sem eu saber. Parecia ser daquele primeiro dia de aula, quando estava com aquelas botas de cowboy dolorosas. O título no topo da página dizia: "True-bufu!"

Senti a pele queimar. Darla passou o dedo na tela, levando à foto seguinte. Aquela tinha sido tirada no dia que vomitei, quando eu estava com a jaqueta da banda por cima de um longo vestido transparente e uma calça jeans, e eu tinha quase certeza de que Verônica fotografara. Então apareci de macacão na quarta-feira, aquele colete xadrez que pinicava na quinta-feira e, por fim, a calça roxa com a camisa listrada que vesti na sexta-feira.

— Foi mal. Achei que você deveria saber — disse Darla, em tom solidário e estalando a língua.

— Quem anda tirando essas fotos? — demandei, furiosa. — Quem está postando isso?

— Sinceramente? Quem começou esse site o fez de forma que qualquer pessoa pode postar. Tipo, tem umas cem fotos suas do dia de fazendeira — esclareceu ela. — Além do vídeo de você batendo em Ty Donahue.

Algo quebrou dentro de mim. Estendi a mão para pegar o telefone, mas ela já o tinha enfiado na bolsa e a deixado embaixo da mesa. Darla era mais esperta que parecia. Se não tivesse sido rápida, o destino do aparelho seria bem semelhante ao de Darnell, e eu teria de trabalhar mais uma semana para pagar.

— A boa notícia é que posso ajudá-la — animou-se Darla, arregalando os olhos castanhos. — Sabe aquela loja no final da rua? A *My Favorite Things*? Bem, trabalho lá! E, se você for lá, tenho certeza de que consigo um desconto. — Sua visão desceu para a camisa cinza de botão e o avental. — Vendemos até sutiãs!

Cruzei os braços sobre o peito e descruzei rapidamente, incomodada por ter me sentido envergonhada. Eu era uma deusa, pelo amor de Zeus! Não havia humana na Terra capaz de se igualar a minha beleza. A não ser minha mãe, é claro. E quanto a sutiãs e roupas íntimas, aquelas coisas eram arcaicas. O corpo humano não fora criado para ser tão comprimido.

Reparei nas pessoas da loja e, pela primeira vez, vi que várias olhavam para os celulares e depois para mim. Dois garotos de jaqueta verde cobriram a boca com a mão ao começarem a rir. Uma menina com milhões de trancinhas me lançou um olhar tão enojado que parecia estar vendo um porco no chiqueiro. Eu me levantei, jogando a cadeira para trás com tanta força que o enfeite de cupcake atrás de mim chegou a balançar.

— Seus ogros do mal — gritei.

Todos na loja riram.

Eu poderia acabar com cada um de vocês, pensei com os punhos cerrados como pedras. *Quando conseguir recuperar meus poderes, vou acabar com cada um de vocês.*

Por ora, não havia nada que pudesse fazer. Dei meia-volta e entrei na cozinha, passei pelos fornos e segui até a sala dos fundos, batendo a porta atrás de mim.

Pelo menos eu achava que tinha batido. Não me lembrava de ter tocado nela, mas provavelmente se tratava de amnésia raivosa.

— Você está bem? — perguntou Dominic, abrindo uma fresta da porta e enfiando a cabeça. Tinha farinha no nariz e uma mancha de cobertura vermelha no avental.

— Estou OK — disse eu, andando de um lado para o outro, tentando controlar a raiva.

— Isso é o que ganho por contratar adolescentes — bufou ele. — Olhe, preciso que volte à loja em cinco minutos. Vou pedir para Torin treiná-la para ficar no caixa.

— Ótimo! — explodi. — Fantástico. Já estou indo.

Ele meneou a cabeça e fechou a porta atrás de si. Lancei um olhar fulminante, desejando poder estar em qualquer lugar menos ali. Aquele dia não podia ficar pior. Katrina estava indo morar com Ty, eu era a piada da escola, além de Darla e Charlie claramente não serem compatíveis.

Sentei-me no sofá que ficava encostado em uma parede revestida de madeira e apoiei a cabeça nas mãos. Isso era um pesadelo. Parecia óbvio que eu era incapaz de formar um casal sem meus poderes. Quanto mais três. Nunca ia conseguir fazer as coisas direito. Nunca.

Oríon estava perdido.

CAPÍTULO 31

True

O sol estava baixando sobre os telhados e pináculos do centro de Lake Carmody enquanto eu voltava do trabalho para casa, caminhando com os olhos no chão. O pôr do sol costumava ser meu momento preferido na Terra. Um instante em que as cores não eram tão fortes, os sons pareciam mais suaves, os amigos se encontravam e as famílias se reuniam depois de um longo dia separados. Era o horário em que a maioria dos primeiros beijos acontecia. Naquele dia, porém, não estava nem aí. No momento, eu odiava a Terra e tudo que tinha nela.

Os alunos da escola estavam me sacaneando. A mim. Eros. O mito. A lenda. A deusa do amor. Nunca mais ninguém ia querer ser meu amigo. Ninguém ia querer ser visto conversando comigo. Darla, eu abençoava seu coraçãozinho fraco, tinha corrido um grande risco ao se sentar comigo hoje, mas quem poderia saber se faria isso de novo a não ser que eu fosse até a loja em que ela trabalhava para comprar algumas roupas íntimas. Não que eu tivesse dinheiro para isso.

Se ninguém queria falar comigo, o mundo inferior congelaria antes que eu conseguisse formar algum casal. Como se isso importasse. Eu vinha conversando com Charlie desde que chegara ali, e tudo que conseguira foram três candidatas inadequadas.

Respirei fundo e ergui os olhos. De alguma forma, eu chegara até a esquina de uma praça perto do centro da cidade. Um casal de uns 20 e poucos anos estava sentado em um banco próximo, tomando milk-shakes. Senti vontade de atravessar o peito deles com uma lança.

Por que Charlie não podia ter aquilo? Ele era tão legal. Tão bonito e talentoso e maduro. Devia existir alguém que poderia amá-lo como era, e não como poderia se tornar depois de alguns retoques. Por que tinha de ser tão difícil?

Virei as costas para o casal e caminhei pela alameda até o centro do parque. Jamais, em toda a minha existência, me sentira tão derrotada. Nem mesmo quando fora banida, quando Oríon fora arrancado de mim, eu não tinha sentido tamanho desespero, porque sabia que encontraria um jeito de voltar para ele. Eu sabia que podia e que iria concluir a tarefa imposta. Mas, agora, meu coração parecia pesado e doente. Eu estava falhando. A cada grão de areia que caía na ampulheta, eu falhava. Como já acontecera antes...

— Ele está sofrendo — choraminguei com Harmônia, ajoelhando-me ao lado de minha janela para a Terra. — Ele está sofrendo, e a culpa é toda minha.

Harmônia colocou a mão em meu ombro enquanto observávamos Oríon, que estava deitado em um catre estreito em uma cabana com poucos móveis. Estava encolhido como uma criança amedrontada, chorando e se revirando no sono. Eu tive tempo apenas de encontrar um lugar para ele antes de Afrodite me chamar de volta da Terra. Minha inveja dos deuses superiores e seus poderes sempre ardera dentro de mim — uma chama pequena e irritante nas entranhas —, mas agora ela dominava tudo. Eu tinha de voltar para Oríon, mas como uma deusa inferior, não tinha como fazer aquilo sem a ajuda de um dos antigos.

— *Será que não tem nada que você possa fazer?* — *perguntei para Harmônia.*

— *Fiz o melhor que consegui, mas não posso controlar os sonhos dele* — *explicou ela, girando os dedos diante de si.* — *Ele viu destruição e miséria sem fim, sofrimento e dor... Você devia ter esperado por isso.*

— *Eu não esperava nada!* — *reclamei, descontando injustamente nela toda a minha frustração.* — *Eu nem realmente queria trazê-lo para a Terra. Não de verdade. Só estava brincando. Jamais achei que fosse funcionar.*

Oríon emitiu um lamento gutural, e Harmônia e eu unimos as mãos quando ele se virou no colchão, as unhas cravadas nos lençóis. Eu estava feliz por ter confiado isso a ela, meu maior segredo. Não havia maneira de eu ter lidado com as consequências de minhas ações sozinha, e eu sabia que minha irmã era leal a mim acima de tudo, assim como eu era a ela. Não importava o que acontecesse, tínhamos certeza de que podíamos confiar uma na outra.

— *Ele não está preparado para lidar com as atrocidades que testemunhou como nós estamos* — *disse Harmônia.* — *Os mortais não conseguem processar essas coisas do mesmo modo que nós. Se Ártemis soubesse o que ela fez com ele...*

— *Nunca pode descobrir* — *disse eu, apertando sua mão.* — *Prometa para mim.*

— *Claro* — *respondeu ela.* — *Nenhum bem resultaria disso. Até eu sei.*

Oríon gritou tão alto que rasgou meu coração.

— *Você tem de ir até lá* — *declarou Harmônia, ofegante.*

— *Não posso. Já tentei. Não faz ideia de quantas vezes tentei* — *sussurrei.*

Um vento quente e duro passou por nossos cabelos e ombros, e minha mãe apareceu do outro lado da janela. Meu coração parou de bater.

— Então tente de novo — *disse Afrodite com voz calma.*

Harmônia e eu trocamos um olhar assustado.

— O quê? — *perguntei.* — Você tem noção do que fiz?

— Sim — *respondeu minha mãe, com uma tranquilidade misteriosa.* — Parece que desenvolveu novos poderes, Eros.

Levantei-me enquanto Afrodite caminhava pela beirada da janela com a toga branca voando atrás de si.

— Eu não... Como você...?

— Achou que eu não estava de olho em você? Achou que eu não notaria o que você fez? — *indagou ela.*

Ela estava calma. Calma demais. Uma raiva indiscutível aparecia em sua voz.

— Você não deveria ter esse tipo de poder — *declarou Afrodite, lançando-me um olhar de desdém e poder.* — Como conseguiu, Eros? Fez algum tipo de trato com Zeus? Porque os tratos com Zeus sempre têm consequências.

— Não! — *exclamei, enquanto Oríon emitia outro lamento de cortar o coração.* — Eu não...

— Então, quem? Por favor, diga que não foi Hera — *pediu ela com sarcasmo.*

Os sentimentos de minha mãe em relação a Hera eram bem conhecidos, embora ela sempre conseguisse disfarçá-los quando estávamos na corte. Com muito esforço.

— Não! Mãe, não fiz qualquer acordo. Fiquei chocada por ter funcionado — *contei.* — Sério. Não entendo como aconteceu.

Minha mãe me analisou por um longo tempo, e, por fim, suas feições se suavizaram. Suspirei de alívio. Ela deve ter visto que eu dizia a verdade.

— Bem, então vamos ver o que mais pode fazer.

Ela deu um passo para o lado, abrindo caminho até a janela. Olhei para Oríon sem saber bem o que fazer.

— Como assim?

— Vá até ele — respondeu ela.

Harmônia ergueu os ombros.

— Ela já tentou.

— Creio que o bastante — declarou minha mãe com um sorriso astuto nos lábios. — No que pensava quando o trouxe de volta à Terra?

— Não pensava em nada — respondi. — Foi só por diversão. Eu estava brincando.

— Então, relaxe. — Minha mãe tocou meus ombros e me levou até a beirada da janela. As mãos estavam quentes, e me senti mais calma de repente. Como se nada estivesse errado. Como se tudo fosse possível. — Não pense em nada a não ser no que você quer.

Olhei para ela por sobre o ombro, perguntando-me se aquilo podia ser algum tipo de truque. Será que estava tentando me causar problemas? Todo mundo sabia que os deuses e deusas inferiores não tinham autorização para ir e vir ao bel-prazer. Se algum deus superior me pegasse, seria levada diretamente até Zeus para receber um castigo. Ele poderia me banir para o Monte Etna, ou pior, tirar meus poderes.

— Não se preocupe — disse ela. — Vou proteger vocês dois com meu manto. Ninguém ficará sabendo.

— O quê? — perguntei. — Por que faria isso por mim?

— Por curiosidade? — sugeriu ela, com os olhos brilhando, travessos. — Vamos ver do que é capaz, minha filha.

Ela deu um passo para trás e fez um gesto com a cabeça. Na hora, fui banhada por uma fria nuvem cor-de-rosa. Olhei para Harmônia. Sua testa estava enrugada de preocupação enquanto olhava sem foco para o ponto onde eu estava. O manto parecia funcionar.

— Estarei aqui — disse minha irmã, sem me enxergar.

Eu sabia o que ela queria dizer. Ficaria de olho em nossa mãe e se certificaria de que Afrodite não me trairia.

Respirei fundo e me concentrei em Oríon, com os braços parados ao lado do corpo, exatamente como eu vira os deuses superiores fazer antes de seguirem para a Terra. Oríon soltou um grito angustiado.

— Oríon — sussurrei, cerrando os dentes. — Quero ir até Oríon.

Nada aconteceu.

— Não está funcionando! — falei, olhando para minha mãe.

— Relaxe — orientou ela. — Relaxe o corpo, a mente e a alma. Pense apenas no lugar que quer estar.

Respirei fundo. Senti os músculos relaxarem. Tentei aquietar os pensamentos. Abri os punhos, descontraí o maxilar, soltei os cotovelos e os joelhos. Fechei os olhos e me vi à cabeceira da cama de Oríon.

— Oríon — sussurrei.

De repente senti meu cabelo se afastar dos ombros. A pele pinicou, e, com um sopro de calor, explodi em milhões de pedacinhos. Gritei, antecipando a dor, mas nunca veio. A sensação parecia ser de cócegas agradáveis por todo o corpo. Então, subitamente também, fiquei inteira de novo. Percebi o chão sólido sob os pés, e o cheiro de madeira atingiu minhas narinas. Abri os olhos. Oríon estava diante de mim.

— Funcionou — suspirei, voltando-me para os céus. — Mãe, deu certo!

Imaginei Afrodite me observando e rindo de minha reação, mas a alegria durou apenas um instante. Oríon agarrou o travesseiro, berrando. Caí de joelhos e estendi a mão para ele. A pele ardia, e o corpo estava coberto de suor.

— Oríon, acorde — chamei com voz gentil, pousando a mão em seu rosto. — Acorde. Está tudo bem. Tudo vai ficar bem. Você está seguro.

Com um salto, a mão de Oríon agarrou meu pulso. Ele se sentou e se virou, torcendo meu braço como se estivesse apertando os parafusos em alguma vítima de tortura. Os olhos pareciam os de um louco.

— Oríon, por favor, pare — pedi com calma, resistindo ao instinto divino de me defender, mesmo com os dedos formigando, prontos para acabar com ele. — Sou eu. Eros. Você está vivo, e está tudo bem.

— Eros? — arfou ele, olhando para os próprios dedos como se estivesse surpreso e me soltando. Oríon se virou, jogou as pernas para cima da cama e apoiou a cabeça na mão. — Eu estava tendo esse sonho... Um sonho terrível e violento.

Havia uma pequena cozinha nos fundos da cabana. Fui até a pia e molhei uma toalha, então a pressionei contra sua testa. Ele ergueu a mão e tocou a minha, segurando-a contra si como se temesse soltá-la.

— Quer conversar sobre isso? Quer me contar sobre o sonho? — perguntei.

Oríon negou com a cabeça.

— Não quero nem pensar nele.

Ajoelhei ao lado da cama, pensando na teoria de Harmônia que Oríon estaria sendo assombrado por todos os crimes, guerras e genocídios cometidos na Terra que ele testemunhara.

— Estou aqui agora — disse eu. — E vou ajudá-lo.

— Como? — perguntou ele com a respiração entrecortada. — Como vai me ajudar?

— Ainda não sei — confessei. — Mas vou ficar ao seu lado pelo tempo que for preciso.

O crocito de dois corvos me trouxe de volta à Terra, e me vi no meio do parque, aos pés de uma estátua de mármore — um tributo aos heróis de guerra que partiram havia muito tempo. Sentei-me em um dos degraus e suspirei, desejando que os pesadelos de Oríon fossem ainda meu maior problema. Espalhados pelo gramado sombreado, havia grupos de amigos e casais, reunidos em toalhas de piquenique ou sentados nos bancos próximos ao monumento. Duas meninas que eu me lembrava vagamente da escola estavam sentadas, fumando e folheando uma revista. Quando as vi, fui tomada pelo pensamento patético de como seria bom ter uma amiga.

Eu precisava de ajuda, mas não podia contar para ninguém quem eu era e por que estava ali. E Afrodite já deixara bem claro que não tinha o menor interesse em me ajudar. Não ultimamente. A mulher nem mesmo comia a não ser que eu a servisse em uma bandeja, e se a ouvisse dizer que a culpa era minha de estarmos aqui mais uma vez...

O que eu não daria para falar com Harmônia naquele exato momento. Mesmo que apenas por um minuto. Ela sempre sabia o melhor conselho para dar. Sempre.

Um vento frio de outono jogou meu cabelo para trás, e um pedaço de papel voou na minha direção; uma propaganda de tortas de dez dólares de um lugar chamado Pizza City. Ele ficou aberto contra a estrutura da estátua atrás de mim, e, ao olhar para o folheto, senti uma pequena centelha de reconhecimento dentro de mim. Entendi de repente.

— É claro! — Fiquei de pé subitamente. — O centro da cidade!

Harmônia me levara até ali. Eu tinha certeza. Ali era o local onde seus poderes ficavam mais fortes, o epicentro de uma cidade ou região, o lugar onde as pessoas costumavam se encontrar. Rapidamente remexi a mochila em busca de um bloco e uma caneta que eu pegara no escritório da loja mais cedo para escrever um bilhete para minha irmã.

Harmônia,

Preciso muito de seus conselhos. Trabalhar sem meus poderes tem sido quase impossível. Como faço para me conectar com essas pessoas quando elas não têm o menor interesse em conversar comigo? Por favor, mande ajuda se puder e notícias de Oríon.

Com amor de sua irmã,

Eros

Arranquei a folha do bloco. Agora precisava queimá-la para que os ventos levassem a mensagem.

— Oi! Será que vocês têm um fósforo ou um isqueiro para me emprestar? — pedi às fumantes.

Elas ergueram os olhos da revista, e uma delas empalideceu.

— Oi, vomitadora!

Meu estômago revirou. Certo. Por isso as reconheci. Estavam no banheiro na manhã em que vomitei. Quando Katrina me salvara. Eram amigas dela. Ou não, considerando que nenhuma delas a ajudara na briga com Ty no outro dia. Aquela menina parecia ter dificuldade de perceber a verdadeira personalidade das pessoas que a cercavam.

— Vomitadora, fazendeira. Que outro apelido incrivelmente original está rolando por aí? — perguntei.

A garota de cabelo laranja riu.

— Darnell chama você de puta-psicótica.

— Ah, isso mesmo. Acho que esse é o melhor de todos. — Estendi a mão. — Então, você tem um isqueiro?

— Claro. — A garota com cílios enormes deu de ombros e me emprestou um isqueiro preto.

— Obrigada.

Voltei para o monumento, segurei o bilhete contra o mármore e acendi a ponta. Uma chama incomumente alta se ergueu, queimando o papel rapidamente. Eu o segurei ali o máximo que consegui sem queimar os dedos, então deixei o resto cair e virar cinzas.

Com o cheiro de fumaça ainda pairando no ar, fechei os olhos e fiz uma oração.

— Por favor, Harmônia me responda — sussurrei. — Aguardarei pacientemente por sua resposta.

Depois devolvi o isqueiro para as duas meninas confusas e voltei para casa.

CAPÍTULO 32

True

Aguardar pacientemente não era meu forte. Fiquei sentada na janela a maior parte da noite, do lado daquela ampulheta terrível, que já parecia ter chegado à metade e parecia correr ainda mais rápido a cada dia que passava. Eu não sabia bem que forma teria a mensagem de Harmônia, então mantive os olhos no céu até que eles finalmente se fecharam e minha cabeça bateu na mesa. Com força. Sem querer correr o risco de me machucar, fui para a cama e apaguei, ainda vestindo a camisa cinza e a calça marrom que usara para trabalhar. Ao amanhecer sem ter tido notícias de Harmônia, percebi que não conseguia levantar a cabeça do travesseiro. Do lado de fora, os carros passavam. Ouvi o barulho do ônibus escolar chegando e freando. Alguém riu. Um cachorro latiu. Dois terços da parte inferior da ampulheta já estavam preenchidos. Virei o rosto no algodão macio e gemi.

Eu não estava na Terra, mas, sim, no inferno.

Quando a campainha tocou, levei um susto tão grande que quase caí da cama. Agarrei os lençóis, esperando que minha mãe levantasse o lindo traseiro da cama para atender, mas ela soou de novo. Gritei de frustração, sabendo que Afrodite podia ouvir, e me arrastei escada abaixo. Ao abrir a porta, deparei-me com um cara ridiculamente lindo, a pele como chocolate, sentado em uma cadeira de rodas cromada, que me encarava alegremente com os olhos castanho-escuros. Ele carregava uma bolsa de lona no colo e uma outra presa no braço da cadeira. Um pacote grande embrulhado em papel pardo estava enfiado no bolso da cadeira e era mantido no devido lugar por uma outra bolsa de lona.

— Oi, E! — cumprimentou ele, girando a roda da cadeira para entrar e quase acertando meus pés com meias pretas. — Ouvi dizer que você está tendo algum tipo de colapso, então resolvi vir até aqui para acabar com seu sofrimento.

— Não me lembro de tê-lo convidado a entrar — retorqui, ainda parada na porta.

— Fala sério! É assim que trata os velhos amigos? — perguntou ele.

Franzi as sobrancelhas.

— Desculpe, mas quem é você?

— Não está me reconhecendo? — Ele abriu os braços, e a jaqueta de couro marrom, revelando uma caveira meio doida estampada na camiseta preta que vestia por baixo. Ele usava luvas vermelhas, braceletes pretos e as unhas pintadas de azul cobalto.
— Estou ofendido.

Ouvi um rangido no alto das escadas, e nós dois olhamos para cima. Minha mãe desceu alguns degraus, usando uma camisola de flanela, o cabelo louro emaranhando com um milhão de nós. Pela expressão surpresa no rosto, ficou claro que ela reconhecia nosso visitante.

— Em nome do Monte Olimpo, mulher! — exclamou o garoto. — Mas o que fez com você mesma?

— Hefesto? — perguntou ela. — O que está fazendo aqui?

— Harmônia me mandou para ajudá-las a resolverem essa merda. — Ele riu. — Imagine minha surpresa quando ela me contou que entre Eros e Afrodite, vocês não conseguiam nem ganhar um salário decente.

— Hefesto! — exclamei, quando o reconheci por fim. Eu não via aquele deus havia séculos, mas, se minha memória não falhava, quando foi banido do Monte Olimpo, estava choroso, meio enlouquecido e bem menos atraente. Na verdade, tinha sido jogado para fora do Monte Olimpo tantas vezes que as pernas acabaram sofrendo danos permanentes, então sempre que voltava tinha de usar um par de muletas que ele mesmo fizera. Isso provavelmente explicava o porquê da cadeira de rodas aqui na Terra. Ele era um artesão maravilhoso, que sempre trabalhava com fogo e metais. Nas últimas vezes que o vi, a pele estava sempre coberta de fuligem, cheirando a enxofre e ferro derretido. Agora ele tinha cheiro de couro e algo temperado, e parecia não chorar em décadas. — Você está tão diferente.

Ele ergueu os ombros.

— Fiquei mais forte e criei um estilo para mim. — Hefesto puxou a lapela da jaqueta, bem satisfeito consigo mesmo. — Diferente de vocês duas — comentou ele, franzindo o nariz.

— Você mantém contato com Harmônia? — Quis saber minha mãe, descendo o restantes dos degraus. — Como?

Ele adentrou a sala, com a expressão defensiva.

— Encontramos um modo — respondeu Hefesto de forma vaga, optando sagazmente por não confiar em nós. — A questão é que ela sabe que já estou aqui há tempo suficiente para entender como funcionam as coisas. — Ele virou a cadeira, fitando-nos. — Então podem me considerar o novo professor de vocês.

— Em que matéria? — perguntei, desconfiada.

— Introdução à vida na Terra — respondeu ele. O olhar perspicaz passou de uma para outra: minha mãe em sua camisola até os tornozelos, com os botões desencontrados, além do cabelo que parecia um ninho de rato, e eu com a roupa de trabalho suja de cobertura de bolo, a camisa cinza larga e as calças que não me serviam direito. — E a lição número um será prática. Troquem de roupas, senhoras. Nós vamos às compras.

— Mas não temos dinheiro — informei.

Hefesto enfiou a mão no bolso lateral da cadeira, puxou um bolo de notas que daria para comprar uns cem dos telefones aprovados por Darnell, e sorriu.

— Deixem isso comigo.

CAPÍTULO 33

Katrina

Você não está cansada. Está bem. Você está bem, e suas anotações fazem total sentido.

Olhei para as anotações diante de mim na tarde de segunda-feira, o momento que eu mais temia finalmente chegara. A Sra. Roberge arrumara uma tribuna para que eu me colocasse atrás, o que fazia com que me sentisse menos exposta, mas também dava um ar mais oficial à apresentação. Como se eu tivesse de dizer alguma coisa que realmente importasse. Ao observar os alunos chegando, todos pareciam mais acordados que de costume. Mais interessados. Era como se estivessem animados de me ver mandando mal.

Cara e Stacey estavam uma do lado da outra. Stacey debochou quando passaram por mim, mas Cara parou e disse meio sem graça:

— Boa sorte.

Tentei sorrir.

— Valeu.

— Eu teria morrido se tivesse de ser a primeira — acrescentou ela, mordendo os lábios.

De repente, senti uma vontade louca de fazer xixi, mesmo tendo ido logo antes da aula.

— Está pronta, Katrina? — perguntou a Sra. Roberge, sentando-se na primeira fileira enquanto o sinal tocava. Os ombros largos pareciam diminuir todos que estavam ao seu lado.

Olhei para as carteiras que costumavam ser ocupadas por Charlie e True, mas estavam vazias. Os únicos que eram mais ou menos meus amigos naquela aula, e ambos tinham me abandonado no momento de maior necessidade. Senti um aperto no peito. Cada vez que eu respirava, a sensação se espalhava, subindo pela garganta e me sufocando, então voltava para o coração fazendo com que batesse ainda mais forte.

Não. Não estou pronta, pensei. *Nunca estarei pronta.*

Então a porta se abriu, e Charlie entrou, usando uma jaqueta da escola novinha, as mangas de couro branco tão claras que chegavam a cegar. Quando se sentou e me deu um sorriso, ele estava igualzinho ao sonho que eu tivera na tarde anterior. OK, talvez tivesse sido melhor se ele não tivesse aparecido, porque agora eu sentia vontade de vomitar.

— Hã... Acho que sim — respondi.

— Que bom — concordou a Sra. Roberge. — Pode começar.

Limpei a garganta. As páginas impressas na minha frente ficaram embaçadas.

— *Grandes esperanças,* capítulo um — falei.

— Será que poderia falar um pouco mais alto? — pediu Stacey. — Não estou ouvindo bem.

Meu coração apertou, e segurei nas laterais da tribuna. Olhei para as páginas.

— Foi mal. Claro. Capítulo um. — O som alto de minha voz parecia um grito aos ouvidos. — No capítulo um, somos apresentados a Pip, que nunca conheceu o pai nem a mãe.

— Porque o pai dele morreu, né? — perguntou Stacey em voz alta.

— Stacey! — exclamou Cara, baixinho.

Eu congelei. Ergui os olhos, encarando-a. Como podia dizer uma coisa assim? *Por que* diria isso?

— Srta. Halliburn! Isso foi inapropriado — disse a Sra. Roberge, zangada. Ela se virou no assento e ajeitou a gola do casaco azul.

— Pode prosseguir, Srta. Ramos. E não haverá mais interrupções até a abertura para perguntas ao final da aula.

Tentei respirar, mas senti que ofegava. Meu olhos ardiam, parecendo embaçados, e o rosto estava quente. Eu não ia conseguir. Tiraria zero e teria de voltar para a turma regular. Pelo menos Raine ficaria feliz por ter alguém de quem colar de novo.

Respire, mi hija, escutei meu pai sussurrar pra mim. *Respire.*

Mas de alguma forma a voz dele tornou as coisas ainda piores.

— Srta. Ramos? — chamou a Sra. Roberge, delicadamente.

Agarrei a tribuna. Eu me vi juntando as notas e caminhando até a porta. Senti os pés começarem a virar, então houve um barulho alto. Alguém tinha batido na carteira como se estivesse batendo na porta. Todo mundo olhou em volta, querendo saber de onde viera o som. Olhei para Charlie, que me lançou um olhar. Um olhar travesso. E quando a turma se voltou para mim de novo, ele ergueu o caderno. Estava escrito em caneta preta:

TUDO QUE PRECISA FAZER É FALAR POR 40 MINUTOS.

Ele virou a página.

NINGUÉM NESTA AULA É MAIS INTELIGENTE QUE VOCÊ.

Eu fiquei vermelha. Charlie virou a página de novo.

ALÉM DISSO, TODO MUNDO AQUI ESTÁ PELADO.

Ri pelo nariz, cobrindo-o com a mão.

— Quando quiser, Srta. Ramos — estimulou a Sra. Roberge, com um suspiro. Tive a nítida sensação de que ela questionava a própria inteligência por ter permitido que os alunos dessem aula. Olhei para Stacey, imaginando não só que estava pelada, mas também que tinha o corpo coberto de bolhas horrendas. De alguma forma, aquilo me acalmou e o aperto no peito melhorou. Um pouco.

— No capítulo um de *Grandes esperanças,* somos apresentados a Pip, que nunca conheceu seus pais — repeti. — Este é o aspecto mais determinante do personagem e será importante em cada decisão que ele vai tomar desde a primeira página.

A Sra. Roberge abriu um sorriso. Charlie ergueu os dois polegares para mim. O relógio atrás seguia com seu tique-taque. Quarenta minutos. Talvez, apenas talvez, eu conseguisse passar por isso. Talvez desse até tudo certo.

CAPÍTULO 34

Charlie

Não tive a chance de conversar com Katrina depois da aula de inglês, pois ela foi direto para o banheiro e chegou à aula de economia depois do sinal tocar. Eu já estava ao lado de Darla, e Katrina olhou para o chão quando passou entre nós, indo sentar no fundo da sala. Esperava que estivesse bem e que não ficasse preocupada com a apresentação porque, como escrevi no último bilhete mais para o final da aula, ela foi demais.

— Então, sabe aquela calça jeans da qual falei ontem? — comentou Darla, passando um catálogo quadrado para minha mesa. Na capa, tinha um cara de calça jeans, sentado em uma pedra na praia, olhando para o horizonte. — Veja a página dez. Acho que Ramones tem tudo a ver com você.

— Sentem-se, por favor — gritou o Sr. Chin da frente da sala. Ele pegou uma pilha de papéis da pasta e a ergueu. — Tenho aqui suas carreiras!

Distraído, passei as páginas do catálogo. Todos os caras ali estavam seminus. Era tipo uma pornografia leve. Eu o enfiei na mochila quando o Sr. Chin chegou à minha mesa.

— Charlie! Parabéns, você é um professor de música! — Ele colocou duas páginas grampeadas sobre a mesa enquanto algumas pessoas em volta riam. Parecia que ensinar música não era uma carreira muito cobiçada. Mas o salário era de $52 mil por ano. Nada mau.

— Katrina, seu teste indicou você como uma autora, então lhe dei o benefício da dúvida e a transformei em uma autora best-seller. Parabéns, tem o segundo salário mais alto da turma.

O rosto de Katrina se iluminou. Ela era tão linda que meu coração chegava a doer.

— E quem é que ganha mais? — Quis saber Verônica.

— É Darla — anunciou o Sr. Chin. — Ela é CEO de uma grande corporação internacional de moda!

Darla deu um gritinho e bateu palmas.

— Nova York, aqui vou eu. Quero ver as opções dos apartamentos de cobertura, Sr. Chin.

— Não tão rápido, Darla — interrompeu ele, balançando o indicador. — Até mesmo alguém com seu salário tem de fazer um orçamento sólido e viver dentro das possibilidades. Esse será o assunto da aula de hoje.

Após distribuir o restante das carreiras, foi até o quadro. Vi que havia uma folha sobrando, e percebi que True não aparecera. Eu me perguntei qual seria a carreira dela. Casamenteira? Esperava que não.

Vendo a carteira vazia, me dei conta de que eu meio que queria que ela estivesse ali. Mesmo que tenha errado completamente com Stacey e Marion, estava curioso para saber o que ela acharia de Darla e eu como um casal. Eu nunca tinha me interessado por uma garota como ela antes, mas depois de passar uma semana com Darla, eu até que conseguia nos ver juntos. Ela falava muito sobre Verônica, mas isso fazia sentido, considerando que eram melhores amigas. Além disso, gostava de música, era inteligente e ria de minhas piadas. Também era bonita, meus pais gostavam dela e Darla era amiga dos meus amigos. Ou pelo menos das pessoas que pareciam que seriam meus amigos. Fazia sentido ficar com ela.

Ainda assim, eu tinha vontade de saber o que outra pessoa acharia disso por alguma razão. Alguém que realmente tivesse uma opinião. Não era como se eu pudesse conversar com meu pai, que já tinha aceitado cem por cento que estávamos juntos. Ou com meus irmãos, que pareciam ocupados demais para se importar. Ou com Josh, que provavelmente me mandaria calar a boca e parar de pensar como uma menina. De repente me dei conta de que True era minha única amiga ali. A única pessoa daquela cidade com quem eu podia conversar.

E da última vez que eu a vira, tinha gritado com ela, pedindo que me deixasse em paz.

— Não se preocupe com seu empreguinho — sussurrou Darla, em tom de brincadeira. Ela ergueu a folha para me mostrar o salário. — Pode deixar que cuido de você.

Eu ri, mas senti as entranhas revirarem, porque mesmo que Darla fizesse sentido no papel, o que eu queria era estar sentado ao lado de Katrina.

CAPÍTULO 35

True

— Não acredito que a calça jeans não me serviu — resmunguei, enquanto colocava um vestido cinza-claro pela cabeça.

— É o que acontece quando você come doze cupcakes por dia — explicou Hefesto. Alguém em uma cabine próxima deu uma gargalhada.

— Então está me dizendo que não posso beber *nem* comer? — retorqui, enfiando os braços pelas mangas. Em casa eu poderia ter comido mais de cinquenta cupcakes por dia, além de um porco assado, um tonel de batatas e quinze morangos mergulhados no chocolate, nem um milímetro de meu corpo teria mudado. — Odeio este lugar.

Hefesto riu.

— Vamos ver o vestido. De qualquer forma, tem mais a ver com você.

Olhei para o espelho. Ele estava certo. O tecido de algodão caía até um pouco abaixo do joelho e era cinturado, as mangas um pouco afofadas, e a gola emoldurava meu rosto. Balancei o cabelo recém-hidratado — Hefesto me levara a um salão que fizera maravilhas — e sorri.

— Vai me mostrar ou não? — perguntou ele.

Abri a porta da cabine e saí. Hefesto lançou um olhar admirado:

— Acrescente um cinto de couro, e acho que vai funcionar.

— É bem mais confortável que tudo que usei aqui — comentei, virando-me de um lado para o outro na frente dos espelhos de três ângulos. — Eu não fazia ideia de como as roupas terrenas podiam ser apertadas.

Hefesto arregalou os olhos para mim. Eu podia praticamente sentir a mulher na cabine ao lado ouvindo. Revirei os olhos e peguei um suéter da mesa dos itens descartados. Era vermelho — minha cor favorita, junto do branco — com o tecido trançado e a gola alta.

— O que acha? — perguntei, colocando-o na frente do corpo.

— Vai ficar ótimo com a calça cargo cáqui — respondeu ele, chegando a cadeira um pouco para trás quando outra cliente saiu da cabine com a calça jeans dobrada no braço. Eu não conseguia acreditar que ela ficara lá mais tempo que nós e só tinha encontrado aquela peça. Ser humano realmente era uma verdadeira provação. — Pegue tudo da pilha do sim e vamos encontrar sua mãe. Tenho certeza de que deve estar aterrorizando alguma garota inocente da Gap.

No instante que chegamos ao shopping, Hefesto mandou Afrodite tentar encontrar um emprego, orientando-a a dizer para todo mundo que ela era uma mãe solteira, recém-divorciada, que nunca trabalhara fora, mas que agora se via em uma situação em que precisava de uma renda. Ela ficou tão distraída com uma vitrine da YSL que eu tinha quase certeza de que não ouvira uma palavra. Hefesto estava certo. Tínhamos de encontrá-la logo, ou quem poderia imaginar a encrenca na qual entraria? Hera provavelmente convidara as deusas superiores para uma festa só para assistirem a minha mãe em busca de um emprego. Eu as imaginei comendo uvas juntas e jogando a cabeça para trás rindo à custa de minha mãe.

Um frio horrível e aterrorizante me percorreu a espinha diante de tal pensamento.

— Hefesto! E se Zeus estiver assistindo a nós agorinha mesmo? Não vai ficar muito feliz de descobrir que você está nos ajudando — sibilei.

— Não se preocupe — respondeu ele. — Ninguém lá em cima presta muita atenção em mim faz séculos. Além disso...

— Mas estão prestando atenção em mim — retorqui, enquanto vestia de novo a calça de moletom e o casaco de zíper com capuz, a roupa que Hefesto tinha aprovado antes de sairmos de casa. — E se eles...

— *Além disso* — continuou Hefesto —, Harmônia disse que arrumou um jeito de mascarar minhas ações. Se estiverem observando neste exato instante, tudo que verão é você fazendo compras sozinha.

Abri a porta da cabine.

— Como? Harmônia não tem esse tipo de poder.

— Sei lá, mas, se ela disse que descobriu um jeito, temos de confiar.

Ele se afastou, colocando um ponto final naquela conversa. Infelizmente continuei pensando naquilo. Será que os poderes de Harmônia estavam aumentando como os meus? Ou será que ela pedira ajuda a algum deus superior? Com certeza, não ao meu pai. Hera? Harmônia mantinha uma relação especial com a rainha, apesar da rivalidade que esta tinha com nossa mãe. Mas minha irmã sabia que não devia confiar na esposa de Zeus com algo tão importante assim. Certo?

— Não fique pensando nisso — disse Hefesto sobre o ombro. — Vai ficar tudo bem.

— É fácil para você dizer isso. O amor de sua vida não está em risco — resmunguei.

Fomos até o caixa. Meus braços estavam cheios de calças confortáveis, mas com estilo, saias e vestidos esvoaçantes, suéteres coloridos e algumas camisetas básicas. Percebi que calças jeans apertavam demais, e prometi a mim mesma que jamais pediria que Oríon as usasse de novo. Se eu o visse outra vez. Ao colocarmos tudo no balcão para a mulher registrar, Hefesto pegou algumas notas e começou a contar.

— Como conseguiu todo esse dinheiro? — perguntei.

— Já trabalho há muito tempo — respondeu ele, lançando um olhar de aviso em direção à mulher no caixa.

— Fazendo o quê? — questionei, passando os dedos em um bracelete que estava exposto no caixa. Eu o coloquei no braço e admirei o modo como captava a luz.

— Trabalho com carros — explicou Hefesto. — Pegando carros quebrados e trazendo-os de volta à vida. É minha especialidade.

— Parece certo — respondi, colocando mais uma pulseira no braço. Lá em casa, Hefesto tinha sido um dos deuses mais artísticos que eu conhecera, sem contar Apolo. Ele conseguia fazer qualquer coisa com metal, e tudo que criava tinha uma beleza única, sem paralelo com nada já feito pelo homem. Certa vez moldara uma xícara intrincada para Harmônia que parecia tão delicada quanto cristal, mas era tão forte quanto aço. Ela a mantinha na cabeceira até então.

— Consegui um emprego novo ontem quando cheguei à cidade. Na Oficina do Gino, sabe? — Ele ergueu a sobrancelha como se eu devesse conhecer tal estabelecimento. Dei de ombros. — Gino é um cara legal — contou ele, olhando para os números que apareciam na tela da registradora. — Mas os empregados são um bando de idiotas.

A mulher atrás do balcão riu. Hefesto deu um sorriso conquistador, e ela corou.

— De qualquer forma, acho que vou à escola com você amanhã para ver qual é e tentar ajudá-la a virar esse jogo.

— Muito obrigada, Hefesto. Nem posso começar a dizer como sou grata por você estar aqui comigo. Sério, estou começando a achar que não faço a menor ideia do que estou fazendo.

— Será que você acabou de dizer algo humilde? — provocou ele.

— Este lugar me fez mudar — admiti, colocando um terceiro bracelete no pulso. — Achei que eu estivesse preparada para o desafio, mas... — suspirei, meu coração batendo, nervoso. Havia algo que eu queria perguntar, mas temia muito a resposta. Reuni toda a coragem e falei: — Harmônia falou com você? Sobre Oríon?

O olhar de provocação de Hefesto morreu na hora.

— São $755,98 — anunciou a mulher, enquanto começava a colocar as roupas novas nas sacolas de papel.

Hefesto pegou várias notas do bolo, deslizando-as pelo balcão. A vendedora conferiu e rapidamente as colocou na registradora.

— Hefesto? — insisti. — O que ela disse?

Ele fez um sinal para que eu me aproximasse mais.

— Está vivo. Confinado, mas vivo — sussurrou ele no meu ouvido, provocando calafrios em mim. — Zeus, porém, não está muito satisfeito com a falta de progresso, e você já sabe como ele é quando está frustrado.

Apertei o maxilar e empertiguei-me. Sabia exatamente como Zeus era quando estava frustrado. Ele descarregava em cima de qualquer ser que aparecesse na sua frente. Começando, eu tinha certeza, com Oríon. Eu sentia tanta saudade dele. Não conseguia suportar saber que ele estava sujeito aos caprichos de Zeus, não depois de tudo por que passara...

Eu me sentei à cabeceira de Oríon, o sono apenas era interrompido por alguns movimentos bruscos ocasionais. Eu já estava com ele havia quatro semanas, e Oríon começava a melhorar aos poucos. Quando acordou, os olhos azuis se prenderam aos meus, e ele sorriu.

— Já fiz o chá — avisei, levantando da cadeira.

Eu tinha tornado os aposentos mais aconchegantes nas últimas duas semanas, trazendo cobertores quentinhos e tapetes grossos, uma grade trabalhada para a lareira, além de uma pintura de um barco baleeiro do século passado, que eu já pegara Oríon contemplando diversas vezes quando ele achava que eu estava ocupada, cozinhando ou assando alguma coisa. Sim, praticamente me tornara uma dona de casa, mas o papel combinava comigo, pelo menos naquele momento. Não era algo que conseguisse me imaginar fazendo para sempre, mas para ele, naquele instante, eu estava adorando.

— *Você sabe que não precisa mais fazer isso* — disse ele, enquanto eu servia o chá da marca Earl Grey. — *Tenho certeza de que deve ter coisas bem mais importantes... para fazer.*

Hesitei, uma sensação desagradável e desconhecida descendo pela barriga. Será que aquela era sua maneira de dizer que não me queria mais ali?

— *Tais como?* — perguntei com um sorriso.

— *Tais como formar casais para os céus, brandir aquelas flechas áureas lendárias* — sugeriu ele, balançando as pernas ao lado da cama enquanto pegava a xícara fumegante. — *Assegurando a perpetuação do amor verdadeiro?*

Por algum motivo, meu coração parou de bater ao ouvir as duas últimas palavras.

— O mundo está indo muito bem sem mim — garanti. — Quando voltar ao Monte Olimpo, dobrarei a carga de trabalho.

Oríon bebeu um pouco de chá, olhando para mim com uma expressão pensativa. Quando franzia o cenho daquele jeito, parecia outra pessoa. Em sua primeira vida, jamais fora sério. Estava sempre rindo ou debochando ou concentrando-se na caça, mas nunca ficava sério.

— Por que tem vindo aqui? — indagou ele, olhando para o pão fresco na bancada e o fogo crepitando na lareira. — Por que se rebaixa desse jeito? Você é uma deusa poderosa. Não devia estar bancando a dona de casa.

— Fico aqui porque sou responsável por você — respondi, irritada. — Eu o trouxe para cá. Eu o tornei mortal de novo. Não vou abandoná-lo à própria sorte neste mundo moderno. Que tipo de deusa seria se...

— Peço desculpas — disse Oríon, tocando meu braço gentilmente com a mão forte. — Por favor, desculpe minhas perguntas. — Ele colocou o chá de lado. — Só não me lembrava de você ser tão gentil

Seu olhar zombava de mim.

— Ah é? — perguntei.

— Você me uniu a Ártemis como uma brincadeira, não foi? — Quis saber ele, erguendo as sobrancelhas. — Porque ela tinha dito que amar um mortal era algo que estava abaixo dela.

— Como sabe disso?

— Ouvindo coisas por aí — respondeu ele, dando aquele sorriso convencido, que eu conhecia tão bem, pela primeira vez naquele milênio. De alguma forma, eu sabia que Apolo contara a ele. Não sabia o motivo, mas ele o fizera.

— Você ainda a ama?

Oríon cerrou os dentes e se aproximou da janela, que dava para as montanhas de nossa bonita ilha, agora verdejante com os primeiros *botões da primavera, e para os telhados de uma pequena vila próxima ao rio lá embaixo.*

— Deixei de amá-la no dia que tirou minha vida.

— Ela não teve a intenção — *declarei, sem fazer a menor ideia do motivo por que a defendia.* — Foi enganada.

Ele olhou por sobre o ombro, mal me vendo.

— Mas ela sabia o que estava fazendo quando me aprisionou nas estrelas. E, por isso, nunca vou perdoá-la.

Uma onda de calor percorreu meu estômago, e baixei o olhar. Senti o rosto ficar vermelho, e não conseguia crer naquela reação. Animada com a mera possibilidade de o coração de Oríon estar livre. Eu obviamente poderia ter lido seus pensamentos, desejos e necessidades quantas vezes quisesse, mas me contive, sentindo que fazer aquilo sem sua autorização seria de alguma forma uma violação. Depois de tudo por que ele passara, depois de tudo que eu lhe fizera, sentia que tinha direito à própria privacidade.

— Tem outra coisa que eu não lembrava sobre você — *disse Oríon, aproximando-se de minha cadeira, os joelhos quase tocando os meus. Ergui a cabeça, e nossos olhos se encontraram.*

— O quê? — *perguntei, ofegante. O fogo aquecia meu rosto, e eu me sentia suspensa, como se a qualquer momento pudesse cair no chão, como uma pedra, ou flutuar até as nuvens.*

Oríon esticou a mão, a lateral do polegar calejado acariciando minha face quente.

— Eu não me lembrava de como você é linda.

— Aqui está o troco.

Pisquei, assustada, enquanto a vendedora entregava algumas notas e moedas para mim. Eu as peguei e me virei para sair correndo. Fiquei abalada com a lembrança de Oríon, assim como com o pensamento de que aquele cara gentil, confiante e amoroso, que eu amava, estava sendo submetido a torturas indescritíveis bem naquele instante. Graças a mim.

— Espere! Suas compras.

A mulher me passou duas sacolas pesadas pelo balão. Eu as peguei e segui novamente para a porta.

— Espere! — gritou ela de novo.

— O que foi agora? — devolvi.

— Vai pagar pelas pulseiras? — perguntou ela, lançando um olhar condenador para meu braço. Gemi e olhei para Hefesto.

— Já disse que odeio esse lugar?

Hefesto entregou mais algumas notas para a mulher.

— Pode ficar com o troco — disse ele, com uma piscadinha.

— Ah, não. Eu não posso. É contra as regras da loja...

— Ah, acho que pode sim — insistiu ele.

Após dar um último sorriso para ela, veio em minha direção, pegando uma das sacolas e pendurando na cadeira enquanto nos dirigíamos para a saída. Fui para o banco mais próximo e me sentei, afundando a cabeça nas mãos.

— Como consegue? Como vive aqui? — exigi saber, quando Hefesto se aproximou. — As roupas não servem, é preciso pagar por tudo, as pessoas se ofendem quando você pega o que quer. É impossível.

— A gente se acostuma — afirmou Hefesto, com uma risada.

— Não quero me acostumar — respondi, enquanto uma mulher empurrava um carrinho com dois bebês chorando. — Quero completar a missão e voltar para o Monte Olimpo. Voltar para Oríon.

— Então é exatamente isso que vai fazer — declarou ele de forma simples, sorrindo para duas mulheres com saltos ridiculamente altos que passavam olhando para ele sem disfarçar. — Amanhã tudo será melhor. Você vai ver.

— O que faz você ter tanta certeza?

— Depois de duzentos anos morando na Terra, você se dá conta de que não dá para sobreviver sem ter uma atitude positiva.

— Eu consegui! Consegui um emprego! — Afrodite caminhava em nossa direção com um sorriso triunfante. Eu não a via tão acordada ou empertigada desde que havíamos sido banidas. Ela permitira que o cabelo fosse lavado e cortado, agora os cachos louros brilhantes emolduravam o rosto. Todos os homens nas proximidades babavam ao vê-la passar. Um deles chegou a tropeçar em um vaso de plantas. — Você disse que não era possível, e eu provei que estava errada — declarou ela, erguendo o queixo arrogantemente para mim.

— Estou muito impressionado — elogiou Hefesto. — Onde é?

— É uma loja muito bem iluminada chamada... Perfumania — leu Afrodite a etiqueta que estava em sua mão. — O cheiro é pútrido, mas todas as mulheres que trabalham lá são bonitas, então foi o único lugar no qual me senti confortável.

— Isso é ótimo — disse Hefesto. — Um novo começo para todos.

Levei a mão ao pingente de flecha e desejei que ele estivesse certo. Porque o tempo estava acabando, e meu coração não aguentava mais tanta incerteza. Eu fizera uma promessa a Oríon e, com a ajuda de Hefesto, talvez conseguisse achar uma maneira de cumpri-la.

CAPÍTULO 36

Katrina

Desci as escadas correndo em direção ao carro de Ty na tarde de segunda-feira, sentindo vontade de pular. Pronto. A apresentação de inglês tinha acabado. E, de acordo com aquela última mensagem de Charlie, eu tinha me saído muito bem. Apesar de Stacey. Achei que tinha conseguido me recuperar bem do golpe. Graças a Charlie. Cara até veio falar comigo no banheiro depois e me deu os parabéns. Era como se voltasse a ser eu mesma.

Inglês avançado. Eu estava conseguindo. Realmente estava dando a volta por cima. Senti como se os raios de sol na nuca fossem meu pai sorrindo para mim lá de cima.

— Ei, Ramos!

Parei ao ouvir a voz de Raine, e meu coração bateu nervoso, mas abri um sorriso para ela, Lana e Gen mesmo assim.

— Oi! E aí? — falei.

— Por onde tem andando? — demandou Raine, olhando em direção ao carro de Ty. — É como se tivesse sumido da face da Terra.

— É verdade que você está morando com Ty? — perguntou Lana, animada.

— Eu... Como ficaram sabendo?

— Raine contou — esclareceu Gen, fazendo uma bola de chiclete.

Fitei Raine.

— Onde ouviu isso?

— Não de minha melhor amiga — respondeu ela friamente. — Ty foi ao Pizza City outro dia e me contou enquanto comia uma fatia.

— Ah, ele não me disse que encontrou com você — comentei, com uma sensação de enjoo.

— Imagino que ele também tenha segredos — retorquiu Raine, cruzando os braços. — Então, por que você anda me evitando?

Ty começou a buzinar, e eu pulei de susto.

— Não estou evitando você — respondi. — É que ando muito ocupada. Tive uma briga horrível com minha mãe, além do trabalho de inglês de hoje. Não tive tempo...

— Para sua melhor amiga? — completou ela, fazendo Lana e Gen se contorcerem.

Senti uma pontada no coração.

— Ei, Katrina! Ande logo! — berrou Ty.

— Parece que também não tem tempo agora — disse Raine, erguendo um ombro. — Acho que você é boa demais pra andar com a gente, agora que tem uma aula avançada e está morando com o namorado.

Virando-se, ela começou a subir as escadas com as outras meninas no encalço.

— Raine! — chamei. — Olhe, vou me encontrar com vocês amanhã no banheiro. Levo os donuts.

Ela parou, deu meia-volta devagar e me olhou com desdém.

— Não precisa se preocupar. Na verdade, nem precisa aparecer de novo. Não é como se a gente ainda tivesse alguma coisa em comum. Divirta-se andando com os nerds de novo.

Eu ainda processava o que ouvira quando Raine e as amigas desapareceram de vista. Ela não queria mais ser minha amiga. Tinha me dado um pé na bunda. Na frente de Lana e Gen. Não estava nem aí para mim ou para como eu me sentia. E, naquele momento, comecei a me perguntar se ela já se importara alguma vez na vida. Será que teria feito por mim o que Charlie fizera hoje? Quase ri tentando imaginar aquilo. Contudo, ela estava sempre colando de mim, fazendo com que eu levasse lanches, criticando todas as minhas opiniões e decisões. De repente me senti uma idiota completa. Por onze anos tinha sido amiga de alguém que só ligava para o que eu podia fazer por ela.

Ty apertou a buzina por trinta segundos. Com os olhos marejados de lágrimas, desci em direção ao carro. Mas me recusava a chorar por causa de Raine. Ela estava certa. Não tínhamos mais nada em comum.

— Oi — cumprimentei alegremente ao entrar no carro, tentando recuperar o bom humor. Eu me inclinei para lhe dar um beijo, pronta para contar sobre a apresentação, mas ele não se virou para mim. Sentindo-me estranha, beijei seu rosto.

— Oi — disse ele, secamente.

— O que houve?

Ele ligou o carro e partimos, quase passando por cima de um grupo de animadoras de torcida que estava indo em direção a um ônibus. Eu me afundei mais no assento.

— Gino contratou um cara novo em uma cadeira de rodas que agora acha que é o gerente da oficina. Ele chegou para o turno às 2 horas e começou a mudar tudo — contou Ty, contraindo a mandíbula ao fazer uma curva como se estivéssemos no meio de uma corrida da NASCAR.

— Ty, o que está fazendo? — perguntei. — Vai acabar batendo com o carro.

— Não me diga como dirigir! — berrou ele.

Segurei a maçaneta enquanto imagens de noticiário do acidente de meu pai invadiam minha mente.

— Tenho certeza de que tudo ficará bem — falei, tentando acalmá-lo para que diminuísse a velocidade. — Gino não contrataria alguém que não fosse legal, né?

— É. Era o que eu pensava. Até o idiota olhar o trabalho que fizemos no 67 e dizer para refazermos tudo. E Gino concordar.

O sinal à frente estava amarelo havia trinta segundos, mas Ty não diminuiu.

— Ty! Pare! — gritei.
— O que foi?

Ele passou pelo cruzamento no instante que o sinal ficou vermelho.

— Acabou de avançar o sinal! — explodi, olhando para trás.

— Não grite enquanto eu estiver dirigindo! — reclamou ele, entre dentes. — Meu Deus! Sabe como isso é perigoso?

Era *eu* que estava nos colocando em perigo? Sério? E será que ele tinha esquecido completamente que eu perdera a pessoa mais importante de minha vida em um acidente de carro?

Depois de alguns segundos, Ty finalmente reduziu para o limite de velocidade. Cerrei os dentes e me recostei. Lágrimas queimavam minha vista, então olhei pela janela. Parecia bastante óbvio que aquele não era o momento de contar sobre meu sucesso na aula de inglês avançado. Ele não daria a mínima, e eu me sentiria ainda pior. Já aprendera a lição depois de ligar para minha mãe e contar sobre ter conseguido voltar para a turma na semana passada. Depois da reação de Raine quando mudei de aula. Às vezes era muito melhor ficar de bico calado.

Peguei a mochila, passei o dedo pela espiral do caderno de poesia e pensei em Charlie. Visualizei as mensagens que ele escreveu para mim, seu sorriso e os polegares erguidos. Ao me lembrar dele virando a última página do caderno e das letras grandes escritas ali, uma agitação invadiu meu peito.

Você foi demais!, dizia. Um sorriso repuxou meus lábios, e me recostei no banco. *Você. Foi demais.*

CAPÍTULO 37

True

Pela primeira vez desde que cheguei à Terra, ninguém me encarou quando passei pela porta da frente da escola na terça-feira de manhã. Ficaram observando Hefesto, que se mudara para o quarto de hóspedes no primeiro andar da casa, tirara as roupas escassas das malas e declarou "lar, doce lar". Além de algumas pilhas de roupas da moda e alguns itens de higiene masculinos, tudo que tinha era um espelho grande com uma elaborada moldura de metal. Parecia algo que ele faria na época em que vivia no Monte Olimpo, com delicadas videiras e flores entrelaçadas, talhadas em metais de diferentes texturas e cores. A peça era linda. Quando perguntei de onde viera aquilo, ele me respondeu "De um antiquário qualquer" Então mudou de assunto, e presumi que estava mentindo. Não sei por que sentiu a necessidade de mentir, mas no momento eu não ligava. Só ligava para o fato de que ele estava desviando a atenção de mim. Um alívio bem-vindo.

Diferente de minha mãe, eu nunca desejara despertar a atenção dos outros, e agora que estava vestida "como um ser humano normal", conforme dissera Hefesto, e estava ao lado de um cara lindo, o peso me foi tirado dos ombros. Enquanto eu abria a porta da frente para que Hefesto pudesse passar, vi uma das amigas de Darnell erguer o telefone para tirar uma foto, mas ela hesitou e pareceu decepcionada. Acho que não conseguiu ver defeitos na calça cáqui e no suéter vermelho. Ponto para mim.

— A secretaria é aqui embaixo — indiquei para Hefesto ao entrarmos no corredor principal.

Havia uma mulher prendendo um papel no quadro de avisos, e ela deixou uma pilha de papéis cair na minha frente. Chutando-os do caminho, abri a porta da secretaria para Hefesto. Quando me voltei para trás, tanto ele quanto a mulher me encaravam.

— O que foi? — perguntei.

Hefesto estreitou os olhos.

— Sinto muito. Minha amiga acordou do lado errado da cama.

Ele se abaixou e juntou o que conseguiu dos papéis, entregando-
-os a ela. A mulher sorriu e agradeceu, então lançou-me um olhar que não consegui ler ao se agachar para recolher o resto. Hefesto meneou a cabeça enquanto se juntava a mim.

— O que foi? — perguntei de novo.

— Nada — respondeu ele, de forma leve.

Lá dentro, havia uma fila com três alunos esperando no balcão em frente a Sra. Leifer. Eu resmunguei. Não tínhamos tempo para aquilo. Eu queria apresentar Hefesto a Charlie antes da primeira aula. Fui até o balcão.

— Meu amigo precisa fazer a matrícula — informei à Sra. Leifer.

Ela mal ergueu o olhar.

— Espere um pouco, querida. A manhã está meio agitada.

— É, e cheguei aqui primeiro — disse uma garota que aguardava no balcão e parecia familiar.

— Não foi você que me chamou de vomitadora no outro dia? — perguntei.

— Foi. E daí? Isso não significa que pode furar fila. — Ela olhou para Hefesto. — Mesmo que seu amigo seja um gato.

Revirei os olhos.

— True, está tudo bem. Vamos esperar — disse Hefesto, parando a cadeira atrás do último aluno da fila, um garoto com cabelo louro espetado.

Gemendo, sentei-me em um sofá de plástico ao lado da fila. A Sra. Leifer demorava uma eternidade para resolver o que quer que fosse que aqueles alunos precisavam. Eu bati os pés e suspirei, observando o ponteiro do relógio avançar em direção ao primeiro sinal.

— Tudo bem, novo aluno? — perguntou a Sra. Leifer, olhando para Hefesto.

Levantei-me batendo as mãos nas coxas.

— Até que enfim!

— Você tem de melhorar os modos, Srta. Olympia. Estou fazendo o melhor que posso — declarou ela.

— Está claro que precisa ter metas mais ambiciosas — reclamei.

— O que disse? — indagou ela.

— Aqui está meu currículo — interrompeu Hefesto, entregando uma pasta marrom para a Sra. Leifer. — Meu nome é Heath Masters. Sou do último ano. Acabei de me mudar da Califórnia no final de semana. — Ele deu um de seus sorrisos, e ela ficou tão surpresa com aquilo que ofegou.

— Ah, vejamos. — A Sra. Leifer abriu a pasta e olhou. — Excelentes notas, Sr. Masters.

— Obrigado. — disse ele gentilmente. — Faço o melhor que posso.

Revirei os olhos.

— Bem, precisamos tirar uma foto para a carteirinha de estudante e montar seu horário. Temo que terá de passar o primeiro tempo aqui, pois não fomos avisados de sua chegada. — Ela digitou algo no computador. — E temos de lhe arrumar um guia de seu ano.

— Ah, agradeço, mas não preciso de um — declarou ele. — Tenho um ótimo senso de direção.

— Boa sorte com isso — murmurei.

— Bem, é uma regra da escola — informou a Sra. Leifer. Mas sem muita convicção. Espere um instante. Ela ia ceder?

Hefesto posicionou a cadeira de modo que pudesse apoiar o braço no canto da mesa dela.

— Sra. Leifer — começou ele em tom baixo e charmoso. — Olhe bem para mim. Não tenho mais meus pais. Vim morar com minha prima e minha tia. Eu me sustento em um trabalho de tempo integral, além de manter sempre notas dez em todas as matérias avançadas que faço. A senhora realmente acha que sou o tipo de cara que vai ser guiado por alguém como se fosse um cachorrinho de estimação? Acha que eu me sentiria confortável com isso?

A Sra. Leifer o fitou por uns 15 segundos.

— Não. Acho que não. — Ela limpou a garganta. — Tudo bem, então. Podemos abrir uma exceção dessa vez.

— Ah! — exclamei.

Ela estava claramente irritada comigo ao seguir para a outra extremidade do balcão.

— Venha, vamos tirar a foto.

Hefesto fez uma pose, então voltou para o sofá para esperar pelo horário de aula. Eu me sentei ao lado dele, boquiaberta.

— Como fez aquilo?

— Aquela mulher visivelmente não transa há uns dez anos. Além disso, ela tem um fraco por pessoas que vencem as adversidades — explicou ele, indicando a mesa de trabalho com o queixo. Pela primeira vez, notei que o calendário tinha fotos de atletas paraolímpicos. Ao lado, havia um cartão de agradecimento colorido escrito a mão por umas dez crianças que dizia: *Obrigada por ler pra gente na ala infantil do St. Mary!*

— Não tinha notado essas coisas antes — declarei.

Hefesto inclinou a cabeça, analisando-me.

— Sabe, para alguém cujo trabalho envolve compreender a condição humana, você é totalmente sem noção.

Senti o rosto queimar.

— Nunca precisei notar essas coisas! — exclamei, em um sussurro meio gritado. — Sempre consegui ler o coração das pessoas. Eu sabia tudo sobre elas em um estalar de dedos. Por acaso sabe como é perder de repente suas habilidades?

— Então sugiro que você comece a desenvolver seu poder de observação, e bem rápido — retorquiu ele entre dentes. — Isso se ainda quiser salvar Oríon.

— É claro que quero — respondi, erguendo a mão para tocar o pingente de flecha de prata preso no colar.

— Bom. E também tem de melhorar o modo como trata as pessoas — disse ele, cruzando os braços. — Porque seus problemas nesta escola vão muito além das gafes de moda.

— Como assim?

— Tipo, estou aqui há cinco minutos e você já ignorou uma mulher que precisava de ajuda, tentou furar a fila e tratou a Sra. Leifer como se ela não fosse nada — retrucou ele. — Precisa aceitar que não é mais uma deusa, *True*. — Ele deu uma ênfase proposital ao nome. — Você não é especial. Não tem direitos especiais. Vai ter de aprender a tratar as pessoas como iguais.

O sinal soou, e o corredor se encheu de alunos. Eu os observei passar, gritando, enviando mensagens de texto, pulando para bater o peito contra o colega, lastimando-se, conversando, fofocando, e cerrei os dentes.

Hefesto riu.

— E também vamos ter de fazer alguma coisa em relação a essa expressão de desprezo.

CAPÍTULO 38

Katrina

— Srta. Ramos?

Congelei ao som de meu nome. A Sra. Roberge me entregou um pedaço de papel dobrado e sorriu.

— Bom trabalho ontem.

Cara e Stacey olharam de suas carteiras na fileira da frente. Eu baixei a cabeça.

— Obrigada.

Não abri o papel até me sentar e estar segura nos fundos da sala. Eu realmente não esperara receber a nota assim tão rápido. Prendi a respiração, desdobrando a folha.

PREPARAÇÃO: 10
ENTREGA DE MATERIAL: 10
DISCURSO EM PÚBLICO: 8,0
MÉDIA GERAL: 9

Caraca! Um 9! Não consegui acreditar. Um grande sorriso se abriu em meu rosto ao dobrar o papel de novo e desdobrar em seguida para verificar se tinha lido certo. Eu tinha acabado de tirar

9 em inglês avançado. Em um projeto que morri de medo de fazer desde o instante que o recebi. Não só já o tinha apresentado como tinha me dado bem!

Olhei pela sala, querendo contar para alguém, querendo gritar, mas não havia ninguém ali com quem falar. Pelo menos ninguém que fosse se importar. Cara talvez, mas ela e Stacey estavam ocupadas cochichando, e eu não queria interromper. Então Charlie entrou, indo direto para os fundos da sala e sentando-se na fileira ao lado da minha.

— Oi — Os olhos se arregalaram quando ele viu a expressão em meu rosto e o papel na mão. — É sua nota?

— É — respondi com um sorriso.

Os olhos azuis dele brilhavam.

— E aí? Quanto tirou?

De soslaio, vi True entrar e ocupar um lugar do outro lado da sala. Ela nos olhou com curiosidade. Quando eu estava prestes a acenar, Darla e Verônica entraram atrás, e Darla me lançou um olhar fulminante que fez com que eu me fechasse. Primeiro Stacey, agora Darla. Quantas garotas estavam apaixonadas por Charlie Cox?

— Não é nada de mais — respondi, dobrando o papel.

— Fala sério! Claro que é. Quanto você tirou? — perguntou ele, sentando ao lado e enfiando a mochila embaixo da cadeira.

Na frente da sala, Darla e Verônica começaram a cochichar também.

Mordi o lábio.

— Tirei 9.

O rosto de Charlie se iluminou.

— Eu sabia! — Ele estendeu a mão e apertou meu braço como se fôssemos amigos antigos. — Não disse que você foi demais?!

Meu coração pareceu crescer dentro do peito.

— Obrigada — agradeci. — Sério, não teria conseguido sem você.

Naquele instante, Darla chegou, pressionando a ponta dos dedos de uma das mãos em minha mesa, e a da outra, na de Charlie.

— Não teria conseguido fazer o quê? — perguntou ela, com um sorriso amargo.

— Nada — respondi, desviando o foco para a mesa.

— Ah, oi, Darla — cumprimentou Charlie. — Só ajudei Katrina com o trabalho de inglês ontem.

— Ah, é mesmo? — comentou Darla. — Que fofo! Meu Charlie não é superfofo?

Eu a odiava. No momento a odiei com todas as forças. Porque o que ela fazia era tão óbvio, e o fato de pensar que podia me afetar significava que me achava uma idiota. Peguei o telefone e olhei para ela. Reuni toda a força que eu tinha para a encarar.

— Acho que vou enviar uma mensagem para *meu* namorado contando sobre minha nota — declarei. — Ele vai ficar megafeliz.

Então virei de costas para ambos e fiz exatamente aquilo. Infelizmente eu tremia tanto que tive de digitar três vezes, mas, quando me voltei para a frente de novo, Darla já tinha ido embora, a aula estava começando e não me atrevi a olhar para Charlie.

— Você está bem? — sussurrou ele, enquanto a próxima vítima do terrível projeto da Sra. Roberge subia na tribuna.

— Aham — respondi com um sorriso forçado. — Valeu de novo. De verdade.

Ele parecia querer dizer mais alguma coisa, mas a professora lançou um olhar de advertência e viramos para a frente. Fiquei enjoada, como se algo estivesse prestes a acontecer entre mim e Charlie, e aquilo tivesse sido arruinado. Mas o que poderia estar para acontecer? Eu tinha um namorado, e ele visivelmente tinha uma namorada.

De repente um bilhete dobrado caiu na mesa. Eu o peguei antes que escorregasse no chão. Com um olhar de relance para Charlie, desdobrei com cuidado.

ESSE MALA NÃO É NEM UM POUCO TÃO BOM QUANTO VOCÊ.

Eu ri e levei a mão à boca quando o palestrante ergueu o olhar.
— Sinto muito — sussurrei.
— Está indo bem! — exclamou Charlie.
Então passamos o resto da aula tentando não rir.

CAPÍTULO 39

True

— Ei, True?

Charlie me alcançou enquanto eu seguia Hefesto pela porta e entrava na aula de economia, a única aula que tínhamos juntos fora a hora do almoço, porque ele decidira ser formando e eu não. Hefesto foi mostrar seu horário para o Sr. Chin, e eu me sentei em uma mesa perto da parede.

— Oi, Charlie — cumprimentei. — Tudo bem?

Ele pareceu surpreso por eu perguntar.

— Tudo. Então, ainda está falando comigo? Depois da semana passada?

Eu pisquei.

— Ah, certo! Semana passada. Nossa... discussão. Não se preocupe com isso — tranquilizei-o. — Estou com tanta coisa na cabeça que nem pensei mais naquilo.

— Quer dizer que não vai mais tentar arrumar alguém para mim? — perguntou ele. — Porque estou meio que saindo com Darla... Sabe? A amiga de Josh e Verônica? Passamos o sábado inteiro juntos, e a maior parte do domingo também.

Eu hesitei. Charlie nem tinha ideia de que estava com Darla por minha causa. E de que ela era totalmente errada para ele.

— Ah é? — perguntei. — E como estão indo as coisas?

— Acho que bem — respondeu ele, encolhendo o ombro. — Ela é legal. — Inclinando-se, baixou a voz: — Você a conhece, mais ou menos, certo? O que acha?

Ergui as sobrancelhas.

— Quer minha opinião? De verdade?

Ele riu.

— Não fique se achando. Mas, sim, estou curioso para saber... o que meus amigos pensam disso.

Sorri, pois nem mesmo eu podia acreditar no quanto estava animada por ter sido chamada de amiga. E agora eu poderia dizer exatamente o que achava. Que Darla era legal, mas superficial e fútil e totalmente cega para todas as qualidades dele.

Mas vi Hefesto nos observando sobre o ombro e me lembrei daquela manhã. Talvez não devesse ser tão direta. Charlie claramente gostava de Darla, então, se eu falasse mal dela, talvez ficasse chateado. Mas ele não estava esfuziante com a garota, então eu também não precisava ficar.

— Bem, ela é bonita — comecei com cuidado. — E legal. — Isso não era mentira, considerando que tinha me avisado sobre o site True bufu. — Mas é mais ligada em roupas e coisas assim que você, não? Tipo, sempre preocupada com a aparência, não só a dela mas também das outras pessoas.

Charlie ficou sério.

— É, talvez. Ela realmente fica me chamando para ir à loja dela comprar roupas.

— Também me chamou!

— Talvez seja a líder de um programa secreto de transformação dos alunos novos — sugeriu Charlie com uma risada.

— Talvez — concordei. — De qualquer forma, se você está feliz... Fico feliz.

Mas você não está, então vou encontrar a pessoa certa. Juro, acrescentei em pensamento. Se eu pudesse descobrir quem a pessoa era.

Poder de observação, pensei, olhando para Hefesto. *Melhore seu poder de observação.*

— Puxa, valeu — agradeceu ele. — Isso é muito...

Charlie se distraiu quando Katrina passou por nós, segurando o caderno preto contra o peito. Fitava o chão ao passar por ele, e vi os músculos de Charlie se contraírem. Ele a seguiu com o olhar, mas não se virou. Havia algo naquela linguagem corporal... Senti um formigamento sutil descendo pelas costas.

— ...legal é o que eu queria dizer — concluiu ele, rindo de si mesmo. — Isso é muito legal. Então, vejo você depois da aula?

Em seguida ele se virou e se sentou perto de Katrina no fundo da sala. Ela colocou o cabelo atrás da orelha, sorrindo, não exatamente para ele, mas definitivamente ficou um pouco vermelha quando ele se sentou ao lado dela. O formigamento aumentou. Senti que eu estava sob algum tipo de feitiço e não queria me mexer com receio de quebrá-lo. Então Darla chegou e, ao ver onde Charlie estava sentado, sentou-se ofendida na terceira fileira.

— Você está bem? — perguntou Hefesto, manobrando a cadeira para ficar do meu lado.

— Estou exercitando meus poderes de observação — respondi. Sentei-me devagar, mantendo os olhos em Charlie e Katrina enquanto o sinal tocava.

— Prestem atenção! Chegou o grande dia! — anunciou o Sr. Chin com uma pilha de papéis na mesa. — Estes são os testes de compatibilidade! Passarão a aula de hoje respondendo a essas perguntas, e amanhã vou anunciar o nome de suas almas gêmeas. — Ele fez uma pausa enquanto entregava algumas folhas na primeira fileira. — Pelo menos para os objetivos desta aula.

Katrina e Charlie trocaram um olhar rápido, agora o rosto dele estava vermelho que nem um pimentão. Katrina enrolou a ponta do lenço de franjas no dedo. Darla olhou por sobre o ombro para Charlie, que congelou, surpreendido. Foi um milésimo de segundo, mas eu vi. Parecia preocupado que Darla tivesse visto o olhar furtivo que lançara para Katrina, e ele forçou um sorriso.

Aquilo foi suficiente para Darla pelo visto, porque ela virou para a frente de novo, sorrindo. Charlie, porém, esticou o braço sobre a mesa e agarrou a outra extremidade, como se fosse um pirata lançado ao mar agarrando um pedaço de madeira para salvar a própria vida.

Isso era ótimo. Muito *melhor* que ótimo. Charlie estava a fim de Katrina. Tudo que eu precisava era que Katrina desse o fora naquele brutamontes com quem estava morando e acordasse e percebesse o quanto o menino ao lado era adorável... Deuses, acho que era isso.

O garoto na frente de Katrina entregou um teste em branco para ela.

Por favor, permita que fique com Charlie.

A voz de Katrina. Clara como o dia. Dentro de minha cabeça. Quase caí para trás. Realmente *ouvi* aquilo? Duas semanas antes, quando tinha meus poderes, jamais teria duvidado. Escutar as vozes dos apaixonados era algo com o qual eu convivia todos os dias de minha existência eterna. Era algo que eu podia ligar ou desligar intrinsecamente, de modo tão involuntário quanto respirar. Mas agora... Seria possível? Será que eu tinha acabado de usar meu poder?

Olhei para Katrina e me concentrei o máximo possível.

Diga algo, implorei em silêncio. *Por favor. Por favor, me dê mais uma dica.*

Silêncio. Silêncio horrível e decepcionante. Como se uma parede de gelo tivesse se erguido entre nós. Tentei Charlie também, mas o único som que escutei foi do lápis arranhando o papel e os ponteiros daquele relógio incansável em cima da porta. Eu devia ter imaginado aquilo. A decepção era profunda, mas optei por não me concentrar nela. Pela primeira vez desde que estava na Terra, senti um casal com todo o coração.

Katrina e Charlie.

Charlie e Katrina.

Os dois eram gentis e maduros. Ambos artistas. Ambos atenciosos. Os dois precisavam de uma amizade verdadeira — uma compreensão sincera — e estavam procurando nos lugares mais errados: Katrina com as supostas amigas que obviamente não estavam nem aí para ela e com o namorado sem noção, e Charlie insistindo em ficar com a galera popular, como se aquilo fosse torná-lo inteiro.

Mas, se conseguissem ficar juntos, se pudessem estar lá um para o outro, um tornaria *o outro* inteiro.

Havia, é claro, alguns obstáculos. Katrina tinha um namorado com quem morava, mas que não era páreo para Charlie. E Charlie estava com Darla, mas aquilo tinha uns quatro dias, e ele não parecia muito animado. Eu podia fazer isso. Podia consertar as coisas. Poderia acender a chama do amor verdadeiro neles. Eu estava certa disso.

Hefesto já pegara o lápis para começar a preencher o teste quando agarrei o braço dele, meus dedos pressionando o couro duro da jaqueta.

— Escreva Charlie Cox no seu teste — ordenei.

— O quê? Por quê? — questionou Hefesto.

Fixei-me em Charlie, que olhava para o próprio teste.

— Tive uma ideia.

Hefesto seguiu meu olhar e inclinou a cabeça.

— OK, beleza.

Ele escreveu o nome de Charlie e começou a responder ao questionário de múltipla escolha. Coloquei o nome de Katrina no meu e esperei Hefesto terminar. Então, enquanto o Sr. Chin estava ocupado lendo, peguei o teste de Hefesto e copiei as respostas dele, fazendo com que as minhas fossem iguais, a não ser por duas. Depois permaneci sentada, observando o relógio. Quando faltavam três minutos para o final da aula, o Sr. Chin ergueu a cabeça.

— Todo mundo terminou?

Ouvimos pés se arrastando, mas ninguém respondeu.

— Vou considerar isto um sim — declarou o Sr. Chin. — Algum voluntário para recolher os testes?

Dei um pulo da cadeira.

— Eu! Pode deixar que eu faço!

O Sr. Chin ergueu a sobrancelha.

— Obrigado pelo entusiasmo, True. Pode recolher.

Caminhei pela sala, pegando os testes, certificando-me de que o meu e o de Hefesto ficassem por cima. Ao pegar o de Katrina e o de Charlie, eu os coloquei por baixo. O Sr. Chin ainda lia, e os alunos começavam a conversar entre si.

— O que você respondeu na questão três?

— Qual foi daquela pergunta sobre morangos?

— Se eu ficar com Daniel DeMarco, vou morrer.

Meu coração disparava no peito à medida que eu me aproximava da frente da sala; Hefesto me observava com atenção. Era agora ou nunca. "Tropecei" na mochila de Stacey, e os papéis voaram da minha mão. Stacey e as amigas arquejaram. O Sr. Chin puxou a cadeira para trás enquanto a turma explodia em uma gargalhada e em aplausos. No único dia em que as pessoas não debochavam de minhas roupas, eu tinha feito isso comigo.

Mas era um preço pequeno a se pagar. Antes mesmo que o Sr. Chin tivesse a chance de levantar, os testes de Katrina e Charlie estavam no bolso.

— Sinto muito, Sr. Chin — murmurei, quando ele se ajoelhou para me ajudar.

— Acidentes acontecem — respondeu ele. — Não precisa se preocupar.

Entreguei para ele uma pilha, e ele a juntou ao resto.

— Você está bem? — perguntou o Sr. Chin, gentilmente.

Naquele momento, o sinal tocou. Eu sorri.

— Sim, estou — respondi. — Obrigada. Acho que este projeto será muito... útil.

Estreitando os olhos, disse:

— Fico feliz por você aprovar.

Katrina foi uma das primeiras a sair. Charlie parou para falar com Darla.

— O que você respondeu na última pergunta? — Quis saber ela na hora.

Ele olhou para o corredor. Desejando Katrina, eu tinha certeza.

— Hã... Não lembro.

Eu me juntei a Hefesto enquanto ele passava pela porta.

— Está com os testes? — perguntou ele baixinho.

— Estou — respondi, fechando as mãos neles dentro do bolso.

— Viu? Sabia que conseguiria — declarou Hefesto. — Você, minha amiga, é um gênio do mal.

Eu sorri.

— Só nos dias bons.

CAPÍTULO 40

True

Por favor, permita que o plano funcione, rezei na tarde seguinte, esperando que Zeus, na verdade, *não estivesse* escutando. *Por favor, por favor, por favor.*

O Sr. Chin já havia anunciado e "casado" cinco duplas, mas Charlie e Katrina continuavam solteiros. Assim como Stacey e Darla e dezenas de outros. Isso poderia dar muito certo ou muito, muito errado.

— Nosso próximo casal de sorte é... Darla e Daniel! — anunciou o Sr. Chin.

— Isso! — exclamou um garoto magrelo de camisa xadrez.

Darla afundou na cadeira antes de se levantar para se juntar ao seu prometido. Suspirei de alívio.

— Pare de se preocupar — sussurrou Hefesto, quando o Sr. Chin realizou a breve cerimônia. — Você conseguiu.

— Parabéns! — declarou o Sr. Chin para Dan e Darla. As pessoas aplaudiram, como fizeram para os outros casais, e Darla se sentou de novo em sua cadeira enquanto Daniel saltitava de volta para a dele.

— Em seguida, temos... — O Sr. Chin consultou o tablet. — Charlie e Katrina!

Meu coração deu um salto. Os dois sorriram. Qualquer um na sala conseguia ver que eles se gostavam. Como eu deixara aquilo passar? Como não tinha percebido antes?

— Cara, esses dois são mais fofos que um par de gatinhos no YouTube — comentou Hefesto ao vê-los caminhando para a frente da sala.

— Não sei o que isso significa — respondi, fitando meu projeto atual. Katrina sorria enquanto olhava para o chão. Charlie alternava o peso do corpo sobre a ponta dos pés e os calcanhares, não conseguindo permanecer parado nem por um segundo.

— Charlie Cox, Katrina Ramos, vocês prometem honrar um ao outro, trabalhar juntos e entregar as tarefas no prazo durante este semestre? — perguntou o Sr. Chin.

Katrina lançou um olhar tímido para Charlie, e ele sorriu.

— Prometemos — responderam juntos.

— Ótimo! Então os declaro marido e mulher na aula de economia do sétimo tempo! Parabéns!

Aplaudi com entusiasmo. Tanto entusiasmo que algumas pessoas se viraram, então me sentei em cima das mãos e pressionei os lábios. Eu tinha conseguido. Tinha unido Charlie e Katrina em um projeto que os faria passar horas juntos nas semanas seguintes. Os dois com certeza se apaixonariam. Eu estava certa daquilo.

O Sr. Chin foi formando os casais até que sobraram apenas eu e Hefesto. Ao andar em nossa direção, ele nos encarou com suspeita.

— Bem, True e Heath — começou ele, erguendo o queixo. — Não recebi o teste de nenhum dos dois. O que fizeram durante a aula de ontem?

— Ué, a gente tinha de responder? — perguntou Hefesto, com um grande sorriso. — Sinto muito, sou novo aqui.

Alguns alunos riram. O Sr. Chin sorriu.

— Bem, então, parabéns para os dois. Acabaram juntos por causa da preguiça mútua. — Ele meneou a cabeça. — Boa sorte na vida.

Mais risadas. Em seguida o sinal tocou e ficamos livres.

— Não se esqueçam da primeira tarefa como casados! — gritou o professor, enquanto saíamos. — Espero que cheguem ao valor líquido que receberão por mês até amanhã e que comecem a fazer um orçamento preliminar para que possamos analisar na aula.

— Quer me encontrar depois da aula? — perguntou Katrina em voz baixa para Charlie ao saírem juntos. A timidez dela era adorável, provocando um tom rosado lindo no rosto.

— Tenho treino de *cross-country*. Que tal depois disso? Por volta das 5?

— Você marcou de ir à loja! — protestou Darla, alcançando-os e agarrando a mão de Charlie de forma possessiva. — Lembra?

— Ah, é. Merda — disse Charlie.

Darla fez cara de quem comeu algo azedo.

— Que tal depois do jantar? Tipo umas 7 horas? — sugeri. — A biblioteca fica aberta até mais tarde hoje, não é, Katrina?

Os três olharam para mim surpresos com a interferência, mas eu não estava nem aí. Era isso. Este seria meu primeiro casal. Tinha de funcionar.

— É. Daria para mim — concordou Katrina. — O que você acha?

Olhamos para Charlie. Darla apertou sua mão até ele fazer uma careta.

— Hã... Tudo bem. Sete horas na biblioteca — concluiu ele.

Darla lançou um olhar de raiva, mas Charlie não pareceu notar. Estava concentrado no rosto sorridente de Katrina. — Encontro você mais tarde, então.

CAPÍTULO 41

Charlie

Meu cabelo ainda estava molhado do banho que tomei depois do treino quando entrei na My Favorite Things naquela tarde. Era uma loja pequena no térreo de uma casa antiga. A maioria dos manequins nas vitrines era feminina, mas havia um masculino usando uma calça rasgada e um suéter listrado arrumadinho. Darla estava em algum lugar ali dentro esperando por mim. Olhei por sobre o ombro. Eu não queria entrar. Queria ir para a biblioteca esperar por Katrina. Queria ligar e dizer para ela me encontrar. Agora. Mas eu não tinha o telefone dela e prometera a Darla que iria até ali.

A porta abriu, e ela colocou a cabeça do lado de fora.

— O que está fazendo aí? Venha, entre logo!

Então era aquilo.

Darla pegou minha mão e me levou pela loja. Havia uma garota de cabelo escuro sentada à caixa registradora.

— Mira, este é Charlie. Charlie, Mira.

— Oi — cumprimentou Mira, enquanto eu era arrastado para a frente dela. — Já ouvi falar muito de você!

— Hã... Legal!

Não tive muito tempo para responder porque fui praticamente atirado no provador. Havia um monte de camisas penduradas em um gancho, três suéteres dobrados sobre um banco dourado e uma pilha de calças jeans ao lado.

— Já escolhi algumas peças — informou Darla. — Espero que não se importe.

Depois ela fechou a cortina. Reparei no preço da primeira camisa, uma xadrez azul e vinho. Custava 75 dólares.

— Não tenho dinheiro para comprar essas coisas — argumentei.

— Mas tenho um desconto! — lembrou Darla. Eu conseguia ver os pés dela por baixo da cortina, com botas pretas perfeitamente lustradas. — E não precisa comprar *tudo*. Só experimente algumas peças.

— Tá bom. Tá bom — respondi, com uma gargalhada, tentando fazer parecer que eu me divertia enquanto vestia a primeira calça jeans. Ela serviu direitinho.

— Como sabia meu tamanho? — perguntei.

— É uma coisa que sempre soube fazer — explicou Darla, orgulhosa. — Todo ano na feira da cidade faço aquela coisa de adivinhar o peso das pessoas, sabe? No ano passado, ganhei quinhentos dólares para caridade.

— Uau! Legal — comentei, impressionado por ela ter sido voluntária. — Para qual instituição?

— Ah, sei lá. Para uma de crianças. Os pais de Verônica são da diretoria, ou algo assim, então acabamos sempre trabalhando lá. A cidade faz isso todos os anos na primavera. Você vai adorar — contou ela.

Tirei o moletom pela cabeça e peguei uma camisa.

— Uma merda você ter ficado com aquela tal de Katrina, né? — falou Darla.

Congelei com um braço enfiado na manga, olhando para o tecido xadrez.

— Por quê?

— Bem, porque nós devíamos ter ficado juntos — respondeu Darla. — Teria sido legal fazer o trabalho em dupla.

— Ah. Sim. Pois é.

— Além disso, ela é meio perdida na vida — continuou Darla. Cerrei os dentes enquanto enfiava a camisa pela cabeça.

— Como assim?

— Ela e as amigas costumam ficar no banheiro da ala de artes todas as manhãs, fumando. E são tão... do contra. São contra a escola, contra os esportes, contra se divertir — disse ela. — Ninguém anda com elas. São, tipo, totalmente excluídas.

— Ah — respondi em voz baixa.

Abotoei a camisa, lembrando-me do que True dissera naquela tarde, que Darla meio que só dava atenção às aparências e coisas assim. Considerando onde eu me encontrava, o que estava fazendo e tudo que ouvia, estava começando a achar que aquilo era verdade.

— Qual é o lance com aquele namorado dela? — perguntei.

— Tyler Donahue? Exato. Qual é a dele? Ele era, tipo, o astro da equipe de luta até que abandonou os estudos faz uns dois anos. É como Verônica diz, gente perdida anda com gente perdida.

Senti um aperto no coração. Katrina não era uma perdida.

— Achei que você tivesse defendido ela no outro dia. No almoço?

— Ah é. Quero dizer, é *legalzinha,* mas... Sei lá. Queria que a gente tivesse ficado junto, só isso. E aí? Posso ver? — pediu Darla.

Eu me olhei no espelho. A camisa era grossa, mas a calça era OK. Abri a cortina. Darla revirou os olhos.

— Essa camisa não é para abotoar — protestou ela, estendendo a mão em minha direção. Eu congelei. Darla se aproximou demais e desabotoou bem devagar os botões sobre a camiseta azul. Quando chegou ao último, aproximou-se ainda mais, fixando o olhar no meu. — Pronto — disse ela, tornando de alguma forma aquela única palavra sensual.

Uau. Diga-me como se sente de verdade.

— Agora, olhe no espelho.

Eu me virei, entendendo de repente o estilo que ela queria. Se não fosse o cabelo louro e os olhos azuis, eu seria a imagem cuspida e escarrada de Josh Moskowitz. Achava que ele até tinha uma camisa igualzinha àquela.

— Você está lindo — declarou Darla, inclinando a cabeça. — O que a moda não faz com uma pessoa, né? Acho que pode usar essa roupa na festa de Josh na sexta-feira!

— Não sei — respondi, sentindo raiva de repente. Fechei a cortina na cara dela e arranquei a camisa. — Acho que vou experimentar outra coisa.

CAPÍTULO 42

Katrina

— O que você tem? — perguntou a Sra. Pauley quando apoiei os cotovelos na mesa de devolução de livros naquela noite. — Está rindo à toa.

Fiquei vermelha e olhei para a superfície de madeira polida. Eu jamais sentira o coração bater daquele jeito. Nem antes do primeiro encontro com Ty, que não fora bem um encontro; tinha sido mais uma saída com um grupo. Eu tinha trocado de roupa três vezes antes de chegar à biblioteca, depois senti uma culpa imensa quando Ty me deixou, despedindo-se com um beijo e um aceno.

Mas não conseguia evitar. Charlie e eu estávamos prestes a passar uma hora inteira juntos. Sozinhos. Minhas mãos coçaram só de pensar.

— Sei lá — respondi, erguendo o ombro. — Acho que estou de bom humor.

Ela me lançou um olhar desconfiado, mas sorriu.

— Bem, fico feliz.

— Obrigada.

Ouvi as portas automáticas abrirem e fecharem, e usei todo o autocontrole para não me virar. Contudo, senti que alguém se aproximava de mim. Ouvi o farfalhar da calça jeans enquanto ele caminhava pelos corredores silenciosos da biblioteca. Prendi a respiração.

— Oi — disse Charlie.

Eu me virei. O cabelo estava penteado para o lado, mostrando as sobrancelhas pela primeira vez desde que o conheci. Ele vestia uma outra camiseta de banda, de um tom de azul que ressaltava seus olhos. Agarrei a mesa atrás de mim com as mãos.

— Oi — respondi, mordendo o lábio inferior.

— Ah — disse a Sra. Pauley. — Agora entendi.

— Shhhh! — falei. — Estamos em uma biblioteca.

— Então vá trabalhar — declarou ela, pegando uma pilha de livros devolvidos. — Reservei a mesa boa para vocês.

— Obrigada — agradeci, colocando a mochila no ombro.

— Você tem privilégios por aqui? — perguntou Charlie, enquanto eu o levava até a mesa no recanto perto da janela.

— Trabalho aqui, então...

— Sério? Que legal. Deve gostar muito de ler.

Escorreguei por um das cadeiras com encosto rígido da mesa de estudo. De fato, havia uma pequena placa de RESERVADO no meio da mesa, e Alison Toshika estava curvada na mesa ao lado, lançando um olhar fulminante em minha direção. Ela vinha todos os dias com o laptop e textos intimidadores do colégio particular para os esmiuçar. Tentei segurar o sorriso. Era legal ter vantagens.

— É, gosto sim — afirmei, com vergonha. Porque é claro que gostar de ler me fazia parecer uma nerd. Pelo menos para a maioria das pessoas.

— Eu também. O que está achando de *Grandes esperanças*?

Dei um sorriso.

— Bem, *amei* o primeiro capítulo — brinquei.

Charlie riu. Meu sorriso estava tão aberto que senti o rosto doer. Eu o fiz rir!

— Sério agora, é bom. As descrições são surpreendentes — comentei, pegando meu texto de economia. — Mas estou feliz de a pressão ter passado.

— Estou com inveja. Meu nome ainda não foi chamado.

Eu sabia disso. Porque mal podia esperar para sua apresentação a fim de que eu pudesse retribuir o favor, ajudando-o também. Eu já tentava pensar em algo legal para escrever no caderno e mostrar para ele lá dos fundos da sala.

— Então... esposa — disse Charlie, com uma risada.

— Sim... marido? — respondi, dando risinhos mesmo contra a vontade.

Ele brincou com a capa do livro, abrindo e fechando repetidas vezes.

— Como acha que devemos começar?

Hesitei, surpresa pela pergunta.

— Hã...Eu...

Um calor subiu por meu pescoço. Será que fazia tanto tempo assim desde que alguém pedia minha opinião? Era como se eu nem conseguisse formar um pensamento.

— Sei lá... Foi mal. — Olhei para o livro. — O que você acha?

Charlie pegou uma calculadora, como se nem tivesse notado aquele momento de extremo desconforto. O ar-condicionado de repente ganhou vida, e agradeci a Deus e ao arquiteto do prédio por estarmos sob uma saída de ar.

— Por que não começamos descobrindo quanto ganhamos por mês? — sugeriu ele. — Por sorte, fui esperto o bastante de conseguir agarrar uma mulher de sucesso para me bancar.

Eu ri.

— E eu consegui um cara que vai estar em casa comigo todos os dias depois das 3 horas, além do verão inteiro.

Charlie sorriu.

— Parece que teremos uma vida perfeita.

Sorri de volta. Isso não poderia ser mais perfeito se eu tivesse imaginado.

— Parece que sim.

Então o telefone de Charlie tocou. Alison fez cara feia, e ele retirou o aparelho rapidamente do bolso, xingando baixinho.

— Esqueci de tirar o som.

Não consegui evitar olhar para a tela e ver o rosto de Darla Shayne sorrindo. E seus peitos. Ela tirara uma foto de si mesma de um ângulo acima do rosto que pegava bem o decote.

Argh.

— Como se desliga isso sem... — Charlie mexeu no telefone com as mãos trêmulas e claramente envergonhado. — Foi mal, acho que tenho de...

Ele se levantou e se afastou, sussurrando ao telefone.

— Ei! Sim. Já estou aqui — respondeu ele. — Não, eu sei. Só vou ficar por uma hora. Ligo mais tarde. — Houve uma pausa. — Ah, hã, claro. Encontro você lá. — Pausa. — Sim, prometo.

— Shhhhhh — sibilou Alison.

Lancei um olhar para ela que a fez suspirar e encolher um dos ombros como se eu fosse uma causa perdida. E talvez fosse mesmo. Meu coração parecia pesar uma tonelada e meia. Peguei meu telefone e apertei um botão para acender a tela. O papel de parede era uma foto minha com Ty, tirada na praia naquele verão. Olhei para o rosto sorridente dele pressionado contra o meu.

Isso era bom, uma ligação de Darla. Era um lembrete claro de que Charlie estava com alguém. E me forçava a lembrar que eu também estava.

O telefone de Charlie apitou, e ele o desligou antes de o enfiar nas profundezas da mochila.

— Então — disse ele, limpando a garganta. — Renda mensal.

— Certo — concordei, adotando o mesmo tom profissional. — Renda mensal.

Estava mais que na hora de me concentrar no motivo pelo qual estávamos ali. Éramos parceiros em um trabalho da escola. Nada mais.

CAPÍTULO 43

True

Eu seria capaz de matar só para ser uma mosquinha na parede da biblioteca enquanto Charlie e Katrina estudavam, porém infelizmente tinha um turno de trabalho e Darnell ainda precisava de um novo dispositivo sugador de almas. Então, em vez de assistir a meu trabalho em ação, e talvez até dar um empurrãozinho, eu estava ocupada adoçando a vida do restante da população adolescente de Lake Carmody e me esforçando ao máximo para não devorar uma fornada fresquinha de cupcakes de abacaxi com manga.

— Oi, True!

Meu rosto se iluminou ao ouvir a voz de Katrina. Ela parecia feliz, parada ali sob as luzes multicoloridas que iluminavam o balcão.

— Katrina! Como foi lá na biblioteca? Como está Charlie? Como foi tudo?

Ela me lançou um olhar estranho. Olhei para Hefesto, que estava sentado em um canto bebendo café e fazendo os cálculos de nosso projeto. Ele tinha concordado em assumir a tarefa para que eu pudesse me concentrar em "completar a missão e aprender a agir como um ser humano". Palavras dele. Naquele instante, ele meneou de leve a cabeça, um gesto que eu começava a entender que queria dizer para "diminuir o nível de loucura". Palavras dele também.

— Quero dizer, conseguiram avançar no trabalho? — perguntei.

— Conseguimos. Ele vai digitar tudo e imprimir em casa — respondeu ela. — Vim aqui para comprar uns cupcakes pro Ty. Ele ama o de chocolate triplo. Vou querer seis pra viagem.

Uma sensação desagradável de fracasso me tomou. Onde estava a torrente efusiva de elogios sobre Charlie? As dúvidas sobre Ty? Que droga ela estava fazendo comprando cupcakes para aquele idiota?

A sineta tocou, e Darla entrou de mãos dadas com Charlie. No segundo que passaram pela porta, ele a puxou para si e a beijou. Um beijo de verdade. Não um simples beijo no rosto.

Hefesto e eu trocamos um olhar sombrio. O que havia de *errado* com aquelas pessoas? Não entendia como Charlie não percebia que Darla e ele eram completamente errados um para o outro.

Vamos esquecer que alguns dias antes eu tinha achado que eles poderiam ser perfeitos juntos.

— True? — chamou Katrina.

— Desculpe. Meia dúzia de chocolate triplo.

Coloquei os cupcakes na caixa, peguei o dinheiro e puxei as faixas do avental. Ao sair de trás do balcão, peguei dois de chocolate triplo para mim e gritei para Torin:

— Vou tirar meus 15 minutos agora.

— Beleza! — respondeu ele.

Afundei na cadeira em frente a Hefesto, pegando o cupcake.

— Achei que estivesse controlando as calorias — disse ele.

— Para que me preocupar? Oríon já está com a sentença de morte assinada. E provavelmente vou com ele. — Dei uma mordida. — Então que eu morra cheia de açúcar e feliz.

— Então está desistindo? — perguntou Hefesto ao ver Charlie e Darla encontrando uma mesa no canto e lendo o menu de plástico, as mãos dadas sobre a mesa.

Fiz uma careta e dei outra mordida.

— O que posso fazer? Eles acabaram de passar uma hora juntos, e ela está comprando cupcakes para aquele troglodita enquanto ele está lá se agarrando com a menina que o acha quase perfeito.

Coloquei a língua para fora, e Hefesto fez uma careta.

— Eca. Você precisa aprender a ter modos, garota.

— Dane-se.

Ele riu.

— Bem, pelo menos está *falando* como eles.

— É sério, Hefesto! — insisti, recostando na cadeira. — Me diga o que fazer. Por favor. Seja lá o que for, vou fazer.

Devagar, ele fechou o livro de economia e o laptop.

— Tudo bem, então forçá-los a passar uma hora juntos não resolveu as coisas. — Ele fez uma pausa e me encarou como se esperasse alguma coisa.

— E daí? — perguntei, frustrada.

— É claro que não resolveu nada! — exclamou ele. — Estou aqui há apenas um dia, e até eu já saquei que os dois são supertímidos. Além disso, ambos estão namorando e não são o tipo de pessoa que trairia o respectivo namorado. E, além de tudo isso, você, *Eros* — sussurrou ele —, deveria saber que o amor verdadeiro se baseia em muito mais que atração física.

— Eu sei — murmurei, pegando as migalhas do cupcake na forminha.

— Então, no que se baseia?

Ele estava me testando. Provocando. Tentando despertar alguma reação em mim. E de fato uma centelha de desafio se acendeu em minhas entranhas. Contudo, eu não estava pronta para lhe dar a satisfação de me arrancar da lamentação.

— Em uma compreensão profunda um do outro — respondi. — Uma conexão de mente, corpo e alma. Na compreensão das qualidades únicas que não podem ser encontradas em ninguém mais na face da Terra, e na capacidade de satisfazer os desejos um do outro de um modo que ninguém mais consegue.

Eu conhecia bem as palavras. Eu mesma as escrevera. Brinquei com o segundo cupcake, girando-o entre os dedos.

— Portanto — continuou Hefesto de forma sucinta —, o que precisa fazer?

No canto, Darla riu. De repente me empertiguei.

— Preciso mostrar para eles o que não estão mostrando sobre si mesmos.

— Tudo bem. É um começo.

Senti a cabeça leve e confusa, quente e zunindo, tudo de uma vez.

— Desde que chegou aqui, Charlie quer fazer parte da galera popular, mas esse não é ele de verdade — sussurrei. — Ele é um artista. É único. Mas está se esforçando pra caramba para se encaixar. Precisa de alguém que o admire por quem ele realmente é, e que mostre para ele que é legal ser essa pessoa.

— E Katrina? — perguntou Hefesto.

— Ela está magoada — prossegui, engolindo em seco. — Acha que ninguém a vê ou liga para ela. E, em parte, está certa. O pai morreu, a mãe parece não dar a mínima por ela ter ido morar com o namorado, aquele idiota do Ty a trata como um objeto, e as amigas são inúteis. Precisa de alguém que faça com que se sinta especial. Que a faça ser o centro do universo. — Fitei Hefesto. — E eu sei... Sei que se Charlie a conhecesse de verdade, ele poderia fazer isso. Faria isso. É um cara legal. Muito melhor do que ele imagina.

Virei para olhar na direção dele, que dava um beijo rápido em Darla antes de levantar e ir até o balcão fazer o pedido para Tasha. Ele enfiou os polegares nos bolsos de trás da calça jeans e tamborilou com os dedos no quadril. Darla também notou isso e revirou os olhos.

De repente me dei conta de uma coisa. Percebi que eu não era a pessoa ideal para falar sobre não ver algo que estava bem diante do nariz. Principalmente depois do modo como Oríon e eu finalmente ficamos juntos.

Cheguei em um vórtice aos aposentos de minha mãe, em uma noite no meio de março, e sorri ao sentir as fragrâncias familiares de lavanda e lilás. Parecia que eu não vinha para casa havia anos. Mas a felicidade do retorno ao lar passou rápido. Afrodite me agarrou pelo cabelo, jogando-me no chão. Meu rosto bateu com força no mármore duro, a visão ficou embaçada, e os arranjos de flores ao longo das paredes vibraram diante de meus olhos.

— O que, em nome dos deuses, acha que está fazendo? — gritou ela.

— É bom vê-la também, mãe — retorqui, sentando-me e massageando o queixo. Já estava acostumada com as explosões repentinas de violência de minha mãe. Costumavam acontecer do nada e sem motivo lógico. Ela se lembrava de repente de algo sem importância de cinquenta anos atrás e decidia descontar em mim. — O que foi que eu fiz dessa vez?

— Ficou fora por quase um mês! — reclamou minha mãe com os olhos arregalados. — E durante todo esse tempo fui obrigada a mentir por você! Acobertando você com o manto de proteção.

— Então por que não me chamou de volta? — perguntei.

— Acha que não tentei? — sibilou ela, em tom firme. — Você foi até lá com seu poder e só você pode trazer a si mesma de volta. Você ou Zeus. Que felizmente não fazia a menor de ideia do que se passava.

Meu cérebro processava bem devagar tudo que ela dizia.

— Peraí. Não conseguiu me trazer de volta? Você? A poderosa Afrodite?

— Eu não debocharia dela agora se fosse você — aconselhou Harmônia, aparecendo ao meu lado. Vê-la ali provocou um choque de alegria, e nós nos abraçamos. — Que bom que voltou para casa, minha irmã.

— É muito bom vê-la também, irmã — respondi.

Ela se afastou e ergueu as sobrancelhas perfeitas, percebendo a diferença das palavras.

— Onde disse que eu estava? — perguntei, pegando um galho de lavanda de um dos vasos de ouro favoritos de minha mãe e levando-o até o nariz.

— Dissemos que você tinha ido ao Etna para pedir o conselho de Apolo em uma questão terrena — explicou Afrodite, cruzando os braços.

— Apolo? — Levantei o nariz. — Jamais procuraria Apolo.

— Consegue pensar em alguma outra desculpa que pudéssemos ter dado? — indagou Harmônia, erguendo as palmas da mão para cima enquanto abria os braços. — Algum outro lugar onde Zeus não fosse procurar?

Inclinei a cabeça.

— Bem pensado.

— Não importa mais — disse Afrodite, sentando-se em um sofá de veludo vermelho. — Agora que voltou, podemos esquecer essa experiência.

— Acredito que Oríon esteja bem, não? — perguntou Harmônia, passando os dedos em meu cabelo e brincando com as pontas onduladas.
— Quando o deixou estava mentalmente são?

— Ah, eu não o deixei — respondi. — Já vou voltar. Só parei aqui para formar alguns casais e evitar que Zeus suspeite de alguma coisa. Então voltarei para ele.

Eu já tinha começado a me afastar, seguindo para meus aposentos, quando todas as portas e janelas se fecharam.

— Ah, não vai, não! — trovejou minha mãe, com os dedos se fechando na moldura de carvalho entalhada do sofá. — Não se atreva a voltar, Eros! Já provou seu poder. Já cumpriu sua obrigação com Oríon. É hora de voltar a seu posto.

— Mas não posso simplesmente o abandonar — respondi, virando-me para ela.

— É exatamente o que deve fazer — disse Harmônia, estendendo a mão para pegar a minha. — Não pode manter isso para sempre. E, se alguém descobrir seu novo poder...

Eu me afastei, sentindo-me traída.

— Não estou nem aí! Deixe que Zeus descubra. Qual é o problema?

Minha mãe riu, uma gargalhada curta e grossa.

— Qual é o problema? — repetiu ela, incrédula. — Qual é o problema? — Ela se levantou, o cabelo louro comprido descendo pelas costas, e percebi que suas pernas tremiam. — Isso não deveria estar acontecendo, minha filha. Os poderes não aumentam de uma hora para a outra. Os deuses superiores têm certas habilidades, e os inferiores, outras. Não deveria ganhar novos poderes. Não sem fazer um trato com Zeus ou Hades.

— Bem, isso claramente mudou — retorqui, erguendo o queixo.

— E tem ideia do que Zeus é capaz de fazer quando descobrir que existe algo em seu reino que fugiu do controle? — perguntou Afrodite. — Tem noção do que isso fará a ele?

— Mas não posso desfazer o que foi feito! — exclamei, com lágrimas marejando os olhos. — Não vou abandonar Oríon. Não vou mesmo!

— Por que não? — questionou Harmônia, erguendo a mão para impedir a próxima bronca de minha mãe.

— Porque eu o amo! — gritei.

Cobri a boca com as mãos. Minha mãe ficou perplexa. Minha irmã se apoiou na coluna mais próxima para se equilibrar.

— Você o ama? — ofegou Afrodite. — Como? Por quê?

— Não sei — respondi, deixando os braços caírem ao longo do corpo. — Mas eu amo.

— É recíproco? — perguntou Harmônia.

— Não sei. Espero que sim.

— Por que não leu a alma dele? — Quis saber minha mãe.

Olhei para os pés dela, envergonhada.

— Porque não. Porque estou com medo.

— Bem. Pode parar — retrucou Afrodite.

— Parar com o quê?

— Parar de sentir medo — respondeu ela. — Vá lá e descubra os verdadeiros sentimentos dele.

— Mas, mãe, acabou de dizer...

— Sei muito bem o que acabei de dizer, mas essa é a única resposta — retorquiu ela. — Se ele não amá-la, não terá mais desculpas para ficar.

— Mas... e se ele corresponder? — perguntou Harmônia.

Fez-se um longo silêncio.

— Se Oríon a amar também, é claro que ela deverá ficar.

Fiquei boquiaberta.

— Você não vai tentar me impedir?

— É claro que não. — *Minha mãe ficou incrédula subitamente.* — Não se for uma questão de amor verdadeiro.

Eu estendi os braços e a abracei.

— Obrigada, mãe!

— Não me agradeça ainda — *respondeu ela, passando uma das mãos em meu cabelo.* — Descubra o que precisa saber. Então faremos um plano.

— Então? — perguntou Hefesto de novo, trazendo-me de volta à Terra. — O que vai fazer?

Eu me virei para ele e lhe dei o segundo cupcake.

— Vou fazer com que se vejam como realmente são. — Levantei-me, dando um beijo na testa de Hefesto. — Lembre-me de agradecer Harmônia por tê-lo mandado para mim.

Hefesto riu enquanto eu corria de volta ao balcão, sabendo que mal conseguiria me conter até o final do turno... e durante a noite inteira. Eu finalmente tinha um plano, um plano de verdade, formando-se em minha mente, e mal podia esperar para colocá-lo em prática.

CAPÍTULO 44

Katrina

Se pudesse ver
Se pudesse ouvir
Quem sou eu de verdade
Iria sorrir
Iria encarar
Iria ainda assim ficar?

— O que está escrevendo?

Fechei o caderno enquanto Zadie se aproximava por trás. Era tarde de quinta-feira, e eu matava o tempo na biblioteca da escola de novo por meia hora antes de caminhar até a cidade para trabalhar.

— Nada. Só um... poema — respondi, olhando para as mãos pousadas na capa do caderno.

— Ah, é? Vai enviá-lo para *Musa*? — perguntou ela, sentando-se ao meu lado.

Fiquei vermelha e enfiei o caderno na mochila.

— Hã... Não.

Eu tinha deixado a Sra. Pauley afixar um poema meu no mural de poesia da biblioteca, mas só porque ninguém que eu conhecia ia lá. Ou, se fossem, era por um motivo específico, e não paravam para ler poesia quando chegavam ou partiam. Além disso, ela só colocava o primeiro nome dos autores e a idade. Caso contrário, jamais teria deixado que me convencesse. Eu não estava no ponto de deixar que a equipe da revista de literatura da escola lesse meu trabalho.

— Por que não? Se for boa...

— Não é. Pode acreditar — respondi, batendo com a caneta na mesa. Olhei para a porta e vi True vindo em nossa direção.

— Será que podemos mudar de assunto? — sussurrei, colocando o cabelo atrás da orelha.

— Claro, mas, se um dia quiser que eu leia qualquer coisa, adoraria — disse Zadie, abrindo o laptop. — Faço parte da equipe da revista, então até posso inscrever anonimamente se quiser.

Isso era intrigante.

— Anonimamente?

— O que vai fazer anonimamente? — perguntou True, parando ao meu lado.

— Nada — respondi.

— Nada — concordou Zadie, me dando apoio.

True ficou claramente frustrada por não obter uma resposta, mas eu esperava que ela não insistisse. Continuou parada ali por um segundo, batendo com o punho no quadril, e notei seu vestido pela primeira vez. Era comprido e cinza, no estilo camponês, com um corpete com fita e cintura marcada. Ela o combinou com estilosas botas de montaria. O cabelo estava preso para trás, e o pingente de flecha que sempre usava no pescoço brilhava ao sol. O estilo dela definitivamente tinha mudado desde a semana anterior.

— Tudo bem, deixe para lá — disse ela, por fim. — Tem dois minutos?

— Pra quê?

— Venha comigo — pediu ela, se afastando um pouco. A expressão do rosto parecia desesperada, mas, de alguma forma, animada também, o que me deixava curiosa e cautelosa ao mesmo tempo. — Por favor?

— Pra onde?

— É surpresa. Vamos logo. Juro que vai valer a pena.

Suspirei.

— Tudo bem..

True aguardou enquanto eu pegava minhas coisas. Então agarrou minha mão e me levou em direção à porta. Quando entramos na ala de artes, comecei a me perguntar se ela estava me levando para ver minhas amigas. Ex-amigas. Às vezes costumavam ficar um pouco no banheiro depois da escola também. Mas eu não falava com elas desde quando Raine me dera o fora na segunda-feira. Para falar a verdade, mal pensara nelas. Andava muito ocupada com Ty, a biblioteca, deveres de casa, almoços com Zadie e ficar sonhando acordada com Charlie.

Diminuí a velocidade quando nos aproximamos do banheiro, mas True continuou o caminho em direção à sala de música.

Foi quando ouvi a música. Bem, não exatamente uma música. Era só a bateria. Uma batida complexa e insistente vinha lá de dentro. True abriu a porta com cuidado. O ritmo alto ecoou pelos corredores vazios, e agora eu conseguia ouvir um piano também, embora estivesse praticamente abafado pela bateria.

Espiei pela fresta da porta, e meu coração quase parou. Charlie. Dava para vê-lo bem dali, tocando a bateria no canto, a cabeça acompanhando o ritmo das batidas. Os olhos estavam fechados, e, às vezes, a cabeça balançava de um lado para outro ou para cima e para baixo, dependendo de como ele sentisse a música. Minha boca secou.

Charlie era músico. Um músico de verdade. Vê-lo daquele jeito... Era um privilégio. Era lindo, simples e verdadeiro. Ele estava exatamente onde deveria estar.

Embora tecnicamente não. A jaqueta da escola estava jogada em uma cadeira próxima, e, a não ser que o treino de *cross-country* tivesse sido cancelado por algum motivo, eu tinha quase certeza de que ele deveria estar lá bem naquele momento. Parecia bastante óbvio, porém, que aquilo nem tinha lhe passado pela cabeça, ou que ele não ligava de faltar.

Olhei para o piano. O Sr. Roon estava diante do instrumento, tocando o que parecia ser um jazz, e olhando com admiração para Charlie. A palavra "improviso" me veio à mente. Os dois improvisavam.

— Deveríamos estar aqui? — perguntei para True, ofegante.

Ela fechou a porta e olhou para mim.

— Só queria que você visse aquilo.

Meu coração batia tão forte no peito que era como se quisesse chamar minha atenção.

— Por quê?

True sorriu, os olhos pousados em meus dedos. Eu nem tinha notado que eles estavam apertados no peito.

— Porque — respondeu ela — é verdadeiro.

CAPÍTULO 45

Charlie

Só quando peguei a jaqueta da equipe na cadeira é que olhei para o relógio. Caramba! O que tinha acontecido? O treino de *cross-country* ia acabar em cinco minutos.

Pesei as opções: correr até o campo e tentar me desculpar, ou pegar a bicicleta, ir embora e resolver aquilo amanhã.

— Está tudo bem, Charlie? — perguntou o Sr. Roon, organizando a partitura no piano.

— Tá. Tudo bem. Valeu, Sr. Roon. Foi divertido.

— Sempre que quiser — respondeu ele.

No corredor, ouvi uma porta de armário bater. Vozes altas ecoavam. Vozes masculinas. Provavelmente meus colegas de equipe. Meu estômago revirou. Amanhã parecia uma boa ideia.

Enfiei a jaqueta, segui pelo corredor e saí pela porta lateral, contornando o prédio. Havia dois caras com jaquetas da equipe conversando no estacionamento, mas eu não os conhecia. Acho que eram jogadores de futebol. Não sei. Mas vê-los fez com que eu me sentisse um péssimo atleta.

Não era culpa minha, porém. O amigo de Fred, Scotty, faltara por estar doente, então o Sr. Roon tinha me dado uma chance na percussão da orquestra. Quando a aula acabou, o próprio Fred foi obrigado a me lançar um olhar impressionado — de má vontade, mas legal do mesmo jeito. E eu estava tão empolgado que, quando o Sr. Roon me convidou para trabalhar em uma música com ele depois da aula, aceitei sem pensar muito. Mas não dava para acreditar que eu tinha tocado por tanto tempo. O tempo voa...

Virei a esquina e corri para o bicicletário. Assim que o cadeado se abriu, True apareceu do nada.

— Charlie! Precisa me ajudar!

Surpreso, dei um passo para trás, tropeçando e batendo a canela contra um pedal.

— O que foi? Aconteceu alguma coisa?

— Estou atrasada para me encontrar com Heath na biblioteca para trabalhar em nosso projeto. Será que pode me dar uma carona?

— Mas não tenho carro — falei, confuso.

— Mas tem rodas — respondeu ela, arrancando a bicicleta do lugar onde estava.

Levantei as sobrancelhas.

— Acho que dá pra você ir sentada no guidão, mas nunca carreguei ninguém antes. Pode terminar aleijada, ou morta.

True sorriu.

— Vou arriscar.

Nós dois subimos e, com cuidado, conseguimos descer pela calçada. Fiquei meio inseguro no início, mas depois percebi que, se eu pedalasse em pé, conseguia enxergar e me equilibrar melhor. Quando chegamos à biblioteca, estávamos rindo. True desceu.

— Não vai entrar? — perguntou ela.

— Pra quê? — indaguei, já virando a bicicleta para a rua.

— Eu queria mostrar uma coisa a você — explicou ela.

Estreitei os olhos.

— Tudo bem, mas só tenho um minutinho. Tenho de voltar para casa, comer, fazer o dever de casa e voltar pra cá para me encontrar com Katrina.

— Ou poderia se encontrar com ela agora mesmo — sugeriu True, subindo a escada.

Meu coração deu um salto.

— Ela está trabalhando?

True assentiu.

— Vamos lá.

Tranquei a bicicleta rapidinho e entrei. Fui tomado pelo nervosismo e pela tremedeira de adrenalina que sempre antecediam um encontro com Katrina. Era uma sensação que eu nunca sentia quando ia me encontrar com Darla, mas tentei não pensar naquilo. Darla era legal. Gostava de mim, mesmo que estivesse tentando fazer com que eu me vestisse como Josh. Nós nos divertíamos juntos. Além disso, ela não tinha um namorado.

Eu estava prestes a passar pelo vestíbulo e alcançar o balcão, mas True parou em frente ao quadro de aviso.

— Droga! Não está aqui — sussurrou ela.

— O quê?

Então os olhos dela se iluminaram.

— Ah, este é ainda melhor.

— OK, o que está acontecendo? — perguntei.

True agarrou meus ombros, posicionando-me em frente ao quadro. Poesia estudantil. Bem no meio havia um poema que parecia uma lista.

— Leia isto — orientou ela.

Eu suspirei.

— Nós viemos aqui pra ver Katrina ou...

True sorriu, quase rindo.

— Apenas leia.

Revirei os olhos.

— Tá bem.

E foi isto que li:

> *Não sou quem sou.*
> *Não sem ele*
> *Que me criou*
> *Que me olhou.*
> *E ainda assim*
> *Que me amou.*
> *Como ninguém antes me amou*
> *Ou algum dia vai amar.*
> *É patético.*
> *É melancólico.*
> *Um velho clichê.*
> *Mas ainda assim*
> *É quem sou*
> *Nesse instante.*
> *Sem ele.*
>
> — Katrina, 16

Parei de respirar. Li de novo. Na terceira vez, meus olhos arderam.

— Ela escreveu isto? — sussurrei.

— Escreveu, sim.

Eu me virei para True.

— Era isso que queria me mostrar?

— Era — respondeu ela, cruzando as mãos à frente.

— Por quê?

— Porque — disse True — é verdadeiro.

Olhei de novo para o quadro, lendo o poema mais uma vez. De repente senti que precisava encontrar Katrina. Eu queria abraçá-la sem dizer nada. Não queria que ela se sentisse daquele jeito.

— Oi, gente!

True e eu nos viramos ao ouvir a voz de Katrina. Ela estava sorrindo, mas, quando viu meu rosto, os olhos se desviaram para o quadro e ela percebeu na hora. Então empalideceu e fugiu.

— Katrina, espere!

Eu a alcancei perto do banheiro feminino. Ela parou antes de entrar e se encostou na parede perto do bebedouro. Olhei para trás, esperando ver True, mas ela não nos tinha seguido.

— Você está bem? — perguntei.

Ela baixou a cabeça.

— Não acredito que você leu aquilo.

Meu coração estava tão inchado que eu tinha medo de dizer algo errado. Não queria que ele esvaziasse agora. E era exatamente o que aconteceria se eu ferrasse com tudo.

— Mas era...

— Idiota? Horrível? Triste? — sugeriu ela com os olhos brilhando.

— Maravilhoso. Jamais conseguiria fazer uma coisa daquelas.

— Fazer o quê? — perguntou ela. — Demonstrar tanta autopiedade?

— Me expressar daquela forma — corrigi. — E não é autopiedade. É... como você se sente.

Uma lágrima escorreu, e ela a enxugou. Dei um passo em sua direção.

— Mas realmente acha aquilo? Que ninguém vai...

Parei antes de dizer todas as palavras. *Que ninguém vai amar você de novo.*

— Não quero falar sobre isso — disse ela, empertigando-se e fungando.

Eu assenti.

— Tudo bem.

Katrina deu um sorriso.

— Eu vi você hoje. Tocando. Na sala de música.

Nossa, isso que era mudar de assunto.

— Viu?

— Vi — afirmou ela. — Você toca muito.

— Hã... Valeu. — Ela estava lá? Como? Por quê?

Katrina enfiou as mãos nos bolsos da calça e ergueu os ombros.

— Já pensou em, sei lá, entrar para uma banda ou algo assim? Porque acho que você consegue. Quero dizer, não que eu entenda alguma coisa de música e tal... Mas acho que você conseguiria.

Sorri, olhando para os pés.

— Valeu.

Então resolvi arriscar. Eu me virei, apoiando-me na parede ao lado dela. Havia apenas um espaço pequeno entre ela e a porta do banheiro masculino, assim nossos braços encostaram, mas ela não se afastou.

— Meu pai ia ter uma ataque — confessei. — Ele não gosta muito desse lance de bateria.

— Por que não?

— Se você o conhecesse, ia entender. É uma cara ligado em esportes. Quando entrei para a equipe de *cross-country,* ele ficou superfeliz.

Ela assentiu.

— Isso explica tudo.

— Como assim? — questionei, sentindo-me um pouco ofendido.

— Por que você fez o teste — respondeu ela. Não em tom de julgamento, mas numa boa. — Sei como é. Eu daria tudo para ver o rosto de meu pai se eu pudesse contar que tirei dez em inglês. Não é legal, eu sei, mas fazê-lo sentir orgulho de mim...

— É muito bom — concluí por ela.

Ela me olhou e assentiu com um sorriso triste.

— É. — A voz dela falhou. — Mas ele morreu.

Estiquei meu dedo mindinho e toquei a lateral de sua mão, perto do pulso. Por um segundo, ela congelou. Prendi a respiração. Cada célula de meu corpo pegava fogo. Então, quando achei que ia se virar e correr, Katrina tirou a mão, bem devagar, do bolso da calça e enroscou o dedo mindinho no meu.

Eu segurei uma risada. E, por alguns poucos segundos perfeitos, só ficamos ali, com as mãos abaixadas, meio ocultas por nossas coxas, apenas sendo nós mesmos.

— Katrina — falei, por fim.

— Você vai... — começou ela ao mesmo tempo.

Olhamos um para o outro e começamos a rir, os dedos ainda entrelaçados.

— Primeiro as damas.

Ela sorriu.

— Você vai...

— Aí está você!

A chefe de Katrina — pelo menos acho que era sua chefe — apareceu no corredor. Era a mesma mulher que estivera ali ontem quando estudamos juntos. Katrina soltou minha mão e deu um passo para a frente.

— Desculpe. O que foi?

Eu me encolhi. Meu dedinho latejava.

— Alguém trocou todos os livros de Lemony Snicket de lugar de novo — contou a mulher, olhando para cima. Ela inclinou a cabeça e me viu atrás de Katrina. — Temos um bandido aqui. Quem quer que seja, sempre vem uma vez por semana e esconde todos os exemplares da gente. No banheiro, no porão, embaixo de árvores. Mas Katrina sempre os encontra. É como ter uma detetive de livros trabalhando conosco.

Tentei sorrir, mas secretamente odiei aquela mulher por ter nos interrompido.

— Pode deixar comigo — disse Katrina.

Ela lançou um olhar triste por sobre o ombro. Pelo menos parecia triste. Eu meio que esperava que fosse.

— Vejo você mais tarde?

— Claro — respondi.

Então ela foi embora, e eu fiquei ali sozinho com todo aquele calor no dedo mindinho.

CAPÍTULO 46

True

Charlie e Katrina estavam começando a se apaixonar. Mesmo do outro lado da sala, eu conseguia perceber, conseguia *sentir*. Qualquer um conseguiria. Estavam sentados um do lado do outro na mesa de estudos, as pernas encostadas, praticamente pressionadas uma contra a outra. De vez em quando, os olhares se encontravam, e ele ria ou ela colocava o cabelo atrás da orelha, mordendo o lábio. Eu tinha de me concentrar para não levantar e gritar *por que não se beijam logo?*

Charlie olhou para mim, e voltei a atenção para o livro de história. Embaixo da mesa, meus pés dançavam de felicidade. Tinha dado certo. O plano de mostrar e contar daquela tarde funcionara. Quando Charlie correra atrás de Katrina mais cedo, tive de me controlar muito para não espionar a conversa, mas o que quer que tenha acontecido, os levara para o próximo nível. Estavam começando a se entender. Começando a gostar da companhia um do outro. Aproximando-se. Apaixonando-se.

Daquela vez, eu não queria cantar vitória antes do tempo, mas podia ter esperanças. Esperanças desesperadas de que os dois ficassem logo juntos e felizes para aquela droga de ampulheta virar e me dar um novo começo.

O dedo mindinho de Charlie encostou no de Katrina por cima da mesa e ambos ficaram vermelhos. Eu sentia tanta saudade de Oríon que chegava a doer. Mas a cada toque, a cada olhar, a cada sorriso entre aqueles dois, eu ficava mais próxima dele. Tinha de ter fé.

A porta automática se abriu atrás de mim. Katrina ergueu o olhar. A mão dela foi direto para baixo da mesa, e ela empalideceu.

— Ah você tá aí!

Ty, aparentemente sem se deixar afetar pela regra universalmente aceita de silêncio nas bibliotecas, atravessou o aposento a passos largos. Os olhos estavam arregalados, e os músculos pareciam saltar por baixo da manga da camisa jeans. De forma instintiva, eu me levantei. Aquele era um homem furioso em uma missão.

— Que porra é essa? Onde você estava? Estou mandando mensagens há mais de uma hora — gritou ele com Katrina.

— O que foi? — perguntou ela, erguendo-se abalada.

— Acabei de dizer! Estou mandando mensagens há mais de uma hora — repetiu ele, lançando um olhar desconfiado para Charlie, que ainda estava sentado. — Quem é esse idiota?

— Disse que estaria aqui estudando com meu parceiro no trabalho de economia — explicou Katrina, juntando seus livros. Pelo olhar tenso que lançava em volta, ela queria tirá-lo de lá o mais rápido possível, antes que fizesse uma cena ainda pior. — O que aconteceu?

— Acabei de ser despedido, foi isso que aconteceu — explodiu Ty.

— O quê? — ofegou Katrina.

— Katrina? — perguntou a Sra. Pauley, saindo de trás do balcão de devolução. — Você está bem?

— É claro que ela está bem — devolveu Ty. — Eu estou aqui.

— Tudo bem, Sra. Pauley — disse Katrina, pegando a mão de Ty e levando-o de forma gentil, mas firme, até a porta. — Charlie, mando uma mensagem para você mais tarde — disse ela por sobre o ombro.

Surpreso demais, ele apenas ergueu a mão e acenou.

— Gino demitiu você? — perguntou Katrina, passando ao meu lado sem me ver e seguindo em direção à porta. — Mas por quê?

— Aquele garoto novo. Heath — retrucou ele entre dentes. — Aquele filho da mãe contou que eu superfaturei o trabalho no Porsche, e o Gino acreditou nele. Agora estou desempregado, e aquele babaca é o novo gerente.

— Você superfaturou um trabalho? — perguntou Katrina, quando as portas automáticas abriram.

— Cobrei o que Gino *deveria* ter cobrado — explicou Ty, sarcástico. — Tipo, a gente que faz toda a merda do trabalho de qualquer forma. Quem ele pensa que é pra dizer o quanto a gente vale?

Os empregados dele, respondi mentalmente.

Contudo, não tive a chance de ouvir a resposta de Katrina porque as portas se fecharam. Do outro lado da biblioteca, Charlie estava trêmulo enquanto enfiava os livros na mochila. Meu coração se solidarizou. Ele finalmente fazia algum avanço com a garota que amava. E ser interrompido, ainda mais daquela forma violenta, pelo namorado da menina... A sensação não devia ser muito boa. Ele caminhou em minha direção, agarrando a mochila em uma das mãos, os dentes cerrados.

— Você está bem? — perguntei.

— Claro. Bem. Por quê? — questionou ele, se virando para mim.

— Por causa do que acabou de acontecer.

— O quê? Aquilo? — Ele fez um gesto em direção à porta. — Aquele cara foi sempre um idiota, sabe disso melhor que qualquer um. Só não consigo entender...

Ele deixou a frase morrer e meneou a cabeça, olhando para o chão.

— Você não consegue entender por que ela está com um cara como ele — concluí para ele.

Ele suspirou e pegou as baquetas na mochila, segurando-as ao lado do quadril como se fossem um sabre.

— Quer saber do que mais? Deixe pra lá. Se esse é o tipo de cara que ela quer, que se dane. Tenho uma namorada mesmo. Uma que quer ficar comigo.

Ele passou por mim, e a porta se abriu diante dele. Meu coração estava na garganta. Isso não podia estar acontecendo. Ele não podia desistir. Não quando eu estava tão perto.

— Charlie, espere!

Mas ele não ouviu. Pegou a bicicleta e saiu para a rua, sob o sol de fim de tarde, sem olhar para trás.

CAPÍTULO 47

Charlie

Eu estava na bateria na sexta-feira depois do jantar, fazendo hora até Darla e sua mãe me buscarem para a festa de Josh, quando a porta se abriu. Olhei, esperando ver meu pai pedindo para eu tocar mais baixo, mas, em vez disso, vi meu irmão Corey. O cabelo louro estava cortado curto, como sempre, e ele tinha uma ferida embaixo do olho. Devia ter se machucado no futebol, sem dúvida.

— E aí, cara? — cumprimentou ele.

— O que está fazendo aqui? — perguntei.

— Vim passar o final de semana. — Ele deu dois passos e inclinou o queixo em minha direção. — Tá mandando bem.

Olhei para minhas mãos.

— Ah, tá.

Corey suspirou e atravessou a garagem, parando bem em frente à bateria.

— Eu queria esclarecer uma coisa com você, cara.

— O que é? — perguntei, sem levantar do banco.

— Na semana passada, quando me contou sobre o *cross-country*, não queria ofender você — disse ele, enfiando a mão no bolso da calça jeans. — Só fiquei surpreso.

Tomado por uma onda de raiva, soltei as baquetas no tambor.

— Ah, tá. Porque como alguém que nem eu poderia fazer qualquer coisa minimamente atlética? Pra que me preocupar em tentar ser tão bom quanto vocês? — Eu saí de trás da bateria para encará-lo.

— Não! Não é nada disso! — respondeu ele. — Só fiquei surpreso porque você sempre fez sua parada. Jamais quis ser como a gente. Nunca deixou que papai intimidasse você para jogar futebol... Só achei que você nunca fosse ceder.

Dei um passo para trás.

— Não cedi.

— Fala sério. Está me dizendo que não foi papai que convenceu você a fazer o teste? — perguntou ele, com uma risada.

— Não!

— Então quem convenceu?

Parei, sentindo-me de repente burro, mas vendo tudo de forma clara ao mesmo tempo. Meu pai não tinha me convencido, mas Corey estava certo. Alguém tinha.

— Uns caras da escola — admiti.

— Ah — disse Corey, olhando para os pés. — Caras grandes?

Eu ri, concordando com a cabeça.

— É, mas não foi assim. Não é como se tivessem me ameaçado nem nada. Eu só... — Sentei-me em cima de uma das caixas que ainda não tinham sido abertas. — Acho que só não queria me sentir excluído.

Afundei a cabeça nas mãos e gemi.

— Meu Deus! Será que acabei mesmo de falar isso?

— Não tem problema. Acontece com todo mundo.

— Não com vocês! — falei, olhando para ele. — Vocês sempre se adaptaram facilmente a todos os lugares para onde foram. Nem precisavam se esforçar.

Corey sentou no *cooler* de pescaria favorito de papai.

— Não é bem assim — respondeu ele. — A faculdade é... diferente, cara. É diferente de qualquer escola em que já estudamos.

— Diferente ruim?

— Não. Mas diferente. Mais difícil. — Ele apertou os dedos na minha frente. — Mas quero que saiba que entendo, Charlie. E acho legal que você esteja... diversificando — disse ele, e nós rimos. — Só não se esqueça de quem você é de verdade.

Nós dois nos viramos para minha bateria.

— Pode deixar que não vou esquecer — prometi.

— Você guarda um segredo? — perguntou Corey.

— Claro.

— Nem Chris sabe.

Eu pisquei, surpreso e lisonjeado.

— Sério? O que é?

— Estou tendo aulas de violão.

Fiquei boquiaberto.

— Sério?

Ele sorriu.

— Aham.

— Você toca bem? — perguntei.

— Não. — Ele riu coçando a parte de trás do pescoço. — Pelo menos não por enquanto. Mas talvez no feriado de Ação de Graças a gente possa, sei lá, tocar junto?

— Tá combinado. — Ergui a mão, e ele bateu a dele contra a minha.

Parado no meio da sala de estar da casa de Josh, percebi que havia algo errado. Todos à volta estavam bebendo e rindo, contando histórias, olhando as meninas, mas eu observava Fred. Ele e dois outros caras que eu nunca tinha visto antes estavam montando a aparelhagem muito, muito lentamente, no canto da enorme sala de pé-direito alto. Um dos caras não parava de olhar para a porta enquanto afinava o baixo, e Fred parecia pálido, como se estivesse prestes a vomitar.

— Eu *sei!* — exclamou Darla de repente, me abraçando. — Você não adora o cabelo dele assim?

Ela passou os dedos no meu cabelo e sorriu. Josh e Brian riram. Verônica me olhou de cima a baixo. Ela usava um vestido preto justo e decotado. Darla usava um igualzinho, mas azul.

— Tudo bem, admito. Fez um excelente trabalho com ele, D — comentou Verônica, tomando um gole no copo vermelho. — Foi você que escolheu a camisa?

— Foi. Acho que vermelho tem tudo a ver com ele.

— É mesmo — concordou Josh, provocando uma risada de Brian.

— O que quer dizer com excelente trabalho? — perguntei a Verônica, dando um passo para o lado para duas garotas de mãos dadas passarem.

Lá no canto, um prato da bateria caiu no chão. Por um instante, tudo ficou no mais absoluto silêncio, mas logo todos começaram a falar de novo. Fred olhou em volta, nervoso, então pegou o prato e prendeu na bateria.

— Cara, ainda não percebeu que fizeram uma transformação em você? — perguntou Brian, rindo.

Olhei para a camisa que eu vestia, não a que eu experimentara na loja, mas sim uma diferente que Darla me deu quando foi me buscar para a festa. Era de xadrez preto e vermelho, que tinha mais a ver comigo, e eu estava com minha própria calça jeans. Mas eu *tinha* deixado que ela passasse gel em meu cabelo, o que agora fazia minha cabeça coçar.

Ouvi a voz de Corey mentalmente. *Só não se esqueça de quem você é de verdade.*

O telefone de Darla apitou, e ela me soltou.

— Já volto — falei, aproveitando a liberdade enquanto podia.

— Onde você vai? — perguntou Darla.

Não respondi. Já tinha atravessado metade da sala, irritado por ter permitido que ela mudasse meu estilo. Não que eu achasse que tinha um estilo de fato, mas visivelmente aquilo era um problema para ela e sua melhor amiga, Verônica. E deixei que ela me arrumasse porque eu não ligava muito para minha aparência. Bem, mas agora me importava. Passei a mão no cabelo e o puxei para a frente. Meus dedos ficaram grudentos.

Nojento. Eu os esfreguei na parte de trás da calça.

Parei de costas para a banda, fingindo ver os porta-retratos sobre a cornija da lareira. Uma fileira de fotografias da família sorridente. Josh e os três irmãos mais velhos e seus pais. Por um instante, senti como se Josh e eu devêssemos ser amigos mesmo. Eu mal conseguira lidar com o fato de ter crescido com dois irmãos mais velhos, imagine três.

— Mas onde é que ele está!? — exclamou um dos caras da banda em voz baixa. Ele tinha uma barba cerrada e um pomo de Adão saliente. Estava com parte de uma camiseta desgastada da turnê da Steve Miller Band enfiada na calça jeans larga.

— Tudo que sei é que faltou dois dias de aula — respondeu Fred, puxando a corda de extensão. — Ele disse que viria, mas...

— E ele não mandou nenhuma mensagem? — perguntou o outro cara, o baixista. Ele estava mais arrumado, cabelo puxado com gel, camisa preta, calça preta.

— Não. Eu sei. O cara já deu bolo muitas vezes, mas não se preocupem. Ele jurou que viria. — Fred puxou o telefone, com a mão estremecendo ao olhar para a tela. — Merda.

— Ele não vem? — perguntou o cara com a camisa da Steve Miller Band, passando a faixa da guitarra pelo ombro e segurando o braço do instrumento.

— Não vem.

Os três olharam para Josh. Pareciam estar com medo. Do tipo temendo pela própria vida.

— O que vamos fazer agora? — disse o arrumadinho. — Meu Deus, será que ele não percebe que não podemos tocar sem um baterista?

Eu gelei. Ele tinha acabado de dizer baterista?

— Você consegue tocar? — perguntou Steve Miller Band a Fred.

Ele negou com a cabeça, olhando para o chão.

— Sabe que não consigo cantar e manter a batida. Estou treinando, mas... — Ele suspirou e afundou ainda mais a cabeça. — Vou ter de ir lá falar com ele. Preparem-se para correr.

— Esperem! — exclamei.

Fred se virou. Os olhos se arregalaram quando me viu.

Eu joguei os ombros para trás.

— Posso tocar.

— Sério? — perguntou Fred.

Os outros caras se aproximaram.

— Você toca? — Quis saber o Steve Miller Band.

— Aham. Quais músicas vão tocar?

O arrumadinho desdobrou uma folha de papel pautado que tinha pegado no bolso da calça.

— A maioria são *covers* de clássicos do rock, com algumas músicas pop para as mulheres. — disse ele, levantando um ombro.

Passei os olhos pela lista.

— Consigo tocar isso aí.

Fred me lançou um olhar desconfiado. Estava prestes a me perguntar algo quando Darla, Josh e Verônica se juntaram a nós. Darla passou o braço em volta de mim e me abraçou, com força.

— Já vão começar? — perguntou Josh, tomando um gole de cerveja. Ele olhou para o telefone. — Porque combinamos às 8 horas e já são 8h15.

— Foi mal, cara — desculpou-se Fred. — Mas estamos sem nosso baterista.

— Ei — interrompeu o Steve Miller Band, fazendo um gesto em minha direção.

— Não estão, não — disse eu. — Eu vou tocar.

Darla e Verônica trocaram um olhar apavorado. Darla enfiou a unha em minha pele.

— Por que você faria isso? — perguntou Fred, cauteloso. Ele tinha sido um babaca comigo desde o primeiro dia, jogando o fato de ser do último ano na minha cara. Eu meio que gostava de ter virado a mesa. Gostava de estar agora no comando e poder ajudar ao invés de ferrá-lo, agindo de modo superior. Pelo menos era assim que ele veria as coisas. Mas eu só queria mesmo tocar em uma banda de verdade uma vez na vida. E, tudo bem, era legal também poder ajudar aqueles caras. Eles pareciam realmente estar com medo de deixar Josh na mão.

— Porque eu quero — respondi simplesmente.

— Não, não, não, não, não — disse Verônica, sacudindo a cabeça. — Não pode tocar com eles.

— Por que não? — perguntei.

Atrás dela, vi True e o novo amigo, Heath, entrando na sala. Heath batia na mão de todos que encontrava. Aquele moleque fazia amigos bem rápido.

— Porque não. Eles são, tipo, os caras esquisitos da banda — sibilou Darla, dando as costas para os outros. Verônica riu. Meu rosto queimou. Ela tinha mesmo acabado de dizer aquilo na minha cara?

— Darla, eu sou da banda.

— É, mas será que precisa anunciar isso para todo mundo? — perguntou Verônica em voz alta.

— Verônica — disse Josh entre dentes. — Está falando sério?

— Qual o problema? — Ela arregalou os olhos azuis, fingindo inocência. — Só estou dizendo o que todo mundo está pensando.

— Na verdade, não está — contradisse Josh. — Se ele quer tocar, deve tocar.

— Josh. Fala sério — argumentou Verônica, que estava ficando meio roxa. — Isso é meio que um suicídio social.

O arrumadinho estreitou os olhos:

— Nossa, valeu mesmo.

— Só estou falando — disse Verônica, baixando a cabeça.

— Será que já parou para pensar que talvez fosse melhor você simplesmente *parar* de falar? — perguntou Josh.

— Não, cara. Ela está certa — interveio Brian, puxando a gola da jaqueta da escola. Ele se inclinou para mim, falando com o canto da boca como se estivéssemos em uma série policial. — Todos os caras do time estão aqui.

— E daí? — perguntei.

Brian ergueu os ombros e fez uma cara, como se a resposta fosse óbvia.

— E daí que eles não sabem que você é da banda.

— Qual é o problema de vocês, gente? — explodi. — Por que não posso ser um corredor e um baterista? Qual é a merda do problema?

— É só que... — começou Darla, apertando os joelhos como se estivesse com vontade de ir ao banheiro — esses caras... são... Você sabe... e você é...

Todos fizeram uma careta, a não ser por Verônica, que estava fazendo bico. O arrumadinho e o Steve Miller Band tinham mudado a expressão de aterrorizados para prontos para derrubar alguém.

— O quê? — perguntei. — Eu sou o quê?

Ela só olhou para mim, e de repente me dei conta. Darla nem sabia quem eu era. Só via o clone do Josh que queria que eu fosse. E eu tinha deixado que fizesse aquilo. Permitira que ela me transformasse nele, do mesmo jeito que permitira que meu pai fizesse com que eu me sentisse um merda durante a vida inteira por não ser mais parecido com meus irmãos. Naquele instante, fiquei de saco cheio. Estava cansado de me sentir mal por ser eu mesmo. Estava cansado de não me defender. Estava cansado de ligar para o que os outros pensavam. Principalmente as pessoas erradas.

— Pra mim chega — falei entre dentes. — Quem está com as baquetas?

O Steve Miller Band foi atrás da bateria e me entregou o par de baquetas. Eu as peguei, segurando uma em cada mão. Aquela tinha sido a primeira vez em muito tempo que eu deixara as minhas em casa. Porque Darla tinha pedido.

— Vamos nessa — sugeri.

— Tem certeza? — perguntou Fred.

— Nós os esquisitos da banda temos de ficar unidos — declarei, lançando um olhar fulminante para Darla. Passei por cima de um amplificador pequeno e segui para a bateria. Fred sorriu. Eu tinha quase certeza de que aquela era a primeira vez que tinha visto os dentes dele.

— Mas, Charlie...

Arranquei a camisa xadrez e a devolvi para Darla, mostrando a camiseta de banda por baixo, um suvenir de um show incrível ao qual tinha ido no festival SXSW em Austin no ano passado. Fui escondido, e foi a única vez que fiquei de castigo, mas tinha valido a pena. Assim como aquele momento. Quero dizer, aquele momento também valia a pena

— Pode ficar com ela — falei. — E a gente já era.

Darla soltou uma exclamação indignada, e eu usei uma das mãos para despentear o cabelo, em seguida me sentei atrás da bateria. Ela se virou, desaparecendo nos fundos da casa, e Verônica a seguiu. Fred me lançou um olhar impressionado enquanto ia até o microfone.

— Nós somos a Universal Truth!

Ergui as baquetas e contei as batidas:

— Um! Dois! Três! Quatro!

Nunca me senti tão bem de descontar a raiva na bateria. E acabei percebendo que Universal Truth podia até ser um nome de banda ruim, mas os caras eram realmente muito bons.

CAPÍTULO 48

Katrina

Sentei na ponta do sofá de couro falso e já gasto enquanto olhava para a comida na mesa da cozinha. Um frango assado inteiro. Uma tigela de pão de milho, o favorito de Ty. Havia ervilhas frescas que eu mesma descascara e cozinhara. Tudo esfriando e ficando duro.

Olhei no relógio. 9 horas da noite. Já tinham se passado três horas desde que ele tinha visto aquilo tudo, rido e saído com um:

— Valeu, gata, mas tenho de encontrar umas pessoas. Já volto.

Eu tentara fazer o dever de trigonometria, mas não tinha conseguido. Estava ocupada demais morrendo de raiva. Mais tarde tentara fazer o dever de química, mas não conseguira. Estava distraída demais olhando os segundos passarem no relógio e me perguntando onde ele estaria. Por fim, tentei fazer um rascunho do trabalho de história, mas também não consegui porque, àquela altura, eu tremia de raiva, preocupação e, além de tudo, fome.

Então, nesse instante, estava apenas sentada, com os braços e as pernas cruzados e minha mala arrumada aos pés.

A porta do corredor bateu e ouvi o barulho das chaves conforme Ty se aproximava da entrada. Comecei a suar. Eu tinha de lembrar por que estava fazendo aquilo. Ontem na biblioteca Ty fizera com que eu me sentisse menos que insignificante na frente de Charlie e True e, o pior de tudo, da Sra. Pauley. Ainda assim, eu tinha preparado aquilo para ele. Fiz para ele se sentir amado e saber que tudo ficaria bem. Mas ele tinha ao menos percebido? Será que ligava?

Algumas semanas atrás, talvez até alguns dias atrás, eu teria deixado passar, mas não agora. Agora sabia que não precisava me sentir daquele modo.

Existiam outros sentimentos. Eu poderia me sentir orgulhosa, especial, inteligente, apreciada e, até mesmo, *considerada*.

A mala estava nos meus pés, e a mochila, ao meu lado no sofá. Contudo, quando a chave entrou na fechadura, comecei a repensar o plano. Eu achava que tinha de fazer aquilo pessoalmente, mas talvez pudesse ficar só mais essa noite e mandar uma mensagem para ele no dia seguinte.

Nada disso, Katrina. Não seja covarde. Você consegue.

A voz mental parecia muito com a de meu pai.

A porta se abriu. Os olhos de Ty estavam vermelhos. Ele me viu, viu a mala e virou de costas com uma risada.

— Vai se mudar? — perguntou ele, jogando as chaves na prateleira. Elas escorregaram pela superfície e caíram no chão do outro lado. Ele tirou a jaqueta de couro e jogou no gancho, mas ela também acabou no chão.

Eu me levantei. Senti os joelhos tremendo.

— Nós precisamos conversar.

Ty bateu a porta e passou por mim, indo em direção à geladeira e chutando a jaqueta. Olhou com desdém para a mesa, então reapareceu segurando uma garrafa de cerveja, da qual bebeu metade antes de responder:

— Não precisamos, não.

— Ty...

— Você está terminando comigo? *Você* está terminando *comigo*? — berrou ele, atravessando o tapete marrom manchado para se aproximar de mim. — Eu defendi você contra a escrota da sua mãe! Recebi você aqui em casa! E agora, que fui despedido e não tenho mais nada e *preciso* de você, *você* vai terminar *comigo*?

— Não precisou muito de mim esta noite quando fiz um jantar delicioso e você preferiu sair e se embebedar! — explodi, agarrando minha mala no chão. Eu tremia de medo, nojo e arrependimento. Só queria sair logo dali.

— Ah, é sempre sobre você, não é? — berrou Ty, ficando roxo.

— Não, não é sobre mim! É sobre você, Ty. Sobre o que você quer e do que precisa — respondi, sentindo a voz falhar. — Não me trouxe pra cá porque me ama ou porque queria me ajudar. Você me trouxe aqui pra esfregar isso na cara da minha mãe e se sentir bem. Você não se importa comigo. Caso se importasse, não iria até a escola para me humilhar na frente de todo mundo! Não entraria gritando na biblioteca e dando fora em minha chefe! Você só liga para você mesmo e para seu trabalho, e para seus amigos.

— Isso não é verdade — disse Ty, com cuspe se formando nos lábios.

Fiquei ereta.

— Tudo bem. Então me diga uma coisa que ama em mim. Ou mesmo uma coisa de que goste.

O rosto de Ty se suavizou ao me olhar de cima a baixo, com os olhos brilhando.

— Você é tão...

— E não diga bonita, sexy, nem nada disso — interrompi. — Diga outra coisa. Uma coisa real.

Ele contraiu o maxilar e estreitou os olhos. Estava puto, porque tinha sido pego. E não tinha outra resposta.

— Vou embora daqui — concluí.

Abri a porta, passei correndo pelo corredor e desci as escadas.

— Tudo bem! — berrou Ty atrás de mim, precisando ter a última palavra. — Pode ir! Posso conseguir alguém muito melhor que você, sua...

Eu podia imaginar o que ele disse depois, mas não ouvi. A porta da escada já tinha batido atrás de mim, e fui embora.

CAPÍTULO 49
True

— Acho que esta é a última música, né? — perguntei, agarrando a parte de empurrar da cadeira de rodas de Hefesto. Charlie sorria enquanto socava a bateria, parecendo estar se divertindo muito. Eu estava feliz por ele, porque tinha se defendido e estava curtindo aquele êxtase. Sem mencionar na adrenalina que ele sentia ao mergulhar na música. Porém o mais importante de tudo era que ele terminara tudo com o peso morto da Darla. Agora estava livre para encontrar o amor verdadeiro. Tudo estava acontecendo mesmo. Finalmente. — O que eu faço? O que eu digo?

— Relaxe um pouco! Estamos numa festa — respondeu ele. — E seu amigo é um baterista incrível.

— Eu já sabia disso — respondi, sentindo suor brotar embaixo do braço. Olhei em volta para os rostos felizes, corpos acotovelando e copos levantados. — Está muito quente aqui, e tem gente demais. E por que Katrina não está aqui? Ela deveria estar aqui.

— Em primeiro lugar, Katrina não anda com essa turma caso não tenha notado. Ou será que você ainda não descobriu como a escola funciona? — Hefesto lançou um olhar para uma garota bonita de blusa roxa apertada que passava. — E, em segundo, você não pode simplesmente sentar em sua nuvem e assistir a tudo a distância. A humanidade está em todos os lugares. Tem de lidar com isso.

— Argh. Talvez eu não agradeça Harmônia por tê-lo enviado — respondi.

A música chegou ao clímax, e todos gritaram. O garoto gordo atrás do microfone se aproximou, com o lábio superior brilhando, e disse:

— Valeu! Nós somos a Universal Truth! Boa Noite!

Mais aplausos. Então ele pegou o microfone de novo.

— Ah, e estamos disponíveis para festas de 15 anos e *bar mitzvahs*. Se quiserem, basta preencher a lista de e-mails para mais informações.

Ouvimos um som agudo do retorno que fez todo mundo gemer até que alguém, por fim, desligou o equipamento.

— Já volto — falei para Hefesto, abrindo caminho entre a multidão.

Charlie estava apertando a mão dos outros caras da banda e conversando com o cantor. Quando cheguei ao "palco", ele se virou e o rosto se iluminou ao me ver. Para minha surpresa, eu me senti lisonjeada. Era bom saber que ficava feliz em me ver.

— Charlie! Você foi incrível! — elogiei, radiante.

— Valeu! A banda é boa, né? — Ele olhou por cima do ombro para os outros caras que estavam reunidos no canto. — Disseram que talvez tenham um lugar para mim. Parece que o garoto que ficou doente hoje já os deixou na mão outras vezes... Então acho que ele sai perdendo, e eu ganhando.

Eu sorri.

— Nossa, que ótimo. Estou muito feliz por você.

— Valeu. — Os olhos de Charlie passaram por mim e pousaram em Hefesto, que tinha acabado de parar do meu lado. — Katrina veio com vocês?

Eu apoiei a mão no ombro de Hefesto e apertei com força, não me atrevendo a ter esperanças.

— Não, por quê?

— Preciso falar com ela. — Ele pegou o telefone e começou a escrever uma mensagem, mas o colocou de volta no bolso. — Que se dane. Sabe onde ela mora?

Levei as mãos ao coração. Ele tinha optado por não mandar uma mensagem? Estava tão orgulhosa dele que parecia que ia explodir.

— Ela mora com aquele namorado lá. Ty.

— Ah. — O rosto dele ficou desanimado, mas apenas por um segundo. Ele limpou a garganta e enfiou as baquetas no bolso de trás.

— Você sabe onde *ele* mora?

— Infelizmente, não.

— Peraí, vocês não estão falando de Ty Donahue? — perguntou Hefesto.

Foquei o olhar nele.

— É, acho que esse é o nome dele.

— Aquele é o namorado dela? — indagou Hefesto, revirando os olhos. — Posso descobrir onde ele mora. — Ele avaliou Charlie com o olhar. — Tem certeza de que quer ir até lá?

— Se é assim que tem de ser, é assim que vai ser — disse Charlie. — Mas acho melhor irmos logo, antes da adrenalina do show passar e eu perder a coragem.

— Meu carro está lá fora — disse Hefesto. — Eu dirijo.

CAPÍTULO 50

Charlie

Meu coração tinha disparado, a boca estava seca, e as mãos suavam. Girei as baquetas pelos dedos, tentando me manter calmo, tentando não pensar em como levaria uma surra em breve. Ty era bem maior que eu e tinha cara de quem sabia se defender bem. Olhei para Heath atrás do volante da van modificada. Parecia ser bem durão. E já sabia que True era boa de briga. Mas não queria pedir ajuda. Aquela briga era minha.

Também não queria parecer um fracote na frente de Katrina.

Heath parou a van diante de um prédio cinza no momento que Ty saiu pela porta. Engoli em seco.

— Fiquem no carro — pedi, abrindo a porta. — Consigo resolver isso.

— Boa sorte — disse True. De alguma forma aquelas duas palavras me deram coragem, porque ela podia ter dito, *Tá de sacanagem, né?* Ou *Vejo você no seu enterro.*

— Oi — falei para Ty assim que meus pés tocaram a calçada.

Ele me encarou de cima a baixo. Os olhos estavam vermelhos e aguados, e tinha nas mãos algum tipo de pano. Depois de olhar melhor, vi que era o lenço azul de franjas — aquele que Katrina sempre usava na escola. Ele demorou um segundo, mas me reconheceu por fim.

— Que merda é essa? O que está fazendo aqui? — perguntou Ty, preparando-se para uma briga.

— Katrina está? — perguntei, me esforçando para não tremer no tênis.

Ty riu.

— Foi por sua causa que ela terminou comigo?

— Ela terminou com você? — perguntou True, abrindo a porta da van.

— Ah, que ótimo. Agora todo o show de horrores está aqui — reclamou Ty.

— Onde ela está? — falei de novo.

— Foi pra casa — respondeu Ty, me olhando de cima a baixo. — É pra lá que eu vou agora. Pegá-la de volta. E é melhor você sair da porra do meu caminho.

Ele se virou e foi em direção ao Firebird preto, que estava mal estacionado a uma quadra dali. Entrei na van e bati a porta. True bateu a dela também.

— Não acredito que Katrina terminou com ele — ofegou ela. — Está tudo acontecendo.

— Do que ela está falando? — perguntei a Heath. Ty ligou o carro e passou voando por nós com o motor rangendo. Ele não acendeu os faróis até estar a algumas quadras dali. Então fez uma virada perigosa para a direita.

— Ignore — disse Heath, engatando a marcha. — Quer que eu siga o carro dele?

— Com certeza — respondi.

CAPÍTULO 51

Katrina

— Mãe? — chamei, fechando a porta atrás de mim. Minha voz falhou quando minha mãe apareceu nas escadas para o porão, dobrando a camisa cor-de-rosa e branca do uniforme.

— Katrina? — Ela pareceu chocada em me ver. — Por que está chorando?

Ela não se aproximou de mim, mas naquele momento não liguei. Fui até ela e a abracei, e chorei. Depois de um segundo, ela me abraçou também. Dava para sentir o cheiro de amaciante da blusa pressionada contra meu pescoço.

— Sinto muito — disse eu no ombro dela. — Acabei de terminar com Ty e não sabia mais para onde ir.

— Você terminou? — perguntou ela, parecendo esperançosa, e isso despertou algo desafiador dentro de mim.

— Terminei. Por quê? Está feliz? — retruquei, afastando-me.

— Se isso significa que vai voltar para casa, então sim — respondeu minha mãe com os olhos escuros pousados em mim.

Eu me virei, enxugando o rosto com as mãos.

— Por quê? Não é como se você me quisesse por perto.

— Ah, por favor, Katrina. Não comece com isso de novo. — Ela pendurou a camisa no corrimão e cruzou os braços. — É você que nunca quer estar aqui.

— E por que eu ia querer? — gritei. — Tudo que você faz é gritar comigo e me criticar!

Ela ficou boquiaberta.

— Isso não é verdade!

— É sim! Você grita comigo por fazer muito barulho, por esquecer uma vez de ir ao supermercado, por ligar para dar *uma boa notícia* — listei. — Não faço o suficiente em casa, não tiro notas boas o bastante, não valorizo tudo que *você* faz. Você exige muito de mim! É impossível, mãe! Ainda não sou um adulto!

Comecei a soluçar naquele momento, as lágrimas se misturavam com a respiração ofegante, as mãos agarravam a camisa na minha cintura. De alguma forma, nem sabia que me sentia daquele jeito até que as palavras tivessem saído de minha boca. Eu passara tanto tempo agindo como se tudo estivesse bem, tomando conta de mim mesma e me sentindo madura e sofisticada ao ir morar com Ty. Mas eu ainda era uma garota, não é mesmo? Era o que eu deveria ser, não?

— Sei que papai fazia todas essas coisas porque você trabalha tanto, mas eu não consigo — continuei. — E tem a escola e o trabalho e minhas amigas e Ty... É demais! E também sinto falta dele, mãe. Também tenho saudade.

Àquela altura, eu já estava ajoelhada no chão. Senti como se nunca tivesse chorado antes. Como se cada lágrima estivesse sendo arrancada de mim e que elas nunca mais parariam de cair.

— Ah, Katrina — ofegou minha mãe.

Então ela foi até o chão, ajoelhando na minha frente. Envolveu-me nos braços de modo desajeitado, e nós nos apoiamos uma na outra. Levei um minuto para perceber que ela também chorava, tanto quanto eu.

— Desculpe, Katrina — pediu minha mãe, fungando. — Eu não sabia que... Acho que não percebi que colocava tanta pressão em você. Eu não sabia.

— Tudo bem — falei de forma automática.

— Não, não está. — Ela meneou a cabeça. — Eu sinto muito. Eu... Eu vou tirar alguns dias de folga. Talvez devêssemos conversar com aquele homem de sua escola. O Dr...

— Não, ele não.

Ela piscou.

— Tudo bem, mas com alguém. Conheço algumas pessoas no hospital. Eles me ofereceram terapia por causa da perda no ano passado, mas eu...

— Não queria conversar sobre aquilo — dissemos juntas.

Trocamos um sorriso fraco.

— Acho que talvez não tenha sido uma boa ideia.

Concordei e enxuguei os olhos.

— Talvez não.

De repente a porta da frente se abriu, e Ty estava ali, os ombros praticamente preenchendo a entrada. Ele lançou um olhar para nós, dando um sorriso de escárnio. Meu lenço preferido, o azul e branco que meu pai me dera em meu aniversário de 14 anos, estava na mão dele.

— Isso só pode ser brincadeira — disse ele.

— O que você está fazendo aqui? — perguntei, levantando-me.

— Vim levar você para casa. — Ele atravessou a sala em dois passos largos e agarrou meu braço com a mão livre.

— *Estou* em casa — respondi, tentando me livrar.

— Até parece. — Ele me apertou com mais força. — Vamos embora.

— Tire as mãos dela! — gritou minha mãe, tentando nos separar.

— Não toque em mim — retrucou ele. — Estamos de saída.

— Não estamos, não! — respondi. — Me solta, Ty.

A porta de entrada escureceu. Eu não conseguia entender o que estava vendo. Era Charlie, e ele encarava a mão de Ty em meu braço.

— Você de novo? — Ty riu.

— Solte o braço dela, cara — respondeu Charlie.

Então Ty me soltou, largou o lenço no chão e partiu para cima de Charlie. Eu gritei quando o punho de Ty o acertou no queixo. Ele caiu no sofá, e eu ia ver se estava tudo bem, mas Charlie se levantou e deu um soco tão forte na barriga de Ty que o derrubou no chão.

— Charlie! — gritei, surpresa. Minha mãe agarrou o telefone e discou.

Ele olhou para o próprio punho.

— Eu... Eu nem sabia que ia fazer isso.

— *Como* fez isso? — perguntei.

Os olhos me encaravam arregalados.

— Acho que aprendi algumas coisas tendo dois irmãos mais velhos.

Ty se ajoelhou, segurando a barriga.

— Você. Está morto — ofegou ele.

— Acho melhor você pensar bem no que vai fazer — interveio minha mãe. — Já estou falando com a polícia. — Ela voltou a falar ao telefone. — Isso, o ex-namorado de minha filha está aqui e está fazendo ameaças.

— Acho que essa é a deixa para você ir embora — disse Charlie para Ty.

— Não vou a lugar algum — respondeu ele.

Minha mãe cobriu o fone.

— Quer mesmo que eu diga que você bateu nesse garoto? Que encostou o dedo em Katrina? — sibilou ela.

— Pela segunda vez — informou Charlie, esfregando o queixo.

— O quê? — explodiu minha mãe. — Katrina?

Desviei o olhar. A última coisa que eu queria agora era tentar explicar o incidente na escola.

— Saia já daqui ou vou dar queixa — disse minha mãe para Ty. Eu nunca a vira com a expressão tão destemida. Ela estava com os dentes cerrados e segurava o telefone com tanta força que parecia que queria estrangular o aparelho.

Ty olhou para nós três.

— Senhora? — ouvi um voz, chamando no telefone. — Senhora? Ainda está na linha?

— Tudo bem — disse Ty, por fim. — Que se danem todos vocês. — Então olhou diretamente para mim. — Nunca mais ligue pra mim.

Como se isso fosse ser difícil. Eu tinha uma sensação de que Ty realmente me amava de algum modo. Ou ele achava que sim. Mas aquele tipo de amor não era bom o suficiente. Não mais. Ele saiu e bateu a porta.

— Sim — respondeu minha mãe. — Ainda estou aqui. — Ela apertou minha mão e foi para a cozinha, onde não podíamos ouvir o que dizia.

— Você está bem? — perguntou Charlie, acariciando meu braço. Olhei para o lenço no chão, e meu lábio inferior começou a tremer.

— Estou. — Uma lágrima escorreu por meu rosto. — Só que me sinto uma idiota.

— Você não é uma idiota. — Ele se abaixou para pegar o lenço e o segurou com cuidado. — Eu sou.

— Como assim? Você acabou de me salvar. — Olhei para a porta. — E como foi mesmo que chegou aqui?

— É uma longa história — respondeu Charlie. — E sou um idiota porque tem uma coisa que quero dizer pra você desde a primeira vez que nos vimos.

— O quê?

— Que você merece alguém muito melhor que aquele cara — disse ele, apontando com o polegar por cima do ombro.

Eu ri e fixei o olhar no dele, sentindo a garganta apertada.

— Eu sei.

Charlie abriu um sorriso lento. Envolvendo o dedo mindinho no meu, ele me puxou para perto. Meu coração parou de bater, e de repente me dei conta de que eu estava com lágrimas secas nos olhos, o nariz inchado e o cabelo grudado no pescoço. Então ele se inclinou e os lábios tocaram os meus, e parei de me importar. Eu não ligava para nada a não ser ele. E, quando Charlie envolveu gentilmente o lenço nos meus ombros, soube de alguma forma que ele sentia o mesmo por mim.

CAPÍTULO 52

True

— Isso que é um beijo de amor verdadeiro — suspirei.

A vista daquela posição, parada na calçada a alguns passos da janela da sala, não era a melhor, mas dava para ver o suficiente, e eu sabia. Charlie e Katrina estavam apaixonados. Sentia isso nas batidas de meu coração e na leveza da respiração. Uma leveza muito parecida com alívio. Quando se separaram, Charlie puxou Katrina para si, e ela descansou o rosto no peito dele, fechando os olhos e abrindo um sorriso doce e contente.

— Já acabou de bisbilhotar? — perguntou Hefesto, passando a mão em minhas costas.

— Já. Vamos embora — disse eu, enquanto Charlie e Katrina se sentavam juntos no sofá. — Tenho a impressão de que Charlie ainda vai ficar mais um pouco.

Ao voltar para casa, subi os degraus e entrei no quarto. A ampulheta tinha se virado, e a parte superior estava cheia de areia vermelha novamente. Gritei e rodopiei no meio do quarto, erguendo a cabeça para o céu.

— Obrigada! Obrigada! Obrigada!

Em minha mente, imaginei Harmônia, sabendo que ela olhava para mim e dançava de felicidade também. Mas, se Zeus achasse que a gratidão era para ele, melhor ainda. Já chegava de sentir orgulho. Depois de ver aquele beijo entre Charlie e Katrina, tudo que eu podia pensar era em meu primeiro beijo com Oríon e como seria a sensação de beijá-lo de novo.

Eu pairei entre as árvores do lado de fora do lar que tínhamos montado no Maine, coberta pelo manto protetor, e observei Oríon caminhando pela floresta, os passos rápidos e silenciosos, os olhos concentrados na presa, um cinzento cervo solitário. Tinha na mão o arco que eu trouxera para ele, a flecha em posição, mas não retesado. Ele esperava o momento certo.

De tempos em tempos, eu voltava para nossa ilha sem ele saber, apenas para vê-lo em seu estado natural — para que eu pudesse me certificar de que realmente estava se recuperando, e não apenas fingindo estar melhor por mim. Naquele dia, realmente parecia bem, mas, ainda assim, não queria que ele soubesse que eu estava ali. Ele estava tão lindo no meio da caçada. Tão vivo e puro e forte. Havia cerca de três mil anos desde a última vez que eu o vira tão livre.

Então Oríon chegou a uma clareira e tropeçou. Um enorme urso negro soltou um rosnado aterrorizante e se ergueu sobre as patas traseiras. De pé, chegava a pelo menos 3 metros de altura. Foi a visão da fera que o fizera perder o equilíbrio, mas eu não tinha visto até que fosse tarde demais.

Tudo aconteceu em uma questão de milissegundo. Oríon estava caído no chão, parado, o peito subindo e descendo enquanto olhava para o urso. Eu vi algo brilhar nos olhos do predador, o instinto primal de matar, e, sem parar para pensar, peguei uma flecha de prata na aljava, mirei e atirei, acertando o coração. O urso emitiu um gemido horrível e caiu no chão. Morto.

Oríon se levantou quando me materializei diante dele. Nossos olhares se encontraram, estávamos ofegantes e cheios de adrenalina. Dei dois passos, e ele também, e, de repente, estávamos nos abraçando. Eu o beijei pela primeira vez enquanto ainda tentava afastar as lágrimas de terror, ainda tentava convencer meu coração de que ele sobrevivera. Oríon me beijou pela primeira vez, sabendo que eu salvara sua vida, percebendo no âmago do seu ser que eu sempre estava lá.

Quando ele se afastou por fim, seus dedos se entrelaçaram em meu cabelo.

— Achei que eu fosse morrer — disse ele, observando meu olhar.

— Nunca permitirei que isso aconteça — prometi. — Não se eu puder evitar.

— A ampulheta virou? — perguntou Hefesto lá de baixo.

Pisquei, voltando ao presente, e olhei para a ampulheta. Eu me apressei pelo corredor, indo até a escada, a promessa a Oríon ainda ecoava em meus ouvidos. Hefesto estava sentado no primeiro degrau sorrindo para mim.

— Virou — confirmei, com o cabelo caindo pelo ombro. — Obrigada, Hefesto. Não teria conseguido sem você.

— O prazer foi todo meu. Vou para cama. Tenho de trabalhar amanhã cedinho no Gino.

— Também estou meio cansada — menti. Estava muito cheia de adrenalina para dormir. — Vejo você amanhã.

— Parabéns, Eros — disse Hefesto com sinceridade. — Ainda tem o dom. Só precisava encontrá-lo.

— Obrigada.

Voltei ao quarto, sentindo os passos e o coração leves. Eu esperava que Hefesto estivesse certo e que, depois de recuperar meu talento para formar casais, encontrar o segundo casal seria muito mais fácil. Girei, entrando no quarto, e, só por diversão, fiz um gesto com a mão para a porta.

Ela se fechou.

Meu coração foi até a garganta. Olhei para minha mão. Aquilo tinha sido uma ilusão, certo? Toquei na porta sem ter percebido.

Virei-me para a janela e repeti o movimento com a mão. As cortinas se fecharam, bloqueando as luzes da rua.

Cambaleei para trás, assustada. Meus dedos formigavam. Eu os estalei em direção à cama, e os cobertores se alisaram e os travesseiros se afofaram, alinhando-se exatamente como imaginei.

Meus poderes estavam de volta. Meus *poderes* estavam *de volta*. Mas por quê? Como? Talvez Zeus os tivesse devolvido a mim como uma recompensa por ter finalmente sido bem-sucedida com Charlie. Mas esse não era exatamente seu estilo. Ele me enviara à Terra para assistir enquanto eu me retorcia. Tendo espinhas, sofrendo de terríveis dores de cabeça, sendo vítima do deboche dos colegas e falhando três vezes, mas depois tendo sucesso no último minuto... Será que aquilo seria o suficiente para ele? Com certeza preferiria que eu continuasse a missão quase sofrendo e não tentaria facilitar as coisas para mim. Mas não tinha como negar o que eu acabara de fazer. Olhei para os dedos quentes e poderia jurar que vi um brilho sob a pele.

Uma risada cresceu dentro de mim, e eu a liberei, enchendo o quarto de som. Não queria saber como os poderes tinham voltado. Tudo que importava é que estavam de volta. E com a ajuda deles, eu estaria fora desse lugar em um dia.

— O que está fazendo?

Eu não ouvira a porta atrás de mim abrir. Bem devagar, virei para encarar minha mãe, escondendo as mãos casualmente embaixo dos braços. Ela estava parada bem no batente, usando seu uniforme de trabalho — saia-lápis preta e uma camisa branca de seda —, o rosto totalmente sem expressão.

— Eu... nada — falei. — Acabei de voltar para casa. Como foi o trabalho?

Seus olhos azuis de aço pousaram em mim e se estreitaram. Ela apoiou um ombro no batente, cruzando os braços.

— Um tédio absoluto — falou ela. — Você sabia que a maioria da população é completamente desequilibrada?

— Não vou argumentar contra isso — respondi, com a ponta dos dedos fervendo.

— E eles falam com tanta... familiaridade — continuou ela, enrugando o nariz. — Será que não existe decoro na era moderna?

— Parece que não.

Pelo menos ela não percebera nada. Eu conhecia minha mãe tempo suficiente para saber suas reações. Se tivesse me visto usar os poderes, não estaria tranquila. Teria exigido que eu os testasse de novo e que tentasse também os outros poderes. Isso era exatamente o que eu precisava fazer.

— Vi que a ampulheta se reiniciou — declarou ela de forma casual. — Finalmente formou um casal unido pelo amor verdadeiro?

Mordi a língua diante daquela crítica velada.

— Formei! Formei, sim. Cumpri um terço da tarefa.

— Graças aos deuses — disse minha mãe, olhando para os céus.

— Poderia ser um pouquinho mais compassiva, sabia? Você é minha mãe. E *estou* trabalhando à beça.

— Ah, filha querida. Será que preciso lembrá-la? — cantarolou ela, pousando a mão na maçaneta.

— Eu sei. Eu sei. Fomos mandadas para cá por minha causa — respondi.

Ela sorriu ao fechar a porta, e me perguntei se algum dia iria me perdoar por fazê-la passar tamanha vergonha, por fazer com que fosse banida para a Terra, como uma criminosa. Virei o pulso e a porta trancou com um clique.

Ótimo.

Esperei até que a porta do quarto de minha mãe se fechasse e fui até a janela, abrindo as cortinas. Um idoso estava passando com os ombros curvados, levando um cachorro na coleira. Concentrei toda a energia nele e esperei para ouvir os desejos de seu coração.

Nada.

Praguejei baixinho e tentei de novo; daquela vez, concentrando-me em uma jovem corredora, com o rabo de cavalo balançando enquanto passava pela janela.

Nada.

Com um gemido, virei de costas para a janela. Então eu não tinha recuperado todos os meus poderes. Não conseguia ler as almas e obviamente não tinha minhas flechas de ouro. Não aquelas que eu poderia usar para concluir a missão e voltar para os braços de Oríon.

Mas como dizem... "de cavalo dado, não se olham os dentes". Telecinesia já era alguma coisa. Pelo menos facilitaria muito o dia a dia, dando-me mais tempo para me concentrar na missão. E tinha outros benefícios também.

Olhei pela janela de novo. Com um movimento do pulso, ergui um pouco um bloco de concreto e a corredora tropeçou, caindo bem nos braços de um jovem que caminhava com uma pequena bolsa de compras. Os dois riram quando ele a ajudou, ela olhou para os pés e ficou vermelha. Mesmo com a janela fechada, conseguia ouvir o calor da voz dele, ao perguntar se ela estava bem, e o riso feminino da resposta.

Sorri e fechei as cortinas.

CAPÍTULO 53

True

— Que bom que sugeriu esta atividade, Eros — disse minha mãe, sentando-se nos calcanhares na entrada de nossa casa. Ela enxugou a testa com as costas da mão, distraindo tão completamente um cara em uma bicicleta suja que ele acabou batendo na placa do ponto de ônibus e caindo no chão. Afrodite riu. — Flores frescas me acalmam.

— Acabou mesmo de dizer algo positivo? Para mim? — provoquei, enquanto afofava a terra em volta das ásteres cor-de-rosa que eu tinha acabado de plantar.

— Este lugar nunca será meu lar, mas decidi ver nosso exílio como uma aventura — explicou minha mãe. — Além disso, existem algumas diversões para aproveitar. — Ela girou os polegares enquanto o homem endireitava a bicicleta. Praguejando, ele partiu vacilante, e minha mãe riu.

Eu revirei os olhos.

— Bem, dizem que jardinagem é como terapia — falei. — Além disso, é uma boa atividade de aproximação de mãe e filha.

— Quando adquiriu tal conhecimento? — perguntou Afrodite.

Dos livros da biblioteca quando fiquei acordada a noite inteira. Depois de testar meu poder mais umas mil vezes, estava agitada demais para dormir, então fui até a biblioteca do andar de baixo e li. Tinha dito para mim mesma que se tratava de uma pesquisa. Que quanto mais eu conhecesse como era a vida na Terra, mais preparada estaria para formar casais. Na verdade, porém, eu tentava me distrair das muitas questões que passavam por minha cabeça. Por exemplo, seria Zeus o responsável por eu ter recuperado meu poder? E se não, como aquilo tinha acontecido? Será que ele sabia? Se descobrisse, será que me puniria? Será que eu conseguiria recuperar os outros poderes também?

Naquele instante, à luz do dia e sem dormir, aquelas perguntas me exauriam.

Ergui o ombro.

— Foi só uma coisa que aprendi na escola nesta semana.

Ela suspirou e olhou para a cerca de flores que criamos.

— Não coloque os botões cor-de-rosa com os cor de pêssego — repreendeu ela. — Não combinam.

— Oi, True.

Erguemos o olhar e vimos Charlie se aproximando pela calçada. Eu me levantei, sentindo o coração cheio de medo.

— O que foi? — perguntei, tirando as luvas de jardinagem. — Aconteceu alguma coisa?

— Hã... Nada — respondeu ele, parecendo confuso. Ele fez um gesto para a bicicleta que estava encostada na cerca. — Só estava indo me encontrar com Katrina na biblioteca e vi você aqui, então eu...

A voz morreu quando minha mãe se levantou atrás de mim. Reconheci o olhar em seu rosto. Harmônia e eu o chamávamos de "afro-embasbacado".

— Uau — disse ele.

— Charlie, esta é minha mãe. Mãe, este é Charlie. — falei simplesmente.

Ela estendeu a mão para cumprimentá-lo.

— Encantada.

— Eu... hã... desculpe... Eu... Uau.

Charlie mal tocou a mão dela, e seu rosto estava pegando fogo.

— Bem, obrigada! — gorjeou minha mãe, jogando o cabelo para trás.

— Vamos entrar.

Peguei a mão de Charlie, e passamos diante de Afrodite. Ele virou a cabeça para observá-la até que a porta pesada de carvalho estivesse totalmente fechada entre eles. Lá dentro, limpou a garganta e enfiou as mãos nos bolsos.

— Nossa, que vergonha — comentou ele.

Fiz um gesto com a mão.

— Acontece o tempo todo — expliquei. — Então... Você está indo ver Katrina? Está tudo bem?

Ele sorriu.

— Tá tudo ótimo. Fiquei lá até uma hora da manhã. Encomendamos pizza e comemos com a mãe dela... Foi bem legal.

— Que bom! — exclamei, aliviada. — Eu tinha uma sensação de que vocês podiam se apaixonar.

Charlie riu.

— Eu sabia!

— Sabia de quê?

— Foi você. Não sei como, mas mexeu naqueles testes de compatibilidade na aula de economia — disse ele, sorrindo. — Por isso, você e Heath não entregaram o de vocês, mesmo eu tendo *visto* vocês respondendo.

Tentei pensar em algum modo de negar, mas me dei conta de que não precisava.

— Culpada! — admiti, erguendo a mão.

— Então não somos compatíveis de verdade — disse Charlie. — Quero dizer, não que tenha importância. Nunca deixaria que um computador me dissesse com quem eu devia sair, mas ainda assim. Não teríamos formado uma dupla, né?

— Na verdade, teriam sim — respondi.

— Ah, fala sério!

Dei um sorriso.

— Venha comigo.

Lá em cima, Charlie parou na porta do quarto enquanto fui até a escrivaninha e peguei os dois testes da gaveta embaixo da ampulheta. Eu os desdobrei e entreguei a ele. Ao ver as respostas, Charlie arregalou os olhos.

— Nossa, 46 respostas iguais em cinquenta! — exclamou ele, incrédulo.

— É. Não que a opinião da Corporação Combinação Perfeita importe, mas é isso mesmo.

Charlie riu e me puxou para um abraço. Fiquei tão surpresa que levei um segundo para entender o que ele estava fazendo, mas por fim retribuí. Logo depois parecia mais calma, mesmo que não tivesse me dado conta de que estava tensa. Eu sentia falta de tocar nas pessoas, abraçar, beijar, dar as mãos. Isso fazia parte do dia a dia no Olimpo, mas as pessoas não pareciam muito dispostas a fazer isso na Terra.

— Obrigado, True. Como tive de ser o aluno novo mais uma vez, fico feliz que tenha sido com você.

Eu sorri.

— Digo o mesmo.

Juntos, descemos as escadas e observei da varanda enquanto ele pedalava para encontrar seu novo amor, levando consigo os testes de compatibilidade. Minha mãe protegeu os olhos com as mãos e o observou também. Notei que ela mudara todas as minhas plantas de lugar e que ficaram muito mais bonitas do seu jeito.

— Quem era aquele rapaz adorável? — perguntou Afrodite com um brilho conhecido nos olhos.

— Ele não é pra você — respondi. — Foi meu primeiro casal de sucesso. — Respirei fundo ao ver Charlie erguer a mão, depois descer até sumir de vista. — E meu primeiro amigo humano.

CAPÍTULO 54

Charlie

A Universal Truth acabava de chegar ao clímax barulhento da música "What I Like About You", da banda The Romantics, quando a porta da garagem se abriu. Fred protegeu os olhos contra o sol enquanto via a caminhonete surgir aos poucos. Meu pai começou a pressionar o acelerador, mas pisou forte no freio quando nos viu. O queixo dele bateu no volante.

— E lá vamos nós — falei baixinho.

Era isso. Eu estava prestes a ter uma conversa tensa com meu pai, e teríamos uma audiência.

— Quer que a gente se mande? — perguntou Noel. Noel Finkle era o nome real do Steve Miller Band. Seu amigo, o arrumadinho, se chamava, na verdade, Tom Lipnicki. Eu descobrira isso mais cedo quando enviara uma mensagem para Fred, cujo sobrenome era King, para ver se eles queriam ir até minha casa para tocarmos.

— Não. Tá tudo bem — respondi.

Então meu pai, com seu corpo enorme, desceu da caminhonete, vestindo a camisa polo e o boné de beisebol da escola SJP, além de levar o apito pendurado no pescoço e o caderno de estratégias na mão. Tom assoviou.

— A gente não parece cool — disse ele.

— Charlie? — Meu pai bateu a porta do carro com tanta força que reverberou em meus ossos. — O que significa isso tudo?

Limpei a garganta.

— Esta é minha nova banda.

— Somos a Universal Truth — informou Fred.

Meu pai olhou para o cabelo despenteado de Fred e a camiseta apertada demais, como se ele fosse desprezível.

— Sua *banda*? — A palavra soou como veneno em sua boca. — Ninguém me perguntou se você podia fazer parte de uma banda.

— As coisas meio que aconteceram — expliquei, mantendo a voz calma.

Meu pai botou as mãos nos quadris.

— Você devia estar se concentrando no *cross-country*.

— Consigo fazer as duas coisas — afirmei, segurando as baquetas com as mãos suadas.

— Como? — questionou ele. — Como vai ter tempo para estudar e treinar e... isso?

— O treino é só por uma hora depois da escola. Posso estudar à noite e ensaiar nos finais de semana. Além disso, a temporada vai acabar daqui a dois meses, então vou ter bastante tempo livre.

Meu pai balançou a cabeça.

— Não estou gostando nada disso, Charlie. Olhe para seus irmãos. Eles se dedicaram a apenas uma coisa e veja como se deram bem.

Engoli em seco, sentindo a raiva cheia de ressentimentos crescer dentro de mim. Era sempre sobre meus irmãos. Sempre sobre como eram perfeitos e como eu deveria ser como eles. Bem, não daquela vez.

— Beleza — respondi. — Vou me dedicar à banda então.

Meu pai empalideceu. Assim como meus colegas de banda.

— Não vai não! — gritou meu pai, apontando para o chão. — Você assumiu um compromisso com a equipe.

Levantei do banco, tremendo da cabeça aos pés.

— Não estou nem aí para a equipe! — retruquei. — Isso é o que quero fazer, pai. Quero tocar bateria. Você queria que eu entrasse para uma equipe esportiva, então entrei. Mas, se você me obrigar a desistir disso, vou desistir do *cross-country* também. Vou voltar a ficar em casa sozinho sem fazer nada. É isso que você quer?

— Não use esse tom comigo, filho. Parece uma criança petulante.

— Só porque você me trata como se eu ainda fosse criança. Estou tentando tomar uma decisão madura aqui. Quero cumprir o compromisso com a equipe e com a banda. Consigo fazer as duas coisas. Sei que consigo. Mas você nem quer me deixar tentar, porque não consegue suportar a ideia de eu não ser exatamente como você.

Minhas palavras pairaram no ar, ecoando na extensão da garagem.

Tom soltou a faixa da guitarra.

— Acho melhor a gente ir embora.

— Esperem — disse meu pai.

Nós olhamos para ele, surpresos. Parecia que meu coração ia explodir no peito. Meu pai olhou para o chão, tirou o boné e coçou a cabeça.

— Você está certo — concordou ele.

— Estou?

— Está? — perguntou Fred, Noel e Tom.

— Está — confirmou meu pai. — Você está tentando tomar uma decisão adulta. Está tentando viver sua vida. — Ele respirou fundo. — Pode tocar na banda e correr na equipe de *cross-country*.